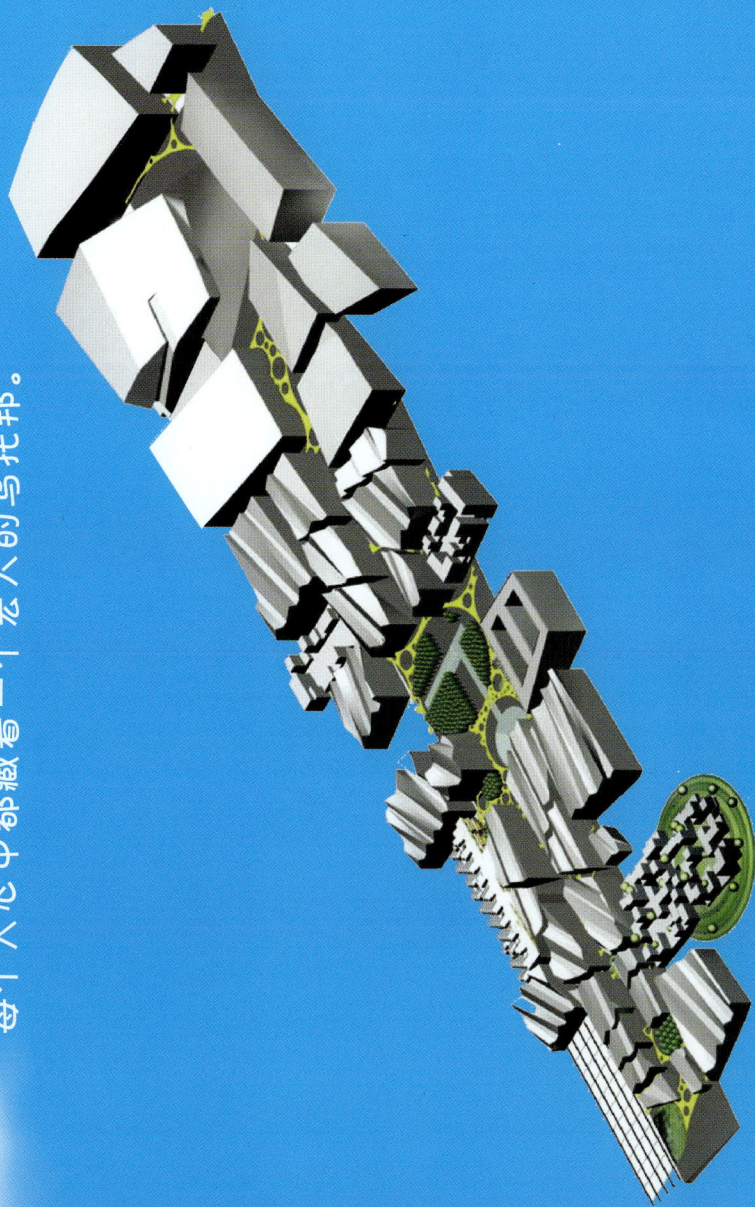

奋斗乌托邦
struggle utopia

每个人都是城市中微小的尘埃，
每个人心中都藏着一个宏大的乌托邦。

MADISON
communication

Boloni
科宝·博洛尼

lotto
LEGGENDA

奋斗乌托邦

struggle utopia

◎ 石康 著

北方联合出版传媒（集团）股份有限公司
万卷出版公司

序

介绍一下这本书。

它完全是为那些喜爱《奋斗》的读者与观众而写的，书中并不涉及我个人对于这个世界的私人性看法，只是续写《奋斗》中的那些人物接下去的命运，故事的背景发生在2006年至2010年，当读者与观众们不再关心这些人物，我的工作便可以结束了。

《奋斗乌托邦》共分三至四本书，这是第一本，写了三遍。

第一遍从2007年写到2008年，写了一年多，写完时感觉挺好的，有时候人只因做完了一件事便会感觉良好。

给自己放了一星期假，再看，垃圾，极不满意。

虚构类的作者有一个优势，那就是自由，他们可利用丰富的想象力去写他们任何想写的东西，不必顾及那些故事是否真实可信，只要故事好看就行了。而努力使作品与现实建立联系的作者就没有那么幸运了。我属于后者，自己拿着写好后的段落翻来翻去，发现那些胡编乱造的故事叫我心神不宁，于是来到上海，想换个环境冲刺一下，改写一遍，快速完成全书。

写一些中国当代年轻人为各种私人性的目标而奋斗的故事带有很大的随意性，我写这本书的方法，一般是在茫茫的人海中看一看这个人，又看一看那个人，想着他会遇到什么事情，接着替他编一个故事，最后写入小说便完事大吉。不同的城市会使我看到的人不一样，编的故事也不一样。

在上海住了大半年，让我对大城市生活产生新看法，那时我每天夜里十二点左右到楼下的面包店买一杯热奶茶，然后开着车在上海走街串巷，连东瞧西看捎带着迷路，往往开到三点钟才能找回家继续写。

我猜中国未来的城市不是北京的样子，而是更像上海。夜里，弥漫在城市街区中的灯火像烟雾一样四处扩散，一个个精致小店星罗棋布，到哪里都能找到一个可以推门进去的地方，买点什么或吃点什么，然后舒舒服服走在街上，脑子里没有什么乱七八糟的梦想，而是脚踏实地地一天天把日子过下去。

八月中旬最热的时候，再次觉得写得差不多了，再有半个月便可完成，关键时刻，我租的房子下面的一个单元装修，每当我写了一夜想在早晨睡去，就被电钻声一阵接一阵地钻醒，下去问一问，他们还要干一个月，于是只好回北京继续写，写着写着不觉就又写了一遍。

现在写完了一本，我不能再去看它了，我知道，自己若是再次不满意，还得重写，那可就麻烦大了。

石康

2009年10月20日于北京

▶▶ 戴高乐机场

从天空向下看去，戴高乐机场的停机楼犹如一只从天空落下的机器零件，铁灰色，很完整，然而内部却是出奇的漂亮，长长的白色过道像是趴伏在地上的一根巨型软管，上面的开孔让阳光透入，一瞬间，陆涛以为自己走在时光隧道之中。

夏琳对陆涛笑笑，两人虽疲惫，看起来却容光焕发，他们顺着人流去取行李。

"这机场的设计师叫安德鲁，听说北京把他请去设计中国大剧院。"夏琳说。

"他是玩弧线的，"陆涛说，"我喜欢直线，直线有力量。"陆涛打量着能看到的每一个建筑细节，对夏琳说。

"我觉得你以后可以雇安德鲁给我们设计一个弧形厨房，就在我们的独幢别墅边儿上，像一滴水滴一样，柔软，透明，名字叫做眼泪。我在里面为你做饭，建筑外观当然是你操刀，全是直线。"夏琳一边看着陆涛的反应，一边笑着说。

"我不是开发商，是设计师，我觉得，安德鲁要是愿意雇我，我可以给他提鞋，还可以免费工作，管饭就行，我觉得我能向他学到东西。另外，这机场的顶棚也不至于坍塌，我在计算分散受力方面很有一手儿，大师有时也需要手下的小喽啰修改一下设计施工上的小毛刺儿。夏琳，你不觉得在学习方面——我比你——更优胜吗？"

夏琳站住，轻轻而坚定地摇摇头。

"那算了，在这里，你负责学习当设计师，我负责学习当宅男——放心吧，我不会泡在眼泪里做饭，我会哼着美国乡村民谣在微波炉边为你做中国饭！"

"这是我们早就说好了的，而且是你力争的。陆涛，不要忽发奇想改主意打乱我们的计划，破坏我们的感情——请说一句符合你誓言的话。"

陆涛环视了一下周围："这个，这个，这个法国人把物质文明搞得还不错哈。"

夏琳笑了，就在行李台前抱住陆涛亲了一下，陆涛却伸手够着："我们的行李。"

两只拴在一起的行李箱从他们身边滑过，其中一只上面贴着两人拥抱的照片。

▶▶ 禁止打车

从戴高乐机场一出来，推着行李车的陆涛便把目光望向夏琳："到了你的地儿了，巴黎！"

"有什么感想？"

"全是外国人。"

"咱俩才是外国人。走，坐大巴去！"

"咱拿这么多东西，人生地不熟的，还是打车吧？"

"陆涛，这正是我就要向你宣布的第一条纪律——禁止打车！"

"叫我老公。"

"实话告诉你吧，老公，咱们要是试图维持你在北京的那种生活水准，那么过不了几天，就还得回北京去！"

陆涛点点头。

"所以——"夏琳说，"你的坏习惯要改一改！走！"

▶▶ 要恋爱就会有牺牲

机场大巴上，夏琳和陆涛坐在一排。

"别睡了，介绍一下沿途风光吧，不然我兴奋不起来。"陆涛推了一下睡着的夏琳。

夏琳睁开眼睛："机场到市区二十五公里，大约还要走——半小时吧。"

陆涛皱皱眉："我们已经走了半小时了。"

夏琳："耐心点儿。"

"当然啦，要恋爱就会有牺牲！"陆涛恶狠狠地说。

夏琳白了陆涛一眼："一会儿我们还要换乘地铁，然后，我们有两个选择，坐一站公共汽车，或是走半站地。"

陆涛："拿这么多东西，当然要坐一站公共汽车。"

夏琳："那我们下车后，还要往回走半站地。"

陆涛："那我们还是直接走吧。"

▶▶ 我直接开始要饭吧

巴黎地铁站里人流如织，广告在白色的灯光下看起来赏心悦目，一点儿也不叫人讨厌，尤其从平面设计的角度来看，法国人的品位不错，此刻，一列绿白相间的地铁缓缓驶入。

陆涛和夏琳与人群一起挤进去。

陆涛向左右望一望："媳妇儿，咱们说话他们一句也听不懂，是不是？"

夏琳肯定地点点头："巴黎听得懂中文的人加起来——"

"到底有多——少？"

夏琳笑："很少。"

"多少？"

"我们那一年中国留学生一共才三千名，据说他们招不齐人，法语托福太难考。"

陆涛东看西看，然后用脑门儿顶一顶夏琳："这儿美女真多，你在这儿跟一村姑儿似的，我发现，根本没人看你！"

"不要表现得那么震惊，笨蛋！"

"真想写一句诗：让法国美女的芳容把我的角膜儿擦亮——"

"你瞎了吧，这里帅哥更多！看！看！看！一个比一个有型。我告诉你，你要是发现有人看你，那一定是鄙视的目光。"

陆涛长叹一声："那毕加索、达利、海明威什么的，几十年前，从世界各地来这儿，把这儿夸得跟天堂似的，叫什么流动的宴席，差点馋死我，什么塞纳河，什么街头咖啡馆，什么卢浮宫，什么香榭丽舍大道，什么郊外的小树林……"

"人家是在这儿成名以后才想起夸这儿的，你一定要记住，还有更多没成名的，他们的看法一定跟你一样，我告诉你啊，你听说的那些景点我打工的时候常带旅游团去。"

"就像我刚进公司的时候带客户去看长城、故宫，景山、地坛……"

"聪明！"

"那我哪儿也不去了！这么着吧，咱也别绷着了，下了地铁，你告诉我回家的一个大方向，然后离我远点，前面带路，我直接开始要饭吧！"

"你敢！"

▶▶ 我还是别说了

从地铁口一出来，拖着行李的陆涛就想发火，在他眼前展开的是一条小街，小得刚刚容得下小小的地铁出口，街上人不多，杂乱而干净。

夏琳向前走，陆涛气喘吁吁地跟上。

"夏琳，你敢肯定这是巴黎吗？"

夏琳点点头："不许对我喊——"

　　两人异口同声地大叫："跟我回北京去！"

　　陆涛笑了："不是，我的意思是——我认为这地儿必须清理整顿一下，要不然根本不时尚，也浪漫不起来，我告诉你，我可是北京来的，见过脏乱差，可没见过这么脏乱差的，那管市容的都哪儿去了？你带我去巴黎市政府吧，凭什么让我女朋友住这儿啊！我有意见向他们提！"

　　"我搬了六次家，从郊区到市区，从市区又到郊区。情况是这样的，郊区便宜，不方便，市区贵，方便。我告诉你啊，这是我找到的最好的地儿！你要是不满意就——"

　　"我是说，我是说——我爱你，一想到你在这种地方混了两年，我就想——"

　　夏琳看着陆涛做感动状。

　　陆涛接着说完："何必呢！"

　　两人同时长出一口气，夏琳笑了。

　　"我就知道你想说——替我哭一次吧，反正我是哭不出来了。"陆涛说。

　　"连说话都看人下菜，你这机灵劲儿在这儿准用得上！我告儿你，我这么牛的人，住的地儿想都不用想，一定是特牛！走！快到了！"夏琳加快了脚步。

　　"牛到什么程度？"陆涛气喘吁吁地问。

　　"我租房的时候，广告上写着呢，可以看到埃菲尔铁塔。晴天，推开窗，窗外是一幅高保真全景巴黎市容摄影，能得奖的那一种；有雾的时候，窗外就像是一幅印象派的画儿，黄昏很美。到了夜晚，那灯火，那氛围，那情调，更美的是夜晚加薄雾，每一时刻颜色都在变，你能感受到这城市是活的，会呼吸，比接吻的感受还要香甜。啊，神圣、比例、节奏、艺术，明话儿告诉你吧，不用法语简直说不明白，用法语说呢，你目前的水平又听不懂，所以我还是别说了！"夏琳停下，用手一指，"到了。"

　　陆涛根本没有看夏琳手指的方向，他看着夏琳快速移动的身影，跟着她走。他简直被她迷住了，在他心里，夏琳是公主，巴黎是她的皇宫，是放在她周围的一个布景。漂亮的是夏琳，她站在这里，对他说话，令他产生陌生与神秘感，他认为他现在更爱她了。

▶▶巴黎，你以后想把我怎么样？

这是一座上个世纪七十年代建的楼，又旧又破，夏琳租的房子在最顶层，两人沿着窄小的楼梯走上去，一直进入夏琳室内。

陆涛拉开窗帘，对着窗子："家，我们的家！没想到真有铁塔哎。"

夏琳："废话，没有我能租嘛！"

陆涛打开窗子，往下一瞧："哎，夏琳，你看，那下面——哎，谁那么缺德呀，以为我不懂呢吧，夏琳，那不是墓地嘛！"

夏琳在麻利地收拾房间："图一清静吧。"

陆涛："你就不怕闹鬼吗？"

"你没来之前我有点怕，有你在我一点儿不怕了！去，别在那儿一惊一乍的，没见过世面的样子，找我鄙视呢吧你！"

陆涛撇撇嘴："哎，他们法国政府搞的什么规划啊，太落后了，把墓地放人家住宅下面，我告诉你，远在中国北平解放初期，这种丑恶现象就被绝迹了，怎么在这儿死灰复燃了？1968年革命的时候巴黎的大学生们怎么不抗议呀？回头我趁夜里没人到下面画一幅涂鸦去——你帮我把法语拼写正确啊，我要写：要宁静，但不要墓地！"

"反正你成天闲着没事儿，就替法国大学生们抗议一下吧！"

"什么巴黎啊，农村！"

"把窗户关上！你再这样用中文大声喧哗，一会儿邻居默默地就打电话报警了，咱就得重新再找地儿了，你再也别想从窗户里看到埃菲尔铁塔了。"

陆涛关了窗户："我们直接搬到铁塔下面住吧？"

"帮我收拾完屋子再搬吧。"夏琳一脚把一纸箱子踢到陆涛面前。

陆涛却重新打开窗户，对着空中指指点点："巴黎，我对你印象不好！你委屈了我媳妇儿夏琳！你，你，你以后想把我怎么样？"

▶▶ 唤醒徐志森

就在陆涛兴奋地在巴黎大嚷大叫的第二天中午，徐志森正躺在北京协和医院的一张病床上，被白色的床单与被子所包围。此时，他的生命被标示在一个小小的显示器上，那里，他的心脏跳动所形成的波形在一起一伏。

这是徐志森生命中最艰难的时刻，唯有坚强的意志支撑着他，不向最深的黑暗中滑去，只有一个不可抗拒的命令在他遍布全身的神经中苦苦穿行，那就是"必须醒来"。

从麻醉师和主治医生的眼光看去，徐志森只是一个刚刚做过心脏手术的老人，他面色憔悴，穿着病号服，身上插着很多管子，然而就在这个生命的内部，徐志森的意志力却因顽强取得了胜利。

徐志森的眼皮动了一下，又动了一下，旁边的护士向麻醉师示意，麻醉师脸上露出笑容，主治医生也笑了，徐志森的眼睛睁开，病房里的一切在他混浊的眼里变得清晰。

徐志森的嘴唇动了动，艰难地说出俩字："谢谢。"

看到这一切的林婉芬走出病房，她的手在拨手机，区位号——法国。
埃菲尔铁塔下面，陆涛的手机响了。
这声音是从陆涛的牛仔裤后兜里响起的。
陆涛的手按手机键接听，他的手机屏保是徐志森的照片。

陆涛："喂——妈，徐志森——他怎么样——谢天谢地，我就知道他没事——他现在怎么样——我要对他说什么呢？祝他身体健康，巴黎很美，我希望有一天我能在这里请你们喝咖啡——好，我很好——我想去找一个地方上班——夏琳也很好——好，我以后会打给徐志森。"

手机放进口袋，陆涛走到一个摊位前坐下，摘下大包，把要饭的碗一个个摊出来，又拿起一根敲碗的筷子，闭上眼睛，轻声说："徐志森，祝你和我妈妈健康快乐。"接着他开始敲击《欢乐颂》，有人围过来，一枚钢镚掉进要饭碗，发出"当"的一响。

▶▶陆涛

病房里，林婉芬在喂徐志森喝水。

徐志森喝完水，嘴角轻轻嚅动，林婉芬听到："陆涛——"

林婉芬摇摇头，示意他不要说下去。

徐志森却接着说，声音渐渐清晰："我想说陆涛，我脑子里只有他，我就想说他。"

林婉芬叹口气："陆涛很不懂事，他在你最艰难的时刻离开你，他有时候非常自私。"

"从女人的角度看，"徐志森说，"你是对的。从他的行为本身看，不仅自私，还残酷无情，可你是否看到这表面现象背后的东西？"

"背后的东西？"

徐志森点点头："是的。"

"我不知道你在说什么。"

徐志森坐直身体："他一定更能理解陆亚迅，他一定认为陆亚迅是英雄，陆亚迅在他最需要支撑的时候，做出一个自我牺牲的榜样，让他的形象在陆涛眼中显得很高大——"

徐志森说到这里咳了起来，林婉芬忙把水递过去，徐志森一口气喝干。

然后，徐志森接着说："此时，他反过来再看我，我是欲望的化身。我出国是为了得到金钱地位，回来是要得到你、得到他。我看起来像是不计一切代价，这使他自认为可以看轻我，只因为我们是那么相像。他以为他脱离这一切，他就能看轻我，他看到我很强，他以为我很强，他认为我想控制他，他用最难听的话伤害我，把我说成是一个无家可归的人，他以为他是不屈的，他没想到的是，在他不屈的血液中，奔淌着我的基因，多年前，我也曾像他这样不屈，而现在，我也同样不屈！"

说到后来，徐志森的身体随之颤抖，林婉芬急忙扶住他。

"老徐，你别激动，医生说——"

"谢谢医生说的，这一次医生给了我生命，我感谢医生，我感谢他们给了我一个机会，我最需要的一次机会——"

"那是什么？"

"陆涛，我要告诉他我在干什么，我不能忍受他误解我。"徐志森斩钉截铁地说。

▶▶ 夏琳的工作

位于巴黎的蒙代尔设计师事务所是一所小型设计公司，规模小，但在时尚界却小有名声，工作地点位于巴黎租金相对便宜的地段。主持这个事务所的设计师叫蒙代尔，在巴黎设计界经常露面，他每隔三四年便会夺得一次设计大奖，他的设计风格保守，功力却很深厚。近几年，他开始雇佣亚裔，因为市场导向，他不得不在设计中加入一些亚洲元素。目前他的事务所共有七个亚洲人，其中三个人有可能留下，成为这里的设计师，夏琳便是其中之一。

为此，她不得不经常接受设计测试，与别人竞争。

蒙代尔品位独到，对人却并不宽厚，内心深处，他是一个害羞的人，因此表面看起来，他经常显得苛刻而严厉，在公司，被蒙代尔叫到，往往令人紧张，因为他做决定很随意。

这一天上午，夏琳在电脑上画一张时装图纸，费雷尔先生进来"啪啪啪"猛拍了几下手。他是这个公司里的"自由人"，年纪三十五，却已在公司待了近十年，他同时担任很多工作，包括蒙代尔先生的高级助理。

随着费雷尔先生的掌声，夏琳和其他几个实习生抬起头来。费雷尔先生指着夏琳，用法语说："你！"

夏琳知道，对她的考验又来了。

▶▶测试

夏琳随着费雷尔先生通过走廊，来到另一个房间，蒙代尔先生等在这里。他的工作习惯是，把自己的创意讲出来，让低等级的设计师来发挥，并试图从中获得灵感，当然，他总是失望的，新人极少能给他惊喜。

夏琳坐到前面，把抱着的笔记本放下，接上投影仪，坐定。接下来，便开始向蒙代尔先生演示她的设计作品。

"我的设计主题是百合花。我希望看到百合花盛开在冬天里。我采用了鲜艳的颜色，主色调是绿色和白色，是这样一种绿——"

投影上不停闪过夏琳的设计作品。

由于蒙代尔先生坐在前排，夏琳无法看到他的脸，更无法根据他的反应来调整自己的思路，她只能顺着说下去，她甚至认为蒙代尔先生根本没有听。

事实上，蒙代尔先生面无表情，一边看着屏幕，一边不时低下头，翻着手里最新一期的时装杂志。忽然，他对身边的费雷尔耳语了两句话，费雷尔立刻用手指敲击桌子，使夏琳停下，然后高声说："我们是为冬季巴黎时装周在做设计，不是为香港、新加坡，也不是为日本。百合花是十二年前巴黎流行过的主题。"

夏琳站起来，说："请让我说完。"

蒙代尔先生甚至头也没有抬，他在继续翻动杂志。费雷尔先生望向夏琳，耸耸肩，手一摊，表示不行。

夏琳长出一口气，合上笔记本，拔掉连接线，走出去。

她连续两个星期加班加点、点灯熬油的工作成果就这么化为乌有。

夏琳回到自己的座位上，苦笑着对同室的另一个女孩说："下面该你了。"

这个女孩叫郭栩如，来自香港，比夏琳早来两个月，她们俩既是竞争对手，又是闺中密友。

郭栩如笑一笑，打了一个V字手势。

费雷尔先生走进来。

郭栩如被叫了出去。

▶▶闺中密友

没过多久，郭栩如撅着嘴回来了，蒙代尔先生对她的设计也不感兴趣。

两个姑娘感到很郁闷，她们工作都很努力，然而她们一直得不到蒙代尔的认同。像往常一样，两人决定下班后一起逛街来消愁解闷，她们有一个共同的解压法，那就是溜旱冰。

今天，夏琳准备向郭栩如展示一下自己从北京来的男友，事实上，郭栩如已从夏琳那里听到很多关于陆涛的事情。一般来讲，两人在没什么可说的时候，夏琳便要讲一讲陆涛、国内的朋友圈，以及发生在朋友间的种种事情。这些事情距离郭栩如是如此遥远，以至于她竟然感到很新奇。

当夏琳问到郭栩如时，她只是摇摇头，最多简单地说一说自己高中时暗恋一个会打网球的男生，再后来，交过两个男朋友，全都不痛不痒。"香港其实很传统的，吃了两顿饭，就要谈婚论嫁，讲的都是谁家有钱，谁家生活好，其实很无聊的，不然我不会到巴黎来。"

得知陆涛也来到巴黎，郭栩如看起来比夏琳还兴奋，她很想知道陆涛在干些什么："他是天天宅在房间里烧饭吗？"

夏琳手一挥："他烧饭？甭想！他是一个群居动物，醒来第一件事就是看看手机里有没有狐朋狗友给他发短信。"

"那他天天干什么？"

夏琳笑了："你永远不用管北京人会干什么，他们是这个世界上最能自得其乐的动物，陆涛来巴黎想干的第一件事说出来能把人气死。"

"是什么？"

"你猜啊。"

"看博物馆？"

"才不呢。"

"上街看建筑设计找灵感？"

"得了吧，你猜不到！我告诉你他干什么，他去要饭，而且自己奏着乐要。"

"他用什么乐器？"

"街上买的几个破锅破碗，用一把破勺子敲，在家还练呢，你知道他敲什么？"

"敲什么？"

"敲贝多芬的作品！"

"啊？哪一个作品？"

"我还是别说了，听得我都快烦死了。马上就下班了，你要是愿意绕一点路，就能听到他在敲什么。"

▶▶ 欢乐颂

于是，一小时后，陆涛便在集市的行人中看到两个女孩，一个踩着滑板，一个穿着旱冰鞋向他飘过来。

夏琳穿轮滑鞋，背双肩包，两人全是一身儿Lotto运动服，夏琳的是绿色的，她背后，郭栩如在玩滑板，穿一条红色超短裙，上身是连着防风帽儿的运动夹克，很明显，她滑得比夏琳娴熟，她们俩一前一后在人群中穿行，如同在草丛中穿行一样。

郭栩如超过夏琳，向陆涛滑去。

陆涛看着她们两人越来越近，而郭栩如也听到了陆涛敲击的音乐，她对夏琳笑道："是《欢乐颂》！"

在经过陆涛的一刹那，夏琳一指，笑着对女孩说："那就是我男朋友。"

同时，夏琳冲陆涛招手，陆涛对她眨眨眼。

夏琳刹住车。

郭栩如对夏琳招招手说："再见。"

她的身影消失在人群中。

▶▶|豪华蜜月

背着双肩包的陆涛和夏琳从一个面包店出来，各自手里抱着一纸袋法式面包，夏琳拿出一根面包，对陆涛晃了晃，问："饿吗？"

陆涛使劲点头。

夏琳把面包递过去，陆涛没有接，向周围望了望，然后高声说："按法国的规矩，在室内就餐高雅，还是露天高雅？"

"当然是户外。"夏琳说。

"那我们就户外！"

夏琳叹气："又是户外。"

陆涛笑："今天的就餐背景是塞纳河还是卢浮宫？"

夏琳恶狠狠看了陆涛一眼："哪儿近就去哪儿！"

"你认为奔赴就餐地点，我们是坐大车好还是小车好？"

"你到底要了多少钱今天？"

"对于像我这样永远有超强支付能力的人，钱的事请不要再问了，简直是对我的侮辱！我们还是讨论讨论就餐条件和环境吧。我认为在我们的蜜月中每一顿饭都是最重要的！"

夏琳白了陆涛一眼，站住了。

行人从他们中间穿过。

"请继续讨论我们的交通问题，大车好还是小车好？"

夏琳长出一口气："我再也不想租自行车骑了。"

"那就坐大车！"

▶▶ 不要焦虑

一辆双层公共汽车驶过，汽车站前，陆涛死死地抓住夏琳的胳膊，眼看着车开走。

夏琳急了："为什么不上这辆？"

"不够豪华，人太多，配不上我们今天这顿饭。"

夏琳气愤地叫道："你到底饿到什么程度了？是不是背着我早就偷吃了？"

"没有你我什么也不想吃。有你在我身边，就是画上的死猪也能被我在心里做熟了，淋上法国酱汁，当成顶级法国大餐来吃！"

夏琳一指："别废话了，车又来了。"

一辆双层公共汽车开来。

夏琳轻声问陆涛："有没有买车票的钱？"

陆涛把自己的大包抱起来，拉开拉锁，从里头拿出一包纸，把纸剥开，里头有一碗，碗里有一些钢镚。陆涛挑出几个，晃晃："我请你坐大车，你要放心，不要焦虑，我们坐得起——巴黎真美，只要买得起一张车票。"

然后拉起夏琳，在车门打开时跳上车，把钢镚准确地投入投币孔。

公共汽车尾部的横座上，夏琳、陆涛并肩坐着，背后的玻璃像是没有一样，映出巴黎的街景。夏琳、陆涛手拉手坐在一起，两个双肩大背包分别占据旁边两个位置，一左一右。

▶▶ 讲究

塞纳河畔，风景如画，陆涛和夏琳走过亚历山大三世桥，大桥将两岸的香榭丽舍与巴黎荣军院广场连接起来，金属桥身，上面布满雕像，低矮、细致而美丽。

陆涛和夏琳彼此看一眼，收回目光，同时向对方点点头，于是他们就在不远处的一处空地上坐下了，从这里看去，桥上的浮雕金光闪闪。

陆涛一只手伸进大包里，说："就餐地点选好，现在我关心的是，用哪种桌布？用细麻布还是棉布？"

"你饿得半死铺桌布干吗？"夏琳说。

"媳妇，到了巴黎要比北京更讲究，我们不能让法国人看不起我们。"

"巴黎人根本就不会看我们。"

"我们要有耐心，给他们时间和机会，让他们慢慢地看我们，然后欣赏我们。"

"欣赏我们什么？"

"你的才华和我的乐观。"

夏琳笑了，风吹动她的头发，接着她转过头，看着陆涛说："我今天遇到不高兴的事儿了。"

"看你这失魂落魄的样子我一猜就是，只是不知道是什么事，趁着此刻的良辰美景，说来听听吧！"

"跟大师学艺真难啊！"夏琳叹了一口气，拖过一根面包棍，默默地咬了一口面包。

"难到什么地步？"

"到现在为止，我只见过他染着白头发的侧脸儿。"

"他人怎么样？"

"很神秘。"

"那你就没听他跟你说个只言片语的？"

"他只跟高级助理说过一些只言片语，而我是他的高级助理的低级助理，你认为他能跟我说什么？"

"可能就剩下一些标点符号了吧。"

"滚！"夏琳说。

▶▶John

陆涛闭上眼睛，双手合十，默默祈祷。

夏琳等他睁开眼，问："你在偷偷地惦记什么？"

"我在扪心自问，什么时候才能成为John Galliano？受雇于CD我也认了，不过现在我真替你嫉妒他。如果有一天你奋斗没成功，而我，不巧成为John——"

夏琳使劲摇头。

陆涛盯着她，说："真的没可能吗？"

"John已经融入了时尚界的血液里了。"

陆涛轻声说："我也是个设计师——"

夏琳果断地回答："但不是John Galliano。"

陆涛刚要张嘴。

夏琳坚决地接着说："也没有可能成为John Galliano。"

陆涛张张嘴，话音还没发出来，夏琳便接上："不要问我为什么。"

陆涛叹口气，又张嘴，夏琳打断他："因为陆涛这个名字太难听了，不可能成为时尚的一部分，更不可能成为巴黎时尚的一部分。"

陆涛又想张嘴，夏琳笑了："换成意大利名也不行——你也太顽强了，住口！吃面包！"

"你难道真的不允许一个要饭的胸怀大志吗？你也太残酷了。"

"不是我残酷，是巴黎很残酷。"

"巴黎残酷在哪里？"

"你能想象有一天，John Galliano去街头要饭会成为时尚？"

"那是不可能的。"

"因此，陆涛要成为像John那样的设计师就是对巴黎的侮辱。"

陆涛乐了："那么，巴黎受得了陆涛的侮辱吗？"

"巴黎忍受陆涛侮辱的方式就是让陆涛成为一个要饭的。"

陆涛笑了："巴黎真残酷。"

▶▶我仰慕你

"此时此刻，你是不是特别怀念北京？"夏琳问。

"北京有徐志森，徐志森对我至少比John对你要好，你认为我们应该怀念北京还是羡慕巴黎？"

"我认为我们应该走到哪里混到哪里，现在，我们在巴黎，我们就要在这里奋斗下去。"

"你的奋斗是什么意思？"

夏琳想了想，鼓足勇气问："你认为有一天我能够成为John Galliano吗？"

陆涛摇头，说："多半比我还不可能。"

"那我不是白来了？我这法国名字Sofia不也白起了？"

"不过当你梦想成真以后，John Galliano的儿子会成为Sofia的高级助理，如果他有儿子的话。"

"巴黎的时尚是，设计师的设计基因会传下去，成为传统，但本人一般都没有儿子，因为他们只喜欢同性。"

"那么巴黎的时尚就是一种断子绝孙的时尚，我认为你在一条错误的道路上学习得太久了。"

"那你是不是觉得我太傻了？"

"事实上我仰慕你。"

"为什么？我都成你媳妇了，你为什么还仰慕我？"

"我仰慕你的奋斗。"

夏琳刚想张嘴，陆涛又接上说："真心的。"

"那我怎么办？"

"闭上眼，闻一闻塞纳河河水的味道，在饭前把那些负面信息忘掉。"

夏琳闭眼，做出打坐的样子，陆涛趁机把一块布铺在地上，把面包、黄油、几片生菜和一把餐刀摊在桌布上，又摆得好看一点。

他看看四周，又看看夏琳的脸，夏琳在晚霞里显得特别漂亮。

陆涛咽了口唾沫，轻声说："醒醒媳妇，该吃饭了。"

夏琳睁开眼，看着地上铺的布，惊叫道："这不是你要饭的时候铺的那块吧？"

▶▶| 希望

日子一天天过去，徐志森的身体渐渐恢复了元气。这一天下午四点左右，林婉芬推着徐志森，走到医院的花园里，天气好得出奇，抬头便可看到朵朵白云在蓝天下飘浮。

两人的谈话总是离不开陆涛——他们唯一的儿子与希望。

"有时候，我觉得你恨他，恨铁不成钢的那种恨。"

徐志森轻轻摇摇头，一会儿才说："不，我欣赏他。"

"你欣赏他？"

"是的。"

"为什么？"

"我在他身上看到自由的影子。别人会说他不负责任，自私任性，但别人会对我大喊大叫，直至我向他们手中悄悄塞进两千万，他们一瞬间就会改变态度，老老实实从我手中接过两千万，听从我的建议，他们是那些我可以通过利益与情感控制的人，而陆涛不会，我一直在想，他为什么能做到？"

"也许，他知道，你爱他，他对你有恃无恐，不管你们现在的关系如何，他知道，总有一天，你的钱仍会是他的。"

"首先，很少年轻人会耐心到这种程度——我是说，他可以等到在我死后，得到我的钱。再说他现在这么冒犯我，我怎会把钱留给他？这不是答案！我们争执时，他根本没有想得到我的钱，他也不是在为金钱而奋斗。"

"那么，答案是什么？"

"答案只有一个，那就是，他已经有了他自己的生命！"

▶▶巴黎街头

同一时刻，也就是巴黎上午九点，背着双肩背包的陆涛走过巴黎街头，前面是一家刚刚开门的餐厅，陆涛走进去问一个员工："请问你们要人吗？"

员工望向老板，并叫了一下老板。

一个胖胖的老板走过来。

陆涛问："我找工作，干什么都可以。"

"对不起，我们不需要。"老板硬邦邦地回答他。

陆涛扭头便往外走。

老板叫住他："等一下。"

陆涛站住。

老板走到电话机前，拿起电话，拨了一个号码，简短地用法语问："请问你们还要搬运工吗？中国人。"然后便把电话挂了，对陆涛提高声音，"很遗憾，目前我们没有工作给你。"

▶▶对自己负责

"老徐，你说陆涛有了自己的生命？你是什么意思？"林婉芬问道。

"他将不依赖我，他将对自己负责，他将独自成长。"

"那么，我们还能为他做什么？"

"这是我在想的问题。会有答案的。婉芬，谢谢你对我的照顾，现在我感到自己一天比一天更有力量，我重新有了希望，最强烈的希望就是能早一天走出这个医院，住在这里让我觉得自己对别人没有用处，这是我一生中最讨厌的情形！"徐志森说到后来，身体轻轻晃动起来，他仿佛是触到了某一个力量的源头。

林婉芬看到，在徐志森因疾病而消瘦与苍白的面孔上，开始有了血色。

"那么你想去哪儿？"林婉芬笑着问，那笑意里分明有一丝年轻人的调皮。

徐志森被这笑意所击中，他再次强烈地感受到自己失去的时间。在生活中，他很少计较自己的损失，但这一段日子，每当他与林婉芬心有灵犀的一刹那，他都清楚地知道这二十年中他真正的损失是什么。

▶▶|等待

一小时后，林婉芬把徐志森带到一个高档会所里，这是一个位于西山边上的四合院，里面是一个茶室。

徐志森是靠着林婉芬从车里出来的，他是真的靠着她，他的体重压在她的肩上，却能得到有力的支撑。两人坐在屋檐下，徐志森深吸一口气说："总算没有医院的味道了。"

"就坐半小时啊。"林婉芬提醒道。

徐志森眨眨眼睛说："多谢你帮助我躲过大夫。"

徐志森拿起一个茶杯要喝茶，林婉芬一把抓住他的手说："大夫说了你现在不能喝茶，要喝矿泉水。"

徐志森看着她说："你比大夫对我还好。"

林婉芬低着头站起来，走到对面坐下，一会儿，一个服务员过来，端来一瓶矿泉水，倒在一个漂亮的杯子里，一朵花漂浮在矿泉水上。

服务员走后，徐志森对林婉芬说："这朵花让我想起生命。"

"什么生命？"

徐志森喃喃地说："他，他自己的生命——"

"它自己的生命？"林婉芬看着那花。

徐志森点头："是的——那生命与我们有一点点不同，但我相信，那仍是一个人类生命，我相信，我相信——"

林婉芬意识到，徐志森仍在谈陆涛，她确信，一再地确信，徐志森对陆涛有着深厚的感情，那感情甚至叫人难以理解。

"你相信什么？"林婉芬问道。

"我相信，只要是生命，就需要伸展，只要他想伸展，他就需要我，他仍会是我的骨肉，我的儿子，而我的儿子，是必须在这个世界里伸展的！"

▶▶ 为什么

"为什么？"林婉芬想弄清楚徐志森的思路。

徐志森笑了："在我们的关系中，这一次，我输了，只有我知道是输给了陆亚迅，那是陆涛在最迷惑的时候看到的光芒，但下一次不会。"

"为什么？"

"到我这个岁数，才能看清一些事情。婉芬，你知道，无论我多么强，如何努力，命运都不会完全受我的控制。呵呵，这一点也适用于陆涛，命运当然也不会受他的控制，他总有被挤压得受不了的时候。我要养好身体，做好准备。"

"准备什么？"

"等他来找我！"

"他结婚了，在法国，谁知道他什么时候回来。"

"请在打电话的时候，对陆涛说我一切都好，也请把他的情况告诉我，一切的一切，我都想知道，我在法国有一些朋友，他要是有困难，我可以帮他。"

"你就想着陆涛！"

"那我还能想什么？你呢？除了陆涛，你还有什么？"

林婉芬不说话了。

徐志森接着说："还有，婉芬，医生说我还能活多久？"

徐志森盯着林婉芬看，林婉芬表情有变化，说："很久。"

说罢嘴角露出一丝微笑。

"那么，我就有很多机会去实现我的目标，呵呵。现在，婉芬，我们一起走到院子外头去，我要见一见阳光，看一看山景，闻一闻这个世界的味道。大难不死，还有你的陪伴，我现在感到很振作，一切都是那么新鲜。"

▶▶| 新鲜

同一时刻，陆涛的新鲜感却完全失去了，他的要饭摊儿上很冷落，虽然他已能用破碗把《欢乐颂》敲得又好听又大声，但仍无法掩饰他内心深处的失落。巴黎让他感到陌生与疏离，无法融入，他的身份令他很不自在。街上人来人往，每人都有自己的目的地，他却像是悬在半空一样——来之前的那些豪情已灰飞烟灭，但命运总爱自作主张。

就在陆涛收起碗，背起包，准备回家时，他眼前一亮，看见郭栩如踩着滑板在人流中时隐时现，风一样迎面滑过来。他向她打招呼，而她差点撞到陆涛身上，最终她稳住了自己，扶着他的背包转了一圈，滑板发出刺耳的响声，她停住身子，用粤语说："对不起。"

"是法国政府出钱雇你在巴黎溜旱冰到处乱滑吗？"陆涛大声地问候。

"你在说什么？"

"我是说，你玩滑板简直是巴黎一景。"

"你是在说我滑得好吗？"

"我是在说——算了，我还是别用北京的肉麻话夸你了，其实我已经很肉麻了。"

郭栩如笑："夏琳在加班，我下班路过。"

"以后多路过路过，让我无聊之余，也好欣赏一下中国姑娘的巴黎风采，简直太感人了。"

"我感人么？哪里感人？"

"我们还是再见吧，谢谢你用你的滑板风采令我身处逆境也能感到来自祖国的——你们香港也是我们中国大家庭的一部分——算了，我还是别胡说了。"

"那ByeBye。"

郭栩如笑了一下，滑走了。

陆涛望着她消失的背影，然后大踏步往回家的方向走去。十分钟后，他走到一家面包店前，停住，犹豫了一下又走了进去。

店里，陆涛对老板说："我要两个牛角面包，一块黄油，一盒生菜。"

"今天还赊账吗？"老板问，他也是个中国人，确切地说，他是福建人，在这里做小生意。

陆涛点点头说："对不起，我争取明天给你。"

"有时候坚持不下去就不要再坚持了，法国并不是很好混。"老板边说边熟练地把他要的食物包给他。

陆涛笑笑出去了，老板的话叫他感到有些难为情。

▶▶ 难过

陆涛回到家，一个人坐在窗前，他把食物摆在面前，面包、黄油、生菜叶，就是这些了。他感到郁闷，这就是他要的吗？每天都是如此，面包、黄油、生菜叶，他知道夏琳是来巴黎追梦的，自己呢？自己原以为是陪着夏琳寻梦的，但夏琳真的需要他吗？

陆涛怀疑这一点，现在，他很少看到夏琳，看到了也是很疲倦的样子。他曾每天变着法子逗夏琳开心，然而天长日久，他的戏法儿便成了一种多余。虽然夏琳从未说过他一句半句，但分明，他目前的现状就是一种多余。他缺少自己的目标，只是混日子，这令他既不安又自怜。事实上，他很难过。此刻，他犹豫了一下，看了看表，正是北京上午，拿起电话想了想，然后拨出一个电话。

林婉芬的手机响了，徐志森正在睡觉，林婉芬拿着手机迅速走出病房。

"喂，陆涛，你好吗？"林婉芬熟悉的声音传来，语调一如既往。

"我就是报告你一个好消息，我过得无忧无虑，简直像在天堂，我怕我太没良心了，把你们给忘了，所以我得问候一下徐志森，他怎么样？"

"他越来越好了，现在他吵着要出院。"

"你们呢？你们是不是也越来越好了？"

"别胡说。"

"那陆亚迅怎么样？"

"他也很好。"

"难道我是在给天堂打电话吗？按我们地球的规矩，你们仨不可能都好啊？"

"你想说什么？"

"我想说——你去看过我爸吗？"

"好久没去了，但我每星期给他打一个电话。"

"你替我去看看他行吗？"

"我看看吧，要是明天有时间，就去看看。"

"帮我给他买一斤苹果、一斤梨、两个芒果，要那种大点的——"

"我知道他爱吃什么。"

"妈，谢谢你。"

"夏琳好吗？"

"她正在厨房里给我做法国大餐呢，要不我叫她忙乱中接一下电话？"

"别别别，我知道你们俩好就行。"

"我们度完蜜月后仍然很好，下一个月是比蜜月还亲密的一个月，你放心吧妈，她简直就离不开我。"

"又耍贫嘴。你们经济上有什么困难吗？"

"一点儿困难都没有。有很多工作等着我们，每天都会收到大量邀请我们工作的邀请函，我跟夏琳把它们做成扑克牌。"

"你又胡说了。记住每天吃水果。"

"今天我吃了一个苹果、一个梨、一个芒果，你觉得够了吗？"

"够了。"

"那再见。"

"再见。每星期打一个电话来。"这是林婉芬永远的最后一句话。

▶▶◀ 奋斗

　　陆涛挂了电话，用手摆弄着那几个面包，感到胸闷。他想大叫，想摔碎一些东西。忽然他觉得脸上一凉，他知道自己哭了。这让他有点难以置信，但半秒钟后他便听到自己的哭声，这一下，他真的相信了，接着他使劲地哭起来，声音越来越大，心情也越来越不好受。

　　最终，他发现他已经没有眼泪了，只是在干号，真是太不好意思了。他收住哭声，自言自语道："那些女的真有一手，没想到哭起来那么痛快，以后争取多哭哭，最好能当着夏琳哭。千万不要嫌丢人，丢人的事儿，早在哭之前就发生了。有什么丢人的？泪洒巴黎有什么丢人的？"

　　他又拿起一个闹钟，这闹钟是巴黎时间，时针指向七点，他给夏琳打电话。

　　此时的夏琳正在街上，抱着一包衣服吃力地狂走，这是公司让她去制衣间取回的衣服。她听到电话响，原地站住，把衣服倒到一只手上，然后很艰难地拿出电话接："喂，一猜就是你。"夏琳差点就把"别添乱了"说出来，但她强忍下去。

　　"你什么时候回来吃饭啊？大餐都馊了。"夏琳听到陆涛假装用随便的语气对她说道，这更让她感到他的孩子气。

　　夏琳深吸一口气，决定不刺激他："我们今天晚上模特试妆，我正往公司跑。"

　　"那八点行吗？"

　　"今天晚上我没法儿回家吃了，你自己吃吧。"

　　"那九点呢？"

　　"可能要再晚一点儿。"

　　"那我等到十一点，不要夜不归宿，影响我明天的上班情绪。"

　　"照顾好你自己，我得走了，来不及了。"夏琳快速挂掉电话，迅速用拿电话的手抱住衣服，她的另一只手一直在发抖，已经支撑不住了。

　　夏琳对自己抱住的衣服说："夏琳，你没有表现出不耐烦，你真了不起，其实你已火冒三丈啦！但你知道，你要是一不小心说他任性，他就更任性，他还会跟你急，后果会很不确定。在你为生活拼搏的时候，不能受情绪影响，只要专心做好手头每一件事。现在，你得赶路，啊，我运气真好，出租车。"她抱着衣服冲向一辆出租车，出租车停住，她钻进去，出租车开走。

而此时，陆涛脸上凝固的表情才松动一下，他慢慢放下电话，按住电话，最终长叹一声。他是那么失落。

陆涛掰开一个面包，夹进黄油生菜，吃了一口，又站起来走到一个老式电视机前，打开。电视里正播着一个法国的家庭剧，一对年轻人坐在桌前，吃烛光晚餐。

陆涛恶狠狠地指着电视叫道："你们活得真庸俗，真庸俗，你们法国人简直就不知道什么叫奋斗！"

▶▶受挫

电梯门开了，夏琳抱着衣服冲进公司。

文秘吉娜只是抬头瞟了一眼夏琳，然后伸手指向试衣间，吉娜来自里昂。夏琳冲进试衣间，只见三个女模特脱得只剩下内衣，她们正等着夏琳取来的衣服，费雷尔先生走到夏琳身边，轻声说："你晚了。"

夏琳迅速把衣服挂上衣架，郭栩如冲过来，很熟练地拿下衣服，分发给模特，拍了几下手，对模特说："现在可以试衣了，五分钟后蒙代尔先生必须看到效果。"

郭栩如猛然一回身："Sofia，咖啡呢？"

夏琳一头雾水："我哪来得及喝咖啡？我胳膊都脱臼了！"

郭栩如凑近她，低声说："大家的咖啡呢？"

夏琳"嗷"的一声冲出门外，她忘了，蒙代尔先生喜欢边与大家一起喝咖啡，边看他设计的服装效果，而这个工作应属于她去完成。

就在夏琳慌慌张张奔向休息厅煮咖啡时，吉娜与另一个公司女职员在悄声议论她："今天Sofia不知为什么笨手笨脚。"

"她可能太紧张了。"

"这要让蒙代尔先生看到，一定会不高兴的。"

"但蒙代尔先生也得忍着，因为她很便宜。"

吉娜说完笑了，但笑声又立刻停住，因为蒙代尔先生过来了，手里拿着一本时尚杂志，带着他的四名大客户，其中的两名是来自美国的采购商，他们是纯粹的生意人。面对他们，蒙代尔先生不再是一名艺术家，而是一名推销员。此刻他有点焦躁不安，他拿不准这一个系列能否让他的客户满意，在这里，你永远都不能过时，因为一旦过时，就没有人再来找你了。

同样焦虑的还有正在煮咖啡的夏琳，她曾得到过公司很多人的夸奖，说她的咖啡煮得香，但今天她必须在五分钟之内煮完全部咖啡，也许要十杯。

焦虑的人中，还有陆涛，他现在又走在街上，他记起欠面包店三十六个法郎，他记起，他要让夏琳吃好睡好心情好，但他认为他根本就没有完成他的工作。他曾以为只凭自己的能力一切便都易如反掌。他错了，他现在最好是有一个工作，有固定收入，他要忘记自己在北京的生活，他要建立自信，他必须必须必须在巴黎赤手空拳地为自己创造出一个让夏琳离不开的位置，他必须，他必须——他走着，走着，把这些心里话全都说了出来。忽然他看到一个装修工人吃力地搬着一个工具箱走向一个商店，陆涛赶过去，搭把手帮他搬了一段，把箱子放在一个正在装修的小商店里。

那工人看着他，用手抹一下脸上的汗水，还没等他开口，陆涛便用法语问："有工作给我吗？"

工人摇头。

陆涛不等他表示感谢，眨眼间便走出商店。他的眼睛望向五光十色、漂亮的街道，那里的行人不多，却匆匆忙忙，他在北京的机灵劲儿在这里全都使不上。他只是懊丧与冲动，却孤立无援，一筹莫展，但他一点也不想屈服。

"我的目标，我的近期目标只有一个，那就是得想办法靠自己在巴黎混下去，要不然他们就会说我来巴黎太盲目，可是我一点也不盲目！"他发狠般地低吼道。

▸▸ 目标

就在陆涛在巴黎乱冲乱撞时，在北京，在医院的小花园里，徐志森也沉不住气了。

"大夫说我什么时候能出院？"他问林婉芬。

"你那么着急出院想干什么？"

"我要去为我的目标而奋斗，这个医院太讨厌了，只要在这里，穿上这身衣服，就让我觉得自己是个麻烦人的病人。"

"你的目标是什么？"

"让陆涛活得比我还要伸展。你喜欢这个目标吗？"

"那也是我的目标。"

徐志森忽然拉住林婉芬的手，抬头对她说："嫁给我吧，我现在很想从这车上爬下来，跪下去吻你的膝盖，只要你同意。"

林婉芬看着他，她试着把手从他的手中抽出来，但他的手很有力，她抽不出来。

"忘记陆亚迅，只忘记一会儿。"徐志森看着她说。

"老徐，这对我来说，很突然，我很为难。"

"我们有共同的目标，而且那么清晰，那么明确，陆涛是我们最珍贵的东西——"

"老徐！"

"你也是——"

"老徐，我们已经——"

"我们已经不年轻了，是的！可是我需要你，比陆亚迅还需要。陆涛说得对，从某种角度讲，我就是一个睡在五星级饭店里的孤魂野鬼。"

"老徐，你知道，你这么说让我——"

"这不是重点，重点是，我有了你，就有更多机会帮助陆涛，他不要我的遗产，我可以给你，当他需要的时候，你再给他。请给我机会，请帮助我。"

林婉芬呆住了，半天才意识到徐志森在说什么，她深吸一口气："我无法对你说'不'。"

"婉芬，你是多么好啊，在这阳光下，我以为你是最好的，离开你是我一生中最大的错误，你能给我机会改正它——"

"你说的事情，对我来讲非常困难。它可能是我一生中最大的错误。"

"这是明摆着的。答应我吧，现在就答应，我知道别人会怎么说这件事。"

徐志森从林婉芬的脸上看到复杂的表情，就像他坐在飞机上穿过厚重的灰云，但最终，他看到她点点头。

徐志森笑了。

林婉芬也微笑："从现在开始，我成了一个又坏又老的女人。"

"谁都不知道你有多勇敢。你离开一个对你很好的男人，嫁给一个活不了多久的老人，而这个人曾让你一生都不幸福。"

"我希望你对陆涛好，我看出你对他好。"

就这样，林婉芬被徐志森的意志征服了，在她眼里，他是一个强有力的男人，比她见过的所有男人都有力。同时，她也知道，他并不能总是这样，因为谁也不知道，他的心脏能支持他活多久。

▶▶ 米莱在美国

在美国纽约法拉盛一个高档华人社区的独栋别墅里，米立熊和妻子已一个月没有见到米莱了。在米立熊眼里，她好像是与他们越来越疏远了。女儿长大了，有自己的生活，他可以理解，问题是，他摸不清她到底要干什么。

作为一个投资移民，他可以说在美国过得很紧张，美国对于投资移民在各方面有严格的规定，为此米立熊一到美国便重操旧业，开起一个中餐馆，并亲自担任大厨。他很成功，随着他对美国餐饮业的了解加深，他决定扩大规模，接着又开了一个高档中餐馆。从香港高薪请来厨师，雇佣了十五名美国公民为他工作。半年时间，他已在美国三个大城市拥有六个中餐馆，并且运营得都不错。米立熊每天只睡五六个小时，他飞来飞去，开着一辆二手宝马车，忙得团团转，却发现自己非常喜欢美国。目前，他嘴里已能断断续续说出些英语，他就用这种话对别人说自己是劳碌命，内心深处，却感到自己是个有用的人。他对自己很满意，在中国创业遇到的很多困难，在这里，因为更合理的制度而使他得以避免，他成为一个超级守法的公民。叫他感到惊奇的是，有很多以前在国内失散的朋友竟然莫名其妙地在美国碰巧遇到，这让米立熊感到世界变小了，他更感到，他率领一家人来美国来对了，他并没有因来美国而退休，而是相反，他得到了另一个使他感到生机勃勃的机会。

令他没有想到的是，妻子在美国也大显身手，她摇身一变，完全焕发了青春。她具有很强的适应能力，比他先一星期拿到驾照，比他会说更多的英语，成为他第一个饭馆的收银员。当他在美国飞来飞去时，妻子成为他最好的向导，她比他更认路，更记得那些接触过的人。在国内，这都是他的强项，但到了美国，他明显地感到妻子胜他一筹，甚至成为他的精神支柱。妻子通过与社区太太们打麻将拉到关系，使他进入纽约法拉盛华人商会，给他的生意带来很大的方便，他就像一辆老爷车，因重新安装了一部新发动机而青春焕发。

现在是美国一个普通的下午，他正兴奋而疲倦地坐在他的房屋的门廊下，像一个电影里的美国人那样，喝着茶。妻子坐在他对面，拿着一张华人报纸，不时告诉他一些报上的消息，他感到自己呼吸轻快。透过树叶，他看到一片黑云正缓缓压来，他定一下神的工夫，已铺满整个天空。

与此同时，推着一个满满的购物车，从超市刚刚出来的米莱也抬头看到同样的天空。今天她从语言学校结业了，要与同学们聚餐，然后回家。

▶▶聚餐会

半年前，米莱放弃了对陆涛的感情，与家人来到美国，这一次，她试图让自己的人生有一个新的开始。她是怀着一种朦胧的欣喜与决心踏上美国的国土的，她以为自己一定能够找到一种属于自己的人生。

一开始，她把自己当作父母的翻译及向导，她以为，离开她，父母在美国简直寸步难行。令她吃惊的是，父母很快就适应了美国的生活，他们住在华人圈内，办事情甚至只用中文就够了。特别是父亲，他到美国后，几乎一小时也闲不住，在他眼里，美国满地都是商机，出门买趟早点的工夫，也能接手一处铺面房开起饭馆。在国内养尊处优的母亲，当再一次与父亲开始创业时，竟然是轻车熟路。为此，她只能一再敬佩父母适应环境的能力，她知道，他们在哪里都能迅速找到自我，开始奋斗。

当米莱必须为自己的未来负责时，她却发现，自己是一个完全没有主意的人。骨子里，她是个乖乖女，没有主见，而且从来都是，大人叫她干什么她就干什么，令人放心。上学时她碰到陆涛，就听他的，她甚至从未想过自己除了陆涛还需要什么。现在，在美国，她的面前是一片空白，她想学什么就学什么，想干什么就干什么，且可以得到父母的全力帮助。她实际上已得到了一种让她自己去决定自己命运的自由，但她却不无辛酸地发现，她可悲地缺乏自我，她一点儿也不知该如何使用自己的自由。

渐渐地，她从父母开的饭馆脱离出来，因为那里并不真的需要她。她有时打算继续学习，但学什么却是个问题，很明显，她没有做设计师的才能，她需要改一个专业，但改成什么她始终不清楚。当初考到服装学院学设计也很偶然，她喜欢式样新鲜漂亮的衣服，觉得自己要是能做就好了，她如愿以偿，现在，她完全可以自己做出任何她想做的衣服，却发现自己并不是真的喜欢那些衣服，她甚至觉得要花时间去想穿什么衣服是一种烦恼，有三条牛仔裤、几件T恤和夹克，她就觉得完全够了。

米莱也不喜欢做生意，更不擅长做生意，做生意每天要与很多人打交道，那让她心烦意乱，有时回家听父母在饭桌上议论生意中认识的某一个人，让她觉得头疼。她认识到自己其实很封闭，她所有的朋友都在北京，她习惯了那一个朋友氛围，在美国，她没有新朋友，因为她对新的交往方式既不感兴趣，又不能胜任。她空虚、郁闷、无助，又怕父母为她担心，因此极力试图表现得正常，这让她很累。每天对她来说都是沉闷的，她只喜欢一件事，那就是睡觉，能够洗一个澡，然后钻进柔软的被子里，闭上眼睛，什么也不想，然后一觉睡到天亮，是她感到放松的唯一小快乐。

然而这一点却是不能对任何人说的。

▶▶ 正常

米莱为了表现正常，她决定让自己忙碌起来，最少要与父母一样忙碌。她先在外面租了一个房子，一周回家一次，这样免得父母每天晚饭时问她一天都干了什么。她又在语言学校报了一个班，随手拿下了一个美国驾照，接着她报了网球班、瑜伽班，她不是在阳光下奔跑，就是在室内学习，把自己安排得没有一刻空闲，但是，一种不适的感觉总是如影随形地跟着她，那就是，不管表面上有多么忙碌，她的心却总是空闲着。

事实上，她仍封闭在自我的硬壳中，她什么都有，青春、健康、活力，就是没有热情。她走在路上，坐在地铁中，时常感到自己轻轻的，空空的，像是随时会融化在空气中。在她眼里，一切都是例行公事，什么什么都是，连她自己也奇怪，为什么世界在她眼里，像是慢慢地，一天天地在褪色。

今天就是例行公事，同学告别聚餐，她买了菜去，一共十四人，来自八个国家。其中的十个人租了一个别墅，这个别墅明天起也要退租了。同学们纷纷飞鸟各投林，米莱为大家动手炒了两个菜，全是跟米立熊学的。得到大家的赞叹，米莱笑得很勉强，与大家东拉西扯，起初，她认为自己很羡慕他们，但听他们用各国英语说了一会儿话，就发现自己并不是真的关心他们，而他们也是，当有人问她以后要去做什么，她只是摇摇头，说还没有决定。

看看时间差不多了，她与同学们告别出来，开着自己的汽车赶回家，那是一辆八千美元买的二手日本本田车，开起来很顺手，就像她学网球、做瑜伽一样，都是很顺手。只是当她偶尔会想到"其实不去做也行"时，心里会泛起一阵阵不安，这种不安，米莱真想有一天高声大白于天下："我所有的生活，其实不过也可以。"

但她不敢这么说，并且内心深处对这种想法怀有罪恶感，她太胆怯了，没有否定生活的勇气。有时，米莱想想自己会觉得滑稽，她好像是一直在悄悄地模仿着别人的生活，却觉不到其中的意义，无论是别人的，还是自己学来的。

她把车开到自家的车库门口，从车里下来，提高声音叫了一声"爸，妈"，她看到父母就在门廊里向她招手。

她走过去，坐在父母身边，伸手接过爸爸递过来的一杯菊花茶，双手捧住，喝了一口，父亲高兴地说："我们家米莱的脸色真好，在灯下都显得那么健康，我也要学网球，真管用。咱们国家的很多领导人都打网球。"

事实上，美国让这一家人彼此离得更近了，生活也更从容，这里完全符合米立熊夫妇的理想，他们初到这里的不安消失了，他们找到了一个地方养老，守护女儿。

现在，米莱的心里安定下来，她知道，父母一点儿也不知，女儿已变成一个空心人，一个稻草人。他们仍把她当作一个正常人来看待，他们对她谈餐厅生意，当然，一切都很顺利，米立熊认为，一年后，我们的六个餐厅都可以赢利，并且，还可以做连锁。

"我们主打海鲜和川菜，我们的海鲜比意大利海鲜更便宜。"母亲说。

"我们的川菜和墨西哥菜竞争有优势，他们的菜里尽是玉米和豆子，吃起来口味跟吃土似的，怎么吃啊，我吃完就想吐出去。以后，等我们规模更大一点，我一定做一个川菜文化节，在美国五十个州做巡回展览，叫美国人见识一下什么叫好吃的！"米立熊用更高的声音说。

▶▶沉睡

夜晚，米莱洗完澡，吹干头发，穿上睡衣，光脚走进自己的卧室，钻入松软的被子，她把灯调暗，眼睛睁得大大的。她的卧室很大，房顶也高，忽然，她感到自己就像躺在一个巨大的棺材里，被埋在美国，埋在法拉盛。刚才，从加州回来的米立熊又对那里的气候赞不绝口，颇有举家搬迁的意思，甚至，父母想买一辆大房车，一家人开到加州去，他们不懂得，气候对米莱一点也不重要，然而重要的是什么呢？

米莱心里有一点内疚，她从父母身上，感到了自己的冷漠。"但是我为什么那么冷漠？在北京，我又是为什么过得那么高兴？即使受了伤害，也能充满梦想与激情？"

答案就在她刚要入睡时出现了，她感到自己缺乏目标，自己是一个不被需要的人、一个没用的人、一个不能给予别人东西的人、一个与社会无关的人，她的潜力全部在沉睡着，她必须把自己唤醒，也许，冥冥中自有什么东西将把她唤醒。

米莱睡去了，她陷入沉睡，这是她半年来的最爱。她不做梦，只是一味地往沉睡的中心游移，她的呼吸又长又匀，眉头微皱，她的身体十分放松，只有当她睁开眼睛时，她的心才会缩紧。

▶▶ 有用的人

上午，米莱醒来，她知道，下午四点开始打网球，六点钟停，吃晚饭，七点半至九点，她去瑜伽班学冥想，但她不上语言班了，连成的一条忙碌线断了，她要亲自把这条线儿接上。她洗漱停当，来到楼下的客厅，令她意外的是，米立熊坐在那里喝茶。

米莱走过去："爸，你今天不是要去城里看地儿吗？"

"下午四点的飞机。怎么啦，嫌你爸在家烦啊？"

"我是怕我爸嫌我烦。"

"为什么？"米立熊笑着问。

"因为，你看，是我领着你们来的美国，可是，一早起床，年迈的父母出门冲锋陷阵去了，而身强力壮的女儿却在家里——"

"米莱，"米立熊打断她，"你要是这么说，我们俩全回家陪你。"

"我不是你想的那个意思。"

"那你是什么意思？"

"我是觉得特内疚，怎么现在还帮不上你的忙？"

"米莱，我们一点儿也不需要你帮忙啊，其实我和你妈一想到你，心里就感到安慰。你看看我女儿，人长得漂亮，什么东西都一学就会，又机灵又懂事，走到哪里都让我和你妈放心，将来有一天，遇到一个好老公——"

"爸！"

"哎，米莱，我知道你那班儿上完了，我们正要在你那个学校边儿上再开一个店，你要是闲着没事儿，这经理就是你的了，离家近，开车二十分钟就到了，你要愿意，回家住也可以。"

"我可不敢再跟你一起做生意，第一次出手，引狼入室，还搭上了自己，给你赔了两亿。两亿！我一辈子都还不完。"

米立熊乐了："看来你挺会总结经验的啊，真不愧是我米立熊的女儿，明话儿告诉你吧，做生意要交学费的，就真是两亿的学费，你爸还是交得起的。再说啦，你爸是跟人合伙儿做的房地产，两亿也不是你爸一个人交的，而且啊，说实话吧，要是你爸听你的，相信陆涛，现在最少可以赚十亿。"

"怎么啦？"

"真没想到，北京这房价涨成这样儿，一年就翻了小一倍，那事儿啊，是你爸错了，忘记了一句最根本的生意经，那就是富贵险中求啊。我们当时觉得是到顶了，其实只在半山腰，当时我要是不害怕，挺一挺，赌一赌，我们的资金其实是可以支持到现在的。话说回来，陆涛那小子狂也狂得有道理，你上网看看吧，他搞的那田园牧歌，被徐志森真给弄成地标了。"

说罢无奈地摇摇头。

"啊？"米莱吃惊地叫道。

"我最近还在想陆涛这孩子，他其实是个人才，从他第一次见到我，问我人生的意义是什么，我就觉得他跟一般人不一样，名校高材生还真不是白给的。不过，话说回来，他敢欺负你，就是能跟他一起挣钱，爸也不干，车有车道，马有马道，我看，咱一家人到美国来发展，挺好！新生活啊，不说别的，这美国的空气多新鲜呢，北京有吗？到这城里一转，世界各地的人都有，高的矮的胖的瘦的黑的白的红的黄的，什么样儿的人全有，这里才是世界呢。哎，我买了一部高级数码相机，本来想拍拍门脸房，现在改拍人啦，过来过来，你看看——"

说着米立熊把米莱拉进他的书房，一进去，只见一整面墙上，全是米立熊拍的各种街拍照片。

米莱惊叫一声："啊，爸，你，你，你还有艺术细胞呐。"

"不是我好，是相机好，这相机是佳能1D MARK2，顶配，我用的是自动档，谁拍都是这样儿。"米立熊小声说。

可米莱就像没听见一样，她一张张看着那些生动的照片接着嚷嚷："哟，爸，别说，你拍得真好啊，你怎么不分我点儿啊！我一设计衣服，脑子里就一片空白！你看，就像这人儿穿的，是迪奥今年的新款，对比这两个人穿的，就是有风格，大牌就是大牌。哎，不过只能欣赏一下，和我没关系，我不是一个干设计的料，大学学了四年，就会认名牌了，我自己还不爱穿，一点儿用也没有。"

"谁说没用，不是爸夸你，你带爸妈上街买的衣服，一件儿是一件儿，我们自己从来就没买对过，这事儿我和你妈嘴上不说，可你仔细看看，我们穿的衣服，不都是你带我们挑的？你能找出一件不是的吗？"

"那有什么用？"

"米莱，你爸妈天天穿着你挑的衣服，穿得那么合适，你怎么能说没用？还有，你爸妈工作一天，一想到家里还有听话的女儿，就感到安慰，觉得这一生没白活，给你说实话吧，要是没有你，你爸妈现在得多空虚啊，挣再多钱有什么用啊？还有啊，咱家最大的一次商机还是你给带来的，可惜的是，你爸不识抬举，把陆涛给赶走了，还妨碍了你的幸福——你是不是一会儿想收到你爸写的检查啊，我写，我马上写！"

米莱一把抱住米立熊："爸，你怎么这样儿啊！你怎么对我那么好啊！"

说着，哭了起来。

"你怎么了米莱，爸可都是跟你说的实话啊。"

"爸，你等着，你女儿米莱现在对着你发誓，我一定要做一个有用的人，我一定可以做到！"

"米莱，你在说什么？"

"我在说，我要使自己成为一个有用的人，至少要跟陆涛一样有用。我刚刚才明白他为什么离开我了，我是一个对社会没用的人。我是一个乖女儿，以后最多是一个很好的家庭妇女，可爱没有用，让人放心也没有用，那些都过时了，就是现在我结婚了，迟早也会感到不满足。现在，我比任何时候都能看清楚我的目标，无论如何，我要建立属于自己的生活，不是表面的，而是真实的，就像你们老两口儿一样。"

"你在说什么？米莱，爸一句也没听懂。"

"爸，我要做一个对社会有用的人！在那里，我才会有真正的自我空间，别的都是任性和胡闹！"

"孩子，你怎么突然变成大人了？"

"我一直在想，为什么你和我妈到哪里都过得不错？现在我明白了，你们是社会需要的人，谢谢你爸爸，这么简单的事儿我为什么以前一点也不知道。"

"米莱，那也需要一个过程啊。"

"爸，你说的过程马上就要开始了。每个人都开始了，为什么就剩下我，我可真笨！"

▶▶ 行动

米莱出了家门，她终于知道自己如何连起从上午到下午四点前这一段时间，对于她，那不是几个小时，而是空虚，是时间在她的人生中挖出的深渊，她需要一座桥梁来跨越过去。

此刻，米莱正驾车直奔曼哈顿中国城，阳光碎碎地在她脸上闪烁，令她感到惬意，她知道，法拉盛有很多职业介绍所，主要服务对象是新移民，她要去看看，自己能否被美国社会所需要。

停车费了她半天劲，不过她还是找到了车位，她进入一家叫做华文的职业介绍所，只见房间里坐着七个人，就等在那里，其中的三个默默地捧着当地的中文报纸在看，老板是一个三十多岁的福建人，正在打电话与用人方联系工作。

米莱犹豫了一下，坐下，老板放下电话，冲她打招呼。

她走过去，老板告诉她，来这里找工作的移民多是语言不行或是非法身份，因此只能在华人经营的小型企业中工作，比如，餐馆、需要保姆的家庭，或是指甲店，在用人单位中，米莱赫然看到父亲米立熊的餐馆的名字。

她差点笑出来，看来这里不是她要来的地方。

那么，还是用老办法吧，她决定买一些报纸回家，再上网看看，她心里有一个底线，那就是，反正自己是学服装专业的，有关服装的事情基本上都知道，大不了找一个服装厂上班去。

然而现实完全击碎了米莱的设想，报纸上大片大片的广告版上，有那么多工作，竟没有一个适合她。被不会说英语的父母随手便推开的大门，却在她面前严严实实地关着，现在，她坐在家里客厅沙发上，把手边堆积如山的报纸推到一边，忽然，她仿佛看到陆涛那一双眼睛，从遥远的地方正注视着她，而片刻间，她便像是获得了陆涛的视线。

原来现在的自己才是真实的自己，她是一个靠父母生存的富家女，除了听话撒娇以外，什么也不会，她曾经飞扬的青春，只不过是在父母巨大的翅膀庇护下的一片缓缓移动的淡淡的影子。

米莱抬起头，发现天色黑暗下来，她错过了打网球与练瑜伽的时间，她感到很紧张，一生里，她从未感到像今天这样的无助。她的眼泪一滴滴滑落，她忽然觉得自己的过去完全不值一提，她快乐忧愁痛苦，与这个运转着的世界相比，简直就是轻如鸿毛。她哭泣，是为父母对自己的宠爱、理解与宽容；她哭泣，是为自己，她感到她像是一秒钟之内长大了。

家里的门响了一下，开了，父母回来了，米莱这才发现自己只开了一盏沙发边上的小台灯。她连忙站起来，擦干眼泪，想跑到大门前去，但已经来不及了，米立熊的声音传过来："这孩子，怎么不开灯？"

接着，客厅的灯亮了，米立熊看到，女儿可怜巴巴地从沙发上站起来，眼圈儿红着，正手足无措地傻站在客厅中间。

▶▶▌没关系

"米莱，你怎么了？"米立熊问。

"吃饭了吗？"母亲问，一眼又看到沙发上的报纸，"哟，米莱，你弄那么多报纸在沙发上干什么？"

"我在找工作。"米莱说。

米立熊夫妇相互看了一眼，米立熊说："那还不好说，这里有的是事儿等着人干，来，咱们一家边吃饭边商量。"

"我要自己找工作，我要成为对别人有用的人。"米莱说。

"我们从饭馆带回来三个菜，我先用微波炉热一下。"米莱妈说。

"我来吧，你们坐下歇一会儿。"米莱一把抢过母亲手里的纸袋，一头冲进厨房。

三小时后，米莱一家还在说着米莱的工作，父母手中的生意的确非常需要人手，无论是旧餐厅的运作，还是新餐厅的选址、找人、包装、运作，全都需要人，米立熊正准备成立一个管理公司，专门负责此事。他还要筹备一个进出口贸易公司，可以为美国的一些小超市进口一些中国货。米立熊在美国走的地方越多，就越觉得遍地是生意，他还想做一个装修公司，因为这里的装修费用奇高。他想做农庄，专门生产有机食品，或是到国内进口有机食品，无论怎么计算，中美两地的差价足以让他获利。

而米莱却感到自己缺乏父亲的创业冲动，原因是她没有米立熊的经验、知识及视野。

"要不你开一个服装店吧，只要你能找到卖得出去的衣服就成，你只要当好一个买手就行了，中国、欧洲、日本跑一跑，也能开拓你的眼界。"米立熊说。

　　"这像是杨晓芸干的事儿，不是我的。"米莱缓缓地摇摇头。说罢，她望着父母，"我怎么觉得，属于我的生活还没有真正开始呢？"

　　"米莱，家里开的公司，做的业务，早晚要交给你，你早熟悉早上手儿。"米立熊说。

　　"爸，我知道你的意思，不过——这样吧，我的工作我自己想，没想清前，我先盯一个饭馆吧？你们前面不是说过，咱家那个新的茶餐厅还没找到经理吗，我先去吧。"

　　"可以，那茶餐厅原来是一广东人开的，他举家要搬回香港去，可以转给我，我正考虑呢，你要有兴趣，明天我们一起去谈谈，不过盯饭馆挺苦的，一天下来，要十二小时以上。"

　　"我想一天工作十六小时以上，除了工作，可以什么也不想。"米莱说。

　　"你为什么这么说？"母亲担心地问。

　　"因为，"米莱乖巧地笑了，"我想像你们一样会赚钱。"

▶▶米莱的事业

　　十天以前，米莱便开始在那一家茶餐厅的里里外外来回巡视了，十天里，她把那个餐厅东一块西一块地修修补补，这里换一张壁纸，那里换上一排新的灯，又买了几株植物放在各处，把外面的灯箱重做了，使它夜里从很远便能看到，也像是说，这里换了主人。

　　接下来，米莱把营业时间从八小时延长到十六小时，据她观察，周边还真少一家昼夜餐厅，她打算试一个月看看，周围的美国人夜里是否有需求。

　　事实证明，周围居民对于这个饭馆的需求十分旺盛，夜里两点还会满座，利润也超过白天，原计划一年收回的投资，看来只需四五个月便可完成。为了加快回报速度，米莱几乎是三天两头想出一个点子，她的茶餐厅一周一次新活动，还返优惠券，在国内被搞得不胜其烦的商家促销手段被米莱一个个回忆起来，用在茶餐厅上，弄得米立熊直叫她"经商天才"。

深夜时分，在灯火通明、客人满满的饭馆里，望着窗外，米莱虽然脸上挂着淡淡的笑意，但心里仍是感到一阵阵空虚。

忽然，一辆面包车急速开来，就在餐厅门前猛地停住，从里面跳下七个穿着军装的年轻人，短发，行动简洁利索，一望便知是军校生，米莱感到，他们的身影一下子就把整个餐厅给照亮了。他们冲进餐厅，叫了餐，简短地相互说了两句话，菜一上来，就狼吞虎咽地吃完，然后就在餐厅门口唱着歌儿钻进汽车，眨眼间就离开了。当米莱清醒过来，她发现自己像一个游魂儿一样站在饭馆的门外，两眼望着那辆面包车离去的方向在发愣。这时，她才意识到，她刚才完全被他们的动作与状态给迷住了。她的心狂跳，一个念头在头脑中回荡不休——我要参军去！我要跟他们走！

片刻，她回过神来，叫住服务员，自己过去收拾那一小队军人吃过的桌子，她发现每一个盘子都干干净净，没有剩菜，就连菜汤儿都用面包片抹净了。

米莱定了一下神，把盘子端到厨房，然后坐回到那张饭桌边。桌子已重新收好，窗玻璃把店内的灯火反射得清清楚楚，米莱忽然觉得自己是那么卑微，那么虚弱，像一只小乌龟一样缩在世界一角，每天都太平无事，每天都例行公事，每天，她把车停在饭馆门前，走进饭馆，然后便在里面来回走动。不！那不是她要的生活，她要进入到一个更有活力的世界中去，因身上的青春热血奔腾不息，使她无法平静。

▶▶ 自我发现

那一晚，令米莱懂得陆涛把她吸得牢牢的原因，她不是爱陆涛，而是受到一种令人不安的气息吸引，她越是无法控制他，便越想控制他，她在他身上越失败，她便越想成功。她其实是狂躁的，也是倔强的。是的，在她乖巧快乐的外表下面，有一颗渴望激情与冒险的心。而陆涛时刻给她一种隐隐的不安全感，他一天一个主意，他让她无法把握，当那种不安全猛然变成现实，她便长久地处于痛苦的亢奋状态，那状态是那么真实，直叫她感到自己只有在那种状态里才活着。她懂得了，自己完全不是一个安分的人，她的柔弱善良，只是一个自我保护的硬壳，必须有不断的刺激才会令她感到生活在向前走，其余的全是沉闷。别人眼里的舒适与安全，在她眼中，只是机械与重复，因为她从小就浸泡在那种安全与舒适中。

在米莱的记忆里，父母甚至没有在她面前吵过一次架，她的生活永远充满阳光与和睦，简直味同嚼蜡。为了摆脱这种日复一日的重复感，她宁愿尝一尝痛苦的眼泪，她怀念那些曾被欲望煎熬的日子，她甚至怀念她所经历的最黑暗的感受，她想恨，她想爱，不是那种淡淡的，而是激烈的、狂暴的、令她感到新鲜的。然而现在她置身美国，这里一切井井有条，而昔日的一切如同青春，永不再来。

现在，米莱平躺在床上，窗帘已发白，天亮了，她把头更深地埋进枕头，接着，更大地展开四肢，像是要从床上纸一样飞起。然而她哭了，眼泪从眼眶中涌出，这是她孤独但也最有力的时候，她其实并不柔弱，她从未像现在一样了解自己，也从未像现在一样，焦急而无助地渴望伸展，只有在伸展中，她才有机会穿越孤单与黑暗，她才会见证自己的坚强与勇敢。

米莱很快就睡着了，她甚至没有擦干自己面颊上的眼泪。刚一睡去，她便做了一个梦，她梦见自己在缩小，无论她如何挣扎也无法阻止，她迅速缩小成一颗种子，这是一颗不停跳动的种子，从床上掉到地上，又滚出门外，风吹着它，使它滚得更快。米莱感到她像是滚入一个熟悉的花园，突然，一道闪电击中它，接着便听到一声炸雷，大雨从天而降，眼前一片模糊，米莱感到自己沉入黑暗之中，以至于呼吸困难。过了好半天，雷声和雨声都消失了，米莱感到周身一阵温暖，她醒过来，顽强地向上顶去，眼前顿时一亮，她终于看到了阳光，接着便听到一声惊呼："看，这里长出了一片新的叶子！"

那声音是那么熟悉，她仔细辨认，原来是爸爸米立熊的声音。接着，米莱感到有手指在摸她的头顶，像是在为自己梳头，她发现那是妈妈的手指，米莱还发现，爸爸和妈妈的眼睛此刻正在注视着自己。她再定睛一看，却发现自己正从房间里飞跑出来，叫着爸爸妈妈，爸爸妈妈扭过头去，只看到米莱在他们身边站定，用清脆的声音叫道："我会成为一个有用的人，而且，是用我自己的方式！"

在梦里，米莱看到自己坐在一架飞速运动的过山车里，在四周，有着数不清的过山车在轨道上转动，险象环生。这些过山车高高低低地在一片大海里上下飞驰缠绕，忽然，她看到自己的脸，那是一张小小的脸，像是自己十岁时的模样，但没有惊恐，甚至没有叫喊，而是出奇的冷静，更怪的是，她发现，梦中的所有人都闭着眼睛尖叫，只有自己在观察着前面，以及四周上下翻腾的过山车，眼神专注而坚定，米莱还看到自己握得紧紧的小拳头。

是的，现在，她沉入更深的睡眠之中，忘记了自己是一粒种子。

然而，只要是种子，就有发芽的那一天，那时她才会发现自己，记起自己。

▶▶❘ 意外

米莱的梦未能穿越大西洋，登陆巴黎，若是可以，她会看到陆涛无精打采的样子。现在，陆涛看起来已经很像一个专业乞丐了，他正带着自己的全套装备，晃晃悠悠地走向夏琳上班的公司，不过他对自己目前的行乞技艺非常失望，面对花样百出的同行，他认为自己毫无竞争力，那一首敲来敲去的《欢乐颂》，连他自己都听烦了，路人们更不会为此买单。

距夏琳公司不远，陆涛看到一个公共洗手间，这里是他的免费更衣间，他走进去，把脸洗净，对着镜子换好一身看起来更体面一点儿的衣服。他知道，在法国，人们并不是以服装相貌取人，但若是穿得不对，人们干脆连服装相貌都忽略了。

走出洗手间的陆涛自我感觉好了一点，小风一吹，不禁加快了脚步。迎面，郭栩如踩着滑板像是飘着一般滑过来，一身醒目的Lotto秋季运动装，看起来像时隐时现的烟雾一样飘逸。陆涛向她招手，郭栩如脸上露出笑容，围着他转了一圈，正要对他说什么的时候，一辆猛冲过来的厢式旅行车就在她身边忽然放慢车速，车门打开的同时，一个大汉伸出一只强壮的手臂，一把抓住郭栩如，拉向车里。

陆涛被眼前迅速出现的这一幕惊呆了，只见郭栩如惊叫一声，本能地把手伸向陆涛，而陆涛却没有丝毫的犹豫，他一把抓住郭栩如的手，把郭栩如往回拉。那辆汽车仍在行驶，眼看着郭栩如渐渐被拉直，她的尖叫响彻整条安静的小街。陆涛跟着车小跑起来，这惊险的场面引来路人的观望，有路人拿出手机报警。

但僵持只是片刻，突然，厢式旅行车的尾门"啪"地弹起，又冲出一条大汉，抓住陆涛，连同郭栩如一起塞进车内。车门关上，旅行车扬长而去，只一转，便转入一条小街，消失在巴黎的黄昏之中。

▸▸郭亚龙

这是一片香港附近的海面，夜色中，黑暗的海水拍打着一条式样老旧的渔船。天上，乌云像正在水中扩散的墨汁一样，慢慢围住一轮升起的明月，直至将它吞噬。

与此同时，一艘快速驶来的豪华游艇，向那条渔船靠近，两船并拢，船工放下踏板，四个人依次从游艇走到渔船上。领头的是香港金星堂旧日堂主郭亚龙，他六十岁，穿着一身西装，身后跟着的是他的律师与保镖。律师叫景焕章，已跟随他二十年，曾与他一起出生入死，为他打理那些最重要的事情，是他最忠实的参谋。两名保镖的右手从上衣领口处插入左边腋下，紧握住藏在那里的一把每秒十发的德制MP5式微型冲锋枪，在他们身后，另有两名保镖把枪架在肩头，掩护他们登船。

郭亚龙在香港小有名气的原因，是他曾与手下人一起，顶着飞舞而来的大片刀，横扫遍布香港街头的盗版音像店。一个月后，这些被打爆的店铺渐次重新开业，但主人换成了郭亚龙，他只出售正版音像制品，此举，标志着郭亚龙率领手下黑道转白道的全面提速。几年后，他一项一项关停了手下所有与黄赌毒相关的产业，全面做起了正经生意，他开的当铺及钱庄享有很好的声誉，房产中介店铺遍及香港及大陆，这使得跟他出生入死的兄弟们可以把孩子送到美国私立学校念书。

然而这花费他整日整夜心血新建起的大厦，目前却遇到挑战。事情来得太突然，令他措手不及。郭亚龙决定处理完这件事后一定去泰国烧九炷高香，向佛祖忏悔，他深信，恶因结恶果，从前的坏事迟早要追到现在来。

郭亚龙弯腰钻进渔船的船舱，里面已经挤满了人，灯光昏暗，气氛紧张。他上船时已安排好，若是自己有什么闪失，渔船上的人必须同归于尽。就在他登上渔船的那一刻，他船上的蛙人也从船的另一侧跃入水中，潜到渔船边，把一颗可遥控起爆的炸弹放安在渔船上，遥控起爆器就粘在郭亚龙的手腕上。

▶▶钱刚

在渔船上等待郭亚龙的人叫钱刚，近五十岁，精瘦，相貌平常，嗜酒，他很有心计，低调，办事稳妥周全，只有郭亚龙知道，他身上背有四条人命。十年前，两人结拜为兄弟，钱刚一直跟着郭亚龙，出生入死，为他打理最棘手的生意。

郭亚龙进入船舱后，钱刚迎过来，叫郭亚龙感到不安的是，钱刚手上竟抓着一把手枪。

"龙哥，我跟了你十年，你知道我是什么人，这次我真的是没办法了，我不能坐牢。"钱刚的声音很小，犹如梦呓，他说话的时候，眼光无法聚焦在郭亚龙脸上，像是发散在某一处虚空中。郭亚龙感到这一回事态严重，因为钱刚从来都是冷静而可靠的。

郭亚龙在船舱中找到一个位子坐下，只是盯着他，一言不发。

钱刚坐到郭亚龙身边，低下头，摆弄着手里握着的一支手枪，他似乎根本没有看到，与郭亚龙一起进来的两个保镖中的一个，已把怀中的微型冲锋枪抽出来，枪口对准他的额头，并随着他的移动而移动。

钱刚长叹一声，凑近郭亚龙，阴郁地说："祸是我闯的，没办法了。我要一亿！一亿港元！我只有五个小时了，我知道你能拿出来。对不起大哥，我不是人，我以后永远不会见到你。"

郭亚龙用眼睛扫一扫船舱内，那里有钱刚的两个手下，这两个人他都认识，都是入伙很早的兄弟，基本上，最脏的活儿都靠他们这一组人来完成。他用眼睛在每个人的脸上停十秒钟，像是在询问那个他们必须回答的问题："这件事是谁的主意？"

三个人全部低下头。

郭亚龙知道，此刻，他想知道的事情对他们并不重要，他们处在生死之间，于是他压低声音问："你们跑得了吗？"

船晃动了一下，头上昏暗的吊灯也随之晃动，使得本想站起来的钱刚又坐回到位子上。钱刚叹口气："大不了变成尸体就能跑了。我受够了，再也受不了了。龙哥，这件事之后，只要我能活下去，我每年都会给你烧香，帮我这一次吧。"

从钱刚的语气里，郭亚龙听到一种陌生的情绪，不是惊慌，不是恐惧，而是茫然和沮丧，而这种情绪，钱刚从来没有在他面前表露过。记忆中的钱刚总是凡事自有办法，如果问到他，他会有条有理地告诉你，他会先干什么，后干什么，直至把事情搞定。

郭亚龙迅速转入正题："时间不多了，现在，我想先听听我女儿的声音。"

▶▶| 你在哪里

在巴黎的一座大厦里，电梯门开了，电梯里，地上坐着蒙着眼睛、嘴被不干胶粘住的郭栩如和陆涛。

一个打手走进来，他看起来很精干，蹲下身，快速撕掉郭栩如嘴上的封条，郭栩如疼得尖叫起来，但那人完全无动于衷，接着便把电话放到她嘴边，用广东话说："别叫！快，跟你爸说句话！"

郭栩如从电话里听到父亲郭亚龙的声音："你在哪儿？"

"Daddy，有人抓住我——"郭栩如带着哭腔的话音刚说到一半，嗓子便堵住了，她很怕。

渔船上，郭亚龙的声音已越发焦急："你在哪里？"

"巴黎——"郭栩如话音未落，话机便被从嘴边抽走，电梯门重新关上。

►► 一亿

郭亚龙把电话还给钱刚，他感到异样的愤怒，这种黑暗的情绪令他牙根发冷，后背猛地缩成一个死结。他把双臂伸直，让自己纠结的肌肉与情绪得到缓和，然后点燃一支烟，深吸一口，抬起头，吐出来，烟雾一直涌向钱刚。

钱刚闭上眼睛。他从那烟雾中闻到郭亚龙的狂躁，他知道，从某些方面讲，郭亚龙是十分冷血的，当他陷入真正的愤怒时，无人可以阻挡他。他全部的力量都会浸泡在毁灭里，这使人害怕。

郭亚龙胆量大，处理事情却很灵活，这使他可以活到现在。作为他的长期手下，当钱刚有一天想到绑架郭亚龙的独生女时，浑身都不禁一抖，他知道，这件事不成功，自己便在死亡的道路做了一次加速跑。

但这却是钱刚此时唯一的希望，他为帮旧日朋友，背着郭亚龙用老关系做了一笔毒品大单，结果事发，他不得不跑路。

而现在的郭亚龙已不同以往，他甚至不能叫他大哥了，他以持续的发力，冷静地、一件件毁灭了以往所有坏事的证据，无论是人证，还是物证，从而换得今天。这件事只有郭亚龙才干得出来，他花了十年的时间，事无巨细、不计代价地一件件干完所有的事，他现在成为一个合法公民，有权利享受香港政府的保护。

钱刚睁开眼睛，烟雾从眼前散去了，郭亚龙的脸离他很近，那是一张令人畏惧的脸，黑暗而充满自信，目光直视钱刚。

"告诉你家底儿，五小时内，我凑不出一亿，巴西人那笔款还没有到。"郭亚龙说罢，长出一口气，"没有一亿。"

钱刚这下也松了口气，他知道，郭亚龙在还价，作为他的长期伙伴，钱刚不禁暗暗高兴，这方面，他比郭亚龙要优胜，他的家底他很清楚。

钱刚低声问："法国人的定金到了吗？"

不等郭亚龙回答，他决定给他一个台阶，免得下面事情进展不顺："我知道是今天下午到的！"

"没有那么多！"郭亚龙的声音已经没有开始时那么肯定，此刻他忽然记起，钱刚有一个途径可以知道他的资金流向，以前，这件事一直是他在办的。看来，为了女儿，这一亿必须要付出去了。

郭亚龙再次把目光集中在钱刚脸上，他知道，钱刚要办的事情，极少出差错，他既然什么都想好了，那么，在这么短的时间内要想出办法是不可能的。

钱刚不再说话了，这表明，事情已经这样了，一亿换女儿，钱刚绑肉票从未失手过。

郭亚龙猛然抽了钱刚一记耳光，他低声怒吼："我的女儿——我只有这么一个女儿——你怎么能够想到她？她小时候管你叫叔叔，你还给她买糖吃！"

钱刚甚至连脸也不揉，只是简短地回答："我该死，出了事情，我必须离开香港，没有别的办法。"

郭亚龙知道，钱刚手上也许有他过去的证据，他相信他还是讲义气的。这一回，他跑路走了，对两人都有好处，早知如此，自己不如早点把钱给他。

"还有，七年前我和马来人做的一笔生意里就赚了一亿五。"钱刚说着，把右手伸出来，那上面只有四根手指，丢掉的一根是马来人切掉的，是的，他把这一亿看作是他的并不是完全不合理。

郭亚龙点点头，他知道，钱刚在告诉他，他以后仍是他的兄弟，尽管以后他不再需要兄弟了。

"我试试吧，一亿。"郭亚龙转身对律师招手，律师把手机递过来。

钱刚知道，他一定是有备而来的，现在，终于要开始动手转账了。

►► 你听得见吗

现在，陆涛坐在电梯里，眼前一片漆黑，嘴被封着，他听不到那些与自己命运相关的信息，虽然那些信息搭载着电波，以光速在世界上飞驰着，但他却可以听到电梯门关闭的熟悉的嚓嚓声。这种声音他很熟悉，三年前，在设计"田园牧歌"时，他曾仔细考察过各种品牌的电梯，他看过奥的斯、莱茵、迅达、蒂森，还有日立、三菱、富士，最终，他为"田园牧歌"选用了迅达，他记得自己在设计时，为了在连接两座建筑之间的"空中彩虹"中增加自动扶梯及自动人行道，曾与米立熊有过激烈争吵，米立熊一笔勾掉了所有这些设备，使他的设计效果大受影响，最终，在他不懈的争取下，终用难以置信的低价拿下了江苏昆山的通力，使米立熊屈服。他还记得，调试设备时，在寂静的大楼里，他听到电梯运行的声音，内心充满了快乐。

每一个设计者都知道，当他的图纸变成真正的实物时，他会有一种创造者的快乐，而那种快乐如此单纯，以至于无法忘记。此刻，他的头靠在电梯的墙壁上，就重新听到这种"嚓嚓"的声音。他知道，自己被安置在迅达电梯内，而自己所在的建筑内，在被打通的二三楼之间，有一条自动扶梯在运行，一定是通力。因为通力有一个技术特征，电梯在自动停止时，会震动两下，他知道，自己目前很可能是在一座公共建筑内，从电梯运行的情况估计，这座楼高达三十层左右，这是哪一座楼？

陆涛具有极好的记忆，他的大脑几乎全部用来存储及分析建筑的外形，只要有一个外形，他便能迅速构造出内部结构，接着，他甚至会作出建筑预算，这一切，都是在他的头脑里自动进行。这使得他的眼光与众不同，在他眼里，每一座建筑差不多都是透明的，他的眼睛穿透外墙，直至内部空间：这里是走道，那里是风道，这里是机电间，这面墙会这样延伸。

当他被一双铁钳式的双臂抱进车内，在脸上贴上封条之后，他便开始计算他被带到了哪里，他用一手搭住脉搏，用以计算时间，接着根据自己向左倾斜或是向右倾斜，计算汽车的方向，他是如此专注这些事情，几乎令他忘记恐惧。

现在，他知道自己在巴黎新城中，他在努力回忆自己逛新城时看到的建筑，哪一座更可能是自己此刻所在。

忽然，他听到郭栩如的声音："你听得见吗？"

此刻的郭栩如双手被反绑，眼睛被贴住，只有嘴里可以发出声音，她并不知道身边有没有人在看守，只是试探着出声，听听陆涛的反应。

一片寂静。

这时郭栩如才想到，陆涛也跟自己一样，看不见也发不出声音，她甚至无法知道陆涛的方位，于是郭栩如压低声音："要能听见就弄出一点响声。"

陆涛用头撞向背后的电梯墙壁，发出"当"的一声。

⏭ 你看见我了吗

"我知道你在哪里了，你在我左边，你眼睛上也蒙着布吗？"

陆涛又撞了墙一下。

"他们把我嘴上的封条撕了，我可以用嘴把你的封条撕掉，同意吗？"

陆涛再次撞了一下墙，他便感到郭栩如向着自己所在的地方挪过来，她慢慢凑近他，她感到自己触到了他的身体。她探出头，她的嘴唇触到他的肩头，那是一件棉布上衣，她用鼻子拱一拱，又伸出舌尖舔一舔，接着，顺着那上衣，滑到他的脸颊上，他鬓角的胡茬儿轻刺向她，令她感到心跳加速，她寻到胶布的边缘，然后试图用舌头和牙齿揭下来，可惜的是，咬住的一个角掉了。她长出一口气，接着用舌尖顺着胶布的边缘向另一侧滑去，她感到陆涛在发抖，接着，他的肌肉也变得僵硬。

她停下来，靠在他怀里，微微喘息。

陆涛咬咬牙，接着放松脸部的肌肉，刚才的感觉令他完全忘记了危险，他只是在脑海中回忆郭栩如的样子。事实上，她每一次都是快速从他眼前闪过，没有留下牢固清晰的影像。他只是记得她向他滑来，然后滑去，像是一团儿立体的飘浮的颜色，他只对她有一个总体上的印象，那就是灵活而甜美。

郭栩如此时已得知，陆涛的嘴被贴得很严，于是她让陆涛的身体往下降低，开始用舌头探索蒙住他眼睛的那一块胶布，很快，她便找到一个皱起的角，然后就用嘴唇灵巧地把那个角折一折，让它厚一点，接下来用牙齿咬住，轻轻揭下，直至把陆涛的蒙眼胶布完全揭了下来，然后说："你看见我了吗？"

陆涛看见了，她离他近得几乎触到，似乎可隐隐看到她脸上的毛细血管在皮肤下伸展，这时他才意识到她不仅聪明，还很漂亮。

"你看见我了吗？"郭栩如再次轻声问。

陆涛再次撞了一下墙壁。

"可以把我的蒙眼布摘掉吗？"

这当然有难度，陆涛现在只是能看见而已，他发现自己和郭栩如一起，被关在一架货梯内，货梯是他熟悉的迅达。他心中一喜，这电梯结构他熟悉，也许有机会逃一逃，但现在，他的双手被绑在背后，嘴被不干胶贴得很牢，无法说话。

此刻，他看到郭栩如额头上的胶带露出一小块，没有被粘牢，他凑过去，用自己的额头轻轻地蹭，使胶带被揭开得多一点，但十分钟后，他只揭开了一点点，头上的汗一颗颗滴落在郭栩如脸上，他不得不坐在一边，快速呼吸着。此时，他意识到，目前最好使的工具就是自己的嘴，却被一层薄薄的胶带阻住了，他得想出别的办法。

当然，最好的办法是让郭栩如用嘴解开绑住自己的绳索，但她看不见，如何解得开？

陆涛开始寻找带有尖端的东西，他知道，只要自己把嘴凑上去，便能把胶带刺破，但是，哪里有带着尖端的东西呢？

她的耳坠？没有。她的发卡？没有。她的头发用一根皮筋绑住。不过，他看到了，在郭栩如Lotto运动夹克上有一条金属拉链，他凑过去，尝试着把拉链的抓手立起来，但不成功。此刻，他想到她可能留有指甲，于是用肩膀碰一碰她，试图使她转一下身，把绑在背后的手露出来，她不懂得，只是轻声问："要我怎样？"

▶▶ 对不起

陆涛无法回答，只好再用力推她一下，她顺着他用力的方向，把身体挪了一个角度，好的，有眉目，他再用力拱她，使她慢慢地转了九十度，他看到她的手，已被绳索勒得通红，令他失望的是，她的指甲剪得很短。他只好直起身，忽然，他想到自己的手指也是可以动的，这让他恍然大悟。

"我完全是猪！"他在心里恨恨地骂了自己一句，然后转过身，用背后的手接近她的脸，他摸到了她的头发，向下，指尖触到她的胶带被翻起的一角，他捏住那一角，轻轻地揭，胶带揭开了。她转过身，她笑了，伏向他轻声说："我能看见你了！"

陆涛点点头，把眼珠转向下，指着自己被封住的嘴，郭栩如皱着眉头想了想，摇摇头，表示不知如何是好。陆涛使劲咧一咧嘴，让她看到胶带中间的下面是空的，又用下巴指一指她的嘴，意思是她可用牙齿刺破胶带。郭栩如却仍未明白。陆涛出了一口气，转过身，把被绑的手放到她面前，她明白了，用嘴开始咬绳索，很快，她居然把绑住他的绳子解开了。

现在，陆涛有了双手，他撕下了封在自己嘴上的胶带，张开嘴，大口地呼吸，一种重获自由的快感从心中升起。接着，他迅速解开郭栩如背后的绳索。

她转过身来，轻声对他说："对不起。"

两人四目相对。

"你是谁？"陆涛放低声音问。

"我是好人。"郭栩如说。

"他们是谁？为什么要抓你？"

"可能是我Daddy的仇人。谢谢你向我伸出手，抓住我。"郭栩如的眼前，闪现出陆涛毫不迟疑地几乎是本能地向她伸出的那一只手。

"不用谢我。"

"Daddy一定会救我们的。"郭栩如说着，眼泪已经流了下来。

陆涛再次环视周围，他知道，只要稍一用力，便可以把电梯门扒开，但电梯外一定有人把守着。

"你Daddy可能会救我们，也可能救不了我们，最好的办法是我们自己救自己。"

郭栩如的眼睛望了一眼电梯四周，然后低声说："对不起，是我连累了你，你害怕吗？"

▶▶▮还差多少

已是后半夜，郭亚龙站在渔船的船头，钱刚蹲在不远处的甲板上，一支接一支吸烟。郭亚龙的目光望向黑暗的海水，他在等待，律师景焕章用手机与他的会计一笔笔核对账目，这些账目他来时已准备好，只是做给钱刚看的。

黑暗中，景焕章挂了电话，对郭亚龙说："德意志银行两点前可提现两百万欧元。"

"还差多少？"

"差五千七百万，会计说他在跟瑞士银行说话，做好后马上打入我们账户。"

郭亚龙点点头，钱刚站起来，走到船头，海风吹着他们的脸。

钱刚把手枪掏出来，让郭亚龙看看，扔进海里，说："谢谢龙哥，可能我以后永远看不到这片海了。"

景焕章从船舱里出来，说："日本银行汇过来的一亿两千万日元到账了。"

"还差多少？"

"除去瑞士银行的钱，还差一千七百万港元。"

郭亚龙看了一眼钱刚，钱刚很清楚这一眼的分量，如果他点点头，郭亚龙就不必麻烦了，但是他咬了咬牙，没有说话，他知道，郭亚龙有一亿。

郭亚龙面无表情地转过头，继续问景焕章："新加坡那边怎么说？"

"杰哥说他一小时应该可以凑齐了。"

▶▶跑

与此同时，在巴黎，两个看守郭栩如和陆涛的人，正在面对两只不断闪亮的手机，一只是郭栩如的，另一只是陆涛的，两只手机不时地有电话进入，主打人是夏琳，她给陆涛打了三次，给郭栩如打了三次，令她感到异样的是，为何两人同时不接她的电话。她知道今天陆涛要来接她，她还跟早走的郭栩如说过，要是在门前碰到陆涛，跟他说一声，自己半小时后就做完工作。

"半个小时，这两个人能从素不相识到同时不接我电话吗？"夏琳咬着嘴唇在家里扪心自问。

夏琳更吃惊的是，她正打着陆涛的电话，突然电话断了，再打，传来忙音，她换打郭栩如的，同样是忙音。夏琳感到火往上冒，她突然想起自己在与陆涛约会时，米莱打来电话，她把电话扔到楼下——难道他们俩也把电话扔掉了？

夏琳不知道，扔电话的是打手，她更不知道，陆涛与郭栩如正处在生死关头，只要接到一个短信，打手就撕票。夏琳猜对了一半，电话是被扔掉了，是被其中的一个打手重重地摔进了垃圾箱。

电梯里，郭栩如揉着红肿的手臂，用询问的眼神看着陆涛。

"我们能跑。"陆涛在她耳边轻声说。

"哪里？"

陆涛指一指电梯顶。

郭栩如立刻扶着电梯墙壁，蹲在地上，示意陆涛踩住她的肩膀爬上去。

陆涛在犹豫，郭栩如看起来很娇小。

郭栩如看着陆涛，再次用力点点头，低声说："可以的。"

陆涛仔细看清电梯顶部，掏出兜里一串钥匙，然后踩上郭栩如的肩膀，去拧电梯顶上的螺钉。

郭栩如咬紧牙关支撑着陆涛。

陆涛成功了，他把电梯顶的铁皮掀开，自己蹿了上去，眨眼间，他已爬到顶上，接着向郭栩如伸出手臂。

郭栩如知道，自己将永远记住陆涛在生死关头，向自己伸出的手，她用双手抓住那只伸过来的手，扣住，就像溺水的人抓住救命稻草，她发誓，从这一刻起，她将不松开它。

陆涛用力，郭栩如一点点没入电梯上层。

▶▶ 追

海上起风了，船在摇晃，律师把最后一笔钱转入郭亚龙的账户，一亿凑齐了，郭亚龙伸手向钱刚要了一支烟，点燃后想了想，说："我要马上听听我女儿的声音。"

钱刚拿起电话，拨号。

守在电梯门外的看守接到电话，然后按开电梯门，电梯里空空如也。

然后他听到传来可怕的声音："跑了。"

"怎么跑的？"钱刚问。

"从电梯上头跑的。"

"追！"钱刚叫道。

龙哥一把抓住钱刚："不许动我女儿一指头。"

钱刚对着电话喊："不要伤害郭小姐。"

然而守卫没有听见这句话，第一个守卫迅速钻上电梯顶，正好看见上面一层的电梯门将要关上，守卫人朝他们开了一枪，子弹贴着郭栩如的耳边飞过，击中电梯外的墙壁，陆涛拉着郭栩如迅速冲向楼梯间。他拉着她向上一层楼跑，他们两人飞奔的脚步声在寂静的大楼里显得非常刺耳，很远便能听到，而他们背后的杀手就是顺着他们的脚步声追来。

▶▶ 下降

陆涛感到头皮发麻，那一颗真实的子弹令他突然懂得，这不是游戏，自己与郭栩如就如同两只贴地跑的兔子，随时可能被射杀，他必须把这一切看作是一场噩梦才能面对。

对于这种被追杀的噩梦，陆涛一点也不陌生，他已做了十几年，在梦中，他总是在窒息中挣扎奔跑，直至那最后的时刻。现在，他的手紧紧拉住郭栩如的手飞跑，令他奇怪的是，郭栩如就如同一片影子一样，轻飘飘地跟着他，他跑得有多快，她便能跟多快。他跑过两条走廊，便知道这是一座双塔形的写字楼，他们所在的这一边正在装修、试电，所到之处，灯火通明，却犹如迷宫。

陆涛知道，要在这里面找两个人并不容易，因每一层有四个出口，外加一条消防通道，追杀他们的人已落后一层楼，他们并不知道他会从哪里逃生，他必须伺机带着郭栩如向楼下跑，出了大楼才会安全。

现在，他在一味向上跑，这样很容易被截住，他必须找到一个机会，确定向下跑的路线，因此，每向上一层，他便换一个方向跑，这样，只跑了四层楼，他便把每层楼的情况弄清了；每到一层，他便按一下电梯的向上或向下按钮，使追踪者猜不出他的意图；到第五层，他毫不犹豫地带着郭栩如冲入消防通道，然后向下跑。叫他感到高兴的是，就在他关上门的一刻，他侧耳细听，追他们的脚步声并未反应过来，反倒是曲曲折折地向上跑去。

现在最危险的是，下面有一个人拦在曾关押他们的楼层里，那个人若是想到消防通道，情况便会不妙，但既然追他们的人都没有想到这一条路，料想下面的人也不会想到，而且，那人要是守在电梯口，上下运动的电梯也会令他的判断力混乱。他叫郭栩如放轻脚步，向下移动，一层楼，又一层楼，他知道，他们正离地面越来越近。

郭栩如只是跟着他，抓紧他的手，她甚至没有想到松开后她会跑得更快。她的希望只在他身上，他跑到哪里，是上楼还是下楼，她全不关心，她只是感到他抓她的手抓得那么紧，一刻也没有松开。

▶▶| 一楼

陆涛知道，再下一层，自己就会到达一层，然而他对能否从一楼出去，毫无把握，消防通道是否被锁呢？如果绑匪全力截击，那么原来的那一个可能已在一楼等候，以防万一。若是这幢楼进行封闭施工，绑匪把消防通道也封闭，那么他们便不可能出去。

陆涛越接近一层，他便越担心，当他推动一楼的逃生门时，差点丧失理智——门被锁得紧紧的，是从里面锁的。

这说明他们完全封闭在这幢楼里，陆涛走到消防通道通往楼内的门边，轻推开一条缝，侧耳细听，外面没有一点声音，无论是脚步声，还是别的什么声音。

陆涛意识到，因为楼体过于庞大，这几个绑匪并不能控制整幢楼，他们可能只是选择这座楼作为绑架的暂时停留地，即使他们事前对这座楼了解了一番，也不会真把每一层都弄清楚。同时，陆涛也知道，这种楼水暖电等各种设施会设在地下一层，此外，还有地下车库可通往外面，那么，他们最好去尝试一下。

他拉着郭栩如来到地下一层，叫他喜出望外的是，这里仍是灯火通明，他推开一扇门，扫视整个地下一层，空荡荡的地库中，那辆绑架他们的汽车就停在中间，陆涛刚要闪身出去，突然，那辆车发动了，接着，就开到停车场出口处停下，然后重新熄火，等在那里。

陆涛惊出一身冷汗，庆幸自己没有因冒失冲出而被发现，很明显，地下一层已没有机会。

他拉着郭栩如重新回到一层，让郭栩如到门边监视，自己定下神来，看看如何逃生。他发现了消防栓，打开，里面有一把消防斧，他拿下来，走到门边。他知道，只要自己劈门锁，两人就能逃生，但是，这声音会不会引来绑匪？绑匪手里有枪，有通讯联络，如果判断出他们的逃生路线，很快会追上他们，他们必须在绑匪之前跑到街上，那里相对安全。此时，郭栩如转回来，他对她扬扬眉毛，她一指外面，摇摇头，脸上现出微笑，再一指陆涛的斧头，又指一指那一把锁，她在等着他开锁。

陆涛再次回想了一下地下停车场的出口，正是他现在位置的反方向，也就是说，即使有人从楼上看到他们，也不会很快追及他们。他站到楼梯边仰头听上边的动静，他们所在的这一条消防楼梯悄无声息——那么，动手吧。

▶▶ 美丽时刻

陆涛举起斧头，用力劈向锁，发出的声音异常刺耳，只是三下，锁便开了。他扔掉斧头，推开门，拉着郭栩如，冲了出去，前面是一百米见方的空地，没有围墙，他们一口气跑到路边，一辆出租车迎面开来，陆涛和郭栩如伸手拦住，上了车。

司机用法语问："去哪里？"

陆涛一指前方："先向前开。"当汽车启动后，他问郭栩如，"去哪里？"

"我应该回家。"

陆涛把手伸进口袋，竟意外地摸到了钱包，他拿出钱包，打开，向郭栩如展示了一下，里面只有二十法郎。郭栩如笑了，从鞋里一下子掏出五百法郎："我有现金。"

"请开到中国使馆。"陆涛对司机说，然后转头对郭栩如说，"我们安全了，要给家里人打个电话，我一会儿要下车了，你以后有时间再讲讲这是怎么回事儿，晚上夏琳要问我，我就说遇到法国抢劫犯了。作为一个建筑师，我利用自己对建筑内部结构的熟悉，途经地下室的通风管、下水道，最后从巴黎街头的一个地下井盖儿下面钻了出来，接着顺利而安全地回家，最终只是损失了一部手机！"

"不如我们一起到使馆。"郭栩如说。

"你现在还害怕吗？"陆涛想了一下，问道。

郭栩如摇摇头："我刚才也没害怕。"

停了停，她似乎犹豫着说："因为有你在身边。"

说罢，她不敢看陆涛，眼光飘向窗外。

陆涛笑了："被人相信的感觉真好，不过我倒是很害怕，他们用的是真枪，我们很可能——不过他们一点也没把我们当回事儿，只收了我们的手机，留下钱包和钥匙串儿，让我们伺机逃跑成功。"

郭栩如看着陆涛眉飞色舞的样子，她认为他又简单又真实。

陆涛把头转向窗外，出租车正跨过塞纳河，河上的游船灯火辉煌，远远看去，像是一片浮在水上的闪亮的碎玻璃，他用下巴点一点那船，对郭栩如说："看。"

于是郭栩如记住了那个美丽的时刻，那个时刻因刚刚受到的惊吓而显得异常生动。

▶▶▌你是作曲家吗

中国使馆到了，出租车停下，郭栩如下了车，陆涛对她招手："再见，如果你能弄清是怎么回事儿，电话我，我可不想进去，一会儿一报案，会有很多麻烦事，借你的钱夏琳会还给你。"

郭栩如问："你干什么去？"

"英雄救完美女以后感到有点累，希望能回家喝点啤酒，看看法国电视节目放松一下。"

郭栩如想了一想："也好，我这里一有消息就打夏琳的电话。"

陆涛一指前面："看，坏人又来了！"

郭栩如笑了："你就是想赶我走。"

陆涛："你进去以后就安全了。"

郭栩如点点头，站了片刻，然后低下头："有一个问题，你是作曲家吗？"

陆涛笑一笑："我不会作曲，只是在街头演奏过作曲家老贝的音乐，我们是同行，我主攻建筑。"

郭栩如冲他摆摆手。

陆涛最后叫道："你一进去就给夏琳打个电话，免得她不相信我。"

郭栩如点点头，她感到有点失落。

⏭ 引爆

渔船上，郭亚龙的电话终于响起，电话的那一头是郭栩如："Daddy，我在中国使馆，有人帮我，我跑了，现在没事了。"

"你等在那里，后面的事我来处理。"郭亚龙说罢挂了电话，站起来，看了看紧张的钱刚，拍了拍他的肩膀，然后长叹一声说，"你不该动我女儿！这你是知道的。"

说完头也不回地和手下人一起登上自己的游艇，钱刚眼看着游艇离去，他的手机响了，他知道，他们没有抓住她。

钱刚的手下人在看着他，他盯着手中持续不断地响着的手机，他接了电话，听了几句，突然叫道："他们怎么可能对那个建筑那么熟悉？他们现在在哪里？"

不等对方回答，他的手一松，手机掉入大海，他叫了一声龙哥，然后对着郭亚龙离去的方向跪了下来。

游艇里，郭亚龙看着越来越远的渔船，把遥控器从胳膊上撕下来，交给手下人，手下人提醒他："还要走两百米。"

郭亚龙点点头。

渔船上，钱刚双手合十，嘴里念念有词，脸上的汗一层层流下，风吹动他的头发，他显得很苍老。

游艇上，郭亚龙的手下对着渔船伸出手臂。

渔船上，磁性炸弹一闪一闪地闪着光，越来越黯淡。

郭亚龙闭上眼睛，律师景焕章点点头。

一只手指轻轻按下遥控器的按钮。

远处一声巨响，渔船炸得粉碎。

►► 瞥见真理

在我们的头脑里，有些事情离我们很远，有些很近，然而，那只是我们自己的想法，实际上，所有的一切都离我们很近，我们生活在一个充满"可能"的世界上，所谓的生存之道，就是尽量处理好我们所能控制的，以便应付那些不可控制的。

有时，我们在互联网上，在电影里，看到别人在行动，某一个刹那间，我们会产生同情，产生感动，在那些刹那，我们被照亮，有幸瞥见真理，那一刻，恍惚之间，我们把别人当成自己。

►► 生日礼物

一架双引擎私人飞机降落在香港机场，舱门打开，仍穿着Lotto运动装的郭栩如从里面走了下来，一辆银色加长奥迪A8轿车迎上去，停在飞机边，郭亚龙从车上下来，迎上前去抱住郭栩如。

郭栩如叫了一声Daddy，便不再出声，眼泪静静地流出。

"这是最后一次，以后不会再有了，相信Daddy。"郭亚龙说罢，看着女儿，直到她点点头。

载着郭亚龙和女儿的轿车，一直开到香港的一家六星级酒店门前，有侍者拉开车门，郭亚龙一直把女儿带到酒店顶层，这里已被布置妥当，拥有一个豪华派对所需要的一切。

郭亚龙和女儿站在宽大的落地窗前，从这里可以俯瞰香港的维多利亚湾，如同看一幅巨大的画卷。

"栩如，过几天你就在这里过生日，把你的同学都请来。香港最红的明星会为你唱生日歌，Daddy要让你过一个全香港最好的生日。现在，你告诉Daddy，想要什么生日礼物？"

"生日礼物？我的生日礼物？"郭栩如像是在记忆中打捞什么似的皱紧眉头。

"是，你想要什么，Daddy都会买给你。"郭亚龙用担心的目光望着自己的女儿，他暗暗期盼这件事不要在女儿心里留下阴影。

郭栩如闭上眼睛，深吸一口气，在她的头脑里，仍是那一幅幅紧张的画面。她记得她在拼命地奔跑，追逐着前面的一个晃动的身影，两边闪过墙壁与门，忽然，她感到自己悬浮起来，像是开始滑行，那么慢，却把看到的一切平滑地连接在一起。此刻，她听到自己的心跳声，她知道，自己不再害怕了，她睁开眼睛，维多利亚湾就在脚下，阳光让一切无比清晰真切。这里是香港，这里不再有追逐与恐惧，她转过身，目光坚定地望向父亲说："陆涛！"

"陆涛？那个救你的陆涛？"

郭栩如皱皱眉头，嘴里喃喃地重复着："陆涛。"

"你想要他？"

"合法的方式。"郭栩如的语调平静而坚定。

▶▶ 没有风波

夏琳觉得陆涛完全不是一盏省油的灯，只要给他时间，他就能创造出叫人难以理解的事实，一句话：他都跑到巴黎混到这份儿上了，竟还能与富家女搭上关系。

此刻，他们正在一家手机店里买手机。

"我告诉你，就你这样儿的，应该多去富人度假地转一转，我发现你很擅长与他们发生各种关系。你什么时候才能成熟一点，不再伺机去接近各种富家女？"夏琳在陆涛耳边轻声说。

"哎，夏琳，你能不能不自卑到这么酸溜溜的？"陆涛打断她，"就要那个吧。"

两人出了店，夏琳推了陆涛一下："我就酸溜溜儿，我是为对你有新发现而激动。"

"说来听听，让我也跟你一起激动激动。"

"这么说吧，陆涛，我最近发现你好像是一个沦落人间的天使，不过，你天上的那些朋友时不时地会想起你，然后下来看看你。我觉得你还是识相点儿，早点飞回去吧，老在我们人间瞎晃悠，会把我们凡人气死的。"

"我怎么知道你的闺中密友是富家女，还富到被绑票儿的地步？"

"你不知道？这就是这件事的可怕之处。"

"我告诉你还有更可怕的，要是那天你们一起下班——我还是别往下想了，我知道你着急了一晚上，但要换成我，会更急。那绑匪要是为了吓唬人家郭大小姐，把你强奸了你回来还不告诉我怎么办？"

"哎，你这人儿怎么心理那么阴暗啊，你以为人人都像你一样不思进取，满脑子净想强奸已婚妇女啊！我告诉你，你的想法要是变成现实，会触犯各国法律！"

"夏琳，我觉得你对富家女有偏见，比我还有偏见。不过你的闺密也是，自己那么富还省钱不请保镖，跑到法国跟你竞争一个可怜巴巴的工作岗位。我本来以为这个世界很清楚，我们生产，他们消费，但他们一高尚，却抢着跟我们一起生产，这不是人为地造成产能过剩嘛。我回头给郭栩如发一短信，劝劝她别回来了，现在香港富家子的生活作风越来越坏，净娶女明星和女冠军，她应该在那里就地奋斗，设法击败那些梦想嫁入豪门的竞争对手，叫香港阔少都回归传统。这豪门公子也是，名利双收有风险啊，闷头儿发大财不是挺好的嘛！"

"不许你给她发短信！"夏琳说道，"我说你手机没了怎么那么着急呢！"

啊，像我这种穷家小户出来的孩子，在被老板训得满脸唾沫的时候，你从来不会出现，而是背着我制定严密的计划，以便疯狂地搭救富家女。"

见陆涛又要分辩，夏琳猛拍桌子，提高声音："这就是你！"

陆涛叹了口气，欲言又止，伸手拿起请柬，要扔掉，夏琳一把抢过来，重新拍在桌上："我问你，飞机是免费的吗？下了飞机以后坐的汽车是免费的吗？算了，甭告诉我了，香港人再抠门也不可能让救命恩人自费！"

陆涛点点头："为了缓和一下你的怒火，我表示一下苟同，请交代下面的重要事宜，我死心塌地地听你吩咐。"

夏琳从手边的笔记本上"刷刷刷"撕下三张纸："这是购物清单，在香港买比较便宜，一样也不能少！如果他们不发给你救命奖金，你就用我的钱去买。价钱我已经在网上查清楚了，一共5236港币，这是我们手里的欧元，换成港币是5237块，你还剩1港币付小费，免得他们看不起你。你觉得你这媳妇怎么样？"

▶▶ 散散心

夏琳并未认真看待陆涛遇到的这一件事，她最近的工作异常忙碌，再过两个月，她的试用期就要结束了，她能否留下是一个很大的问题。郭栩如走后，公司里只剩下六位亚裔设计师，而夏琳认为，她自己并没有绝对的优势，到目前为止，她的设计没有一样能够打动老板，且机会越来越少，这使她内心深处有一种隐隐的不安。她深深地懂得，为了在巴黎站住脚，她最好是先在公司站住脚，为了给陆涛提供发展空间，她最好是拓展出自己的发展空间，现在公司有一个商业项目在全力推进，她与她所在的设计小组在为一个意大利的运动品牌Lotto设计一组运动产品，包括服装与配饰，她为此起早贪黑，加班加点，废寝忘食，因机会越来越少，她必须全速前进，她的设计中标，她便可放心地考虑下一步。

事实上，夏琳并不担心陆涛与郭栩如的关系，她知道，郭栩如是一个很好的女孩，令她稍微有点吃惊的是，她竟是一个富家女，而在出事之前，她一点也没有表现出来。这使她有点暗中的敬佩，在夏琳的印象里，郭栩如身上毫无浮华的东西，甚至连米莱的那一种青春张扬也没有。她普普通通，平平常常，她与她一起加班，在她累得揉眼睛时，为她倒一杯咖啡，她们一起为买到一件减价大牌尾货而欣喜。

而每当面对陆涛，她总是怀着淡淡的内疚，因她目前自顾不暇，无法为他在巴黎的发展尽力。实际上，她早就打电话给郭栩如，除了安慰她，还叮嘱她，让她带陆涛在香港散散心。

▶▶ 挑好的

"我现在打电话提醒一下他们吧，他们一定是不了解我和你的关系，忘了邀请你。"晚饭后，陆涛又凑过来与夏琳讨论。

夏琳竖起眉毛故意提高声调儿："他们不可能不了解，郭栩如是我的同事，我天天跟她说你，我了解她，我看她是爱上你了！"

"那是你的联想！你以为人人都像你一样会爱我？我告诉你，实际情况是，好像全世界只有你才会爱我，虽然我为此感到骄傲。"

"少废话！我怀疑，你这么说是为你的劈腿打基础。我知道你一脚踩上香港的土地，见到富家女，就会忘掉在巴黎的小阁楼的小孤灯底下的那一朵小小的野百合——我是指你穷媳妇我的一串串儿的寂寞的眼泪！"

陆涛噌地站起来想向夏琳冲去："我哪儿也不去了，我心疼死你了！"

夏琳一拍桌子："停！"

陆涛悬在半空听她讲下去："作为一个家庭，你应该尽到一个丈夫的责任，这购物清单上的东西在巴黎买要贵一倍，你怎么能这么推卸责任？"说着，把三张写得密密麻麻的纸推向陆涛。

陆涛出神儿地望着夏琳，他感到夏琳撒起娇来又生硬又完美："知道吗，夏琳，你这种胡搅蛮缠简直迷死我了，希望你把你的风格保持下去，这样我永远离不开你。"

▶▶ 你好

　　时间到了，夏琳和陆涛一起下楼，只见一辆黑色的加长林肯轿车已经停在那里，穿着笔挺制服的司机把门拉开，陆涛左手右手各拿着两只大大的空箱子，夏琳拿着第三个，两人从楼洞里出来，引来路人侧目，司机试图接过三只空箱子放进车内。

　　陆涛对夏琳一笑，然后用客气的语气说："不用不用，轻得很，轻得很。"

　　夏琳看到司机压下后备箱盖，陆涛弯身钻进汽车，坐进装修豪华的车内，他的面前是一杯高级矿泉水，一束鲜花，一盘小点心。

　　陆涛对着送行的夏琳招手，他透过车窗，看着汽车缓缓移动，驶出他住过的贫穷小巷。

　　汽车开出巴黎市区，直奔机场，停在边上办登机手续，然后司机把车直接开入停机坪。陆涛从车内看到汽车缓缓接近一架双引擎私人飞机，停住，司机下车替他拉开车门，陆涛走向车尾想拿箱子，司机走过去，替他打开后备箱盖，笑着说："陆先生，我来吧。手续已经办好，这是您的护照，请登机。"

　　陆涛摇摇头，向飞机走去，飞机悬梯轻轻放下，门开了，郭栩如在向陆涛招手。

　　这是一个完全不同的郭栩如，微风中，她头顶阳光，长发飘飘，伸向空中的手臂就如同可以直接抓到云彩。

　　"陆涛哥，谢谢你答应给我过生日。"这是她对他说的第一句话。

　　"你好。"陆涛笑道。

▶▶ 飞机上

　　飞机在云层中穿行，透过窗玻璃，只看到白茫茫一片。

　　陆涛坐在装修豪华的机舱内，紧紧盯着一杯纹丝未动的水，他有点不知跟郭栩如说什么，此刻他们彼此都感到很陌生。

"这飞机比空客还稳啊！"陆涛没话找话地说道。

郭栩如微笑着点点头，这一回，她终于可以清楚地看到陆涛。这个人，她曾从夏琳那里支离破碎地听说，又在街上支离破碎地碰到。他一点也不完整，总是晃动的，支离破碎的，然而他们曾经一起出生入死。

"你吃葡萄吗？"郭栩如说。

陆涛看了看郭栩如，从郭栩如推过来的果盘里拿出一粒葡萄，放进嘴里，他感到有点凑巧，因为只有夏琳才知道他爱吃葡萄。

"你是什么人？"陆涛半真半假地问道。

"我？"郭栩如犹豫了一下，"我想成为设计师。"

"你妈是什么人？"陆涛没话找话地继续问。

"我母亲已经去世了。"郭栩如认真地回答。

陆涛一愣，心里直怪自己说话太随意，但话已出口，现在停住难免尴尬，只好顺着往下说："那你爸是什么人？"

"做生意的人。"

"做的什么生意？"

"金融，房地产——"

"和非法生意。"陆涛用开玩笑的语气接着往下说。

郭栩如摇摇头："我们的一切都是合法的，就像我们见面。"

"他们为什么抓你？"

"他们想敲诈我父亲。"

"他们是谁？"

"我父亲会告诉你。"

陆涛还想说什么，郭栩如微笑着说："真难想象。"

陆涛也叹口气："他们用枪打咱们！"

郭栩如点点头："生命很脆弱，每一秒我们都可能死去。"

"哟，你这么一说我有点不放心，这开飞机的师傅们刚才喝酒了吗？"

郭栩如摇摇头，笑。

"他们会不会现在已经睡着了，我怎么觉得这飞机没动。"

郭栩如又笑。

"你笑什么？"陆涛问。

"我不知道你在说什么。"

"经历了那件事以后，我觉得，我自己开飞机才踏实。"

"你会开吗？"

陆涛摇摇头。

"我想学开飞机。"郭栩如突然说。

"我更想学！"陆涛说。

郭栩如说："我觉得，要是你会开我就不会怕了。"

"看来，我们都倾向于相信熟人，在这点上，我们是一种人。"

"也许我们在很多点上都是一种人，只是我们没有时间去发现。"

"比如？"

"你也是个设计师。"郭栩如说。

"幸亏我是建筑设计师，不然我们有可能被他们抓住，没想到学建筑设计还能顺手逃身。我学的不是结构设计，其实想起来我有点后怕，现在想想应该让你在前头跑，这样他们可以先打中我。"

郭栩如笑了："他们打中了你，我也跑不了，因为我不知道该向哪里跑。"

▶▶ 进入程序

陆涛不知道，他在飞机上与郭栩如所有的谈话视频，都被实时传到杰西卡面前的监视器上，一个同声传译员把对话翻译给她，杰西卡端着一杯牛奶，穿着夏奈尔套装，面带微笑，饶有兴致地听着这一对青年男女对话。

早在三十年前的斯坦福大学读心理学时，杰西卡就对人类爱情产生了不可遏制的强烈的兴趣。她曾把一个自制的简陋窃听器，安放在校园的某一个角落，那里有一张极受欢迎的用于约会的长椅，通过一台短波收音机，杰西卡随机听到校园里一对对情侣的对话。她记下要点，然后加以分析，并评估一段段校园爱情的前景。每当她在女生宿舍转动水晶球，准确地预言出一段段爱情的成败时，她令同学们感到惊奇，这让她感到兴奋，从此专攻爱情心理学。

现在，杰西卡有了一支属于自己的专业团队，以及自己的理论，她可使用的技术手段更加强大与丰富。在杰西卡眼中，人类在爱情面前表现出非常丰富的人性，爱情具有多种模式，爱情的成功取决于多种情景，从而使得爱情具有非常大的偶然性。不过，陷入爱情的人，在规定的情境中往往做出相同的反应，也就是说，当人们把爱情当作一个流程来处理时，爱情经常是可控的，重要的是，控制好进程，在关键时刻，把爱情引到正途中去。

现在，她指着显示器中那一对青年男女，对着前来询问的景焕章微笑着说道："郭小姐表现得很好，他们进入程序了。"

▶▶ 来宾

郭亚龙把陆涛安排在位于尖东海傍的九龙香格里拉大酒店，这里邻近地铁站以及天星小轮码头，面向璀璨夺目的维多利亚港。陆涛住的套房宽敞舒适，侍者把陆涛的三个箱子推进来，放在行李房里。

陆涛洗了澡，换了身新衣。门铃声响起。

郭栩如进来："喜欢住这里吗？"

"我住哪儿都行。"陆涛说。

"你休息一下，我Daddy要当面感谢你。"

"我一点儿不累。另外，谢就免了吧，我主要是自救，救你可说不上。"

郭栩如笑笑："不如我们就早点走吧？"

"好吧。"

"噢，对了，我住你对面房间，我来陪你看看香港，好不好？"郭栩如说。

　　"你生日怎么过？"

　　"现在就在过啊。"

　　"那你是不是该照顾一下其他来宾？我这人吧，比较散漫，你不用管，我自己四处转转就可以。"

　　"我就你一个来宾。"郭栩如说罢，带着陆涛下了楼，直奔湾仔码头，然后上了郭亚龙的私人游艇。

▶▶▎有用的人

　　"我们去哪里？"

　　"去和我Daddy吃饭。"

　　"哪里？"

　　"庙湾，那是一个小岛，我Daddy常在那里钓鱼。"

　　陆涛望一眼大海，眨了眨眼睛："你们家很富吗？"

　　郭栩如摇摇头："我不知道。"

　　"这船是你们家买的还是租的？"

　　郭栩如再次摇摇头，又想了想："这船我们已经用了好几年了，以前是一艘更小的。"

　　"你Daddy是什么人？"

　　"我妈妈去世以后，我们家就剩下我和Daddy两个人，他对我很好，我要什么他都买给我。"

　　"还有呢？"

　　"他很讲义气。"

　　"还有呢？"

　　"我讲不出来了。"

　　"你喜欢他吗？"陆涛想了想，试探着问。

　　"很喜欢的。"

"那你为什么不在香港和你Daddy在一起，却跑到巴黎学设计？"

"Daddy从小就对我说，要做一个有用的人。"

"什么叫有用的人？"

"我可以帮助Daddy，帮助我喜欢的男人，实现他的理想。"

"你一点儿不像香港人。"

"我从小就不觉得我是香港人。"

"为什么？"

"因为香港太小了，我上国中的时候就逛遍了，我那时就知道，我不会总住在这里。"

"你想去哪里？"

"现在我也不知道。我Daddy要我每年回一趟香港看他，我每年都回来看他。"

▶▶丨庙湾岛

庙湾岛的渔村就建在山脉延伸出来的一块大礁石上面，有几十户渔家，陆涛跟着郭栩如来到其中的一户，郭亚龙常在这里吃饭。

"这岛有什么特点？"陆涛落座后没话找话地问道。

"没什么特点。"郭亚龙简短地回答。

一个青年渔民端来三盘菜："郭大伯，这是你最爱吃的。"

郭亚龙点点头："小勇，我钓的鱼烧两条上来，其余的归你。"

小勇也点点头走了。

陆涛夹了一筷子据说是郭亚龙最爱吃的东西，吃了一口问："是不是坏的？"

郭亚龙笑了："这东西叫苦螺，吃起来很苦，仔细嚼就会觉得鲜美。"

陆涛强忍着咽了下去，他想起徐志森对他说的话："当你不知道该说些什么的时候，就什么也别说。"于是，他点燃一支烟。

郭亚龙用一只碗喝了一口酒，然后直视陆涛："因为要抵抗台风的侵袭，所以这里的房子都是用大石头或大的砖做基础，房房相连，这些房子，就像我们在香港打拼，我们不能挺直腰身，仰起头，张开双臂，那样容易垮掉，我们必须像这里的房子一样，趴下，抱成一团。"

郭亚龙的头发有点花白，个子不高，却很结实，目光锐利，说话声音低沉。陆涛感到他的话别有含意。在他眼里，郭亚龙像是一个穿着蹩脚西装，在香港遭遇金融危机时聚众大唱励志歌的那一类人，他最好当时再戴一个滑稽的小围巾。然而即使是这么一个形象，却叫陆涛笑不出来，陆涛知道，郭亚龙属于另一种人，来自另一个他不了解的世界，郭亚龙的话充满难以描述的力量，叫他无言以对，他只好再次保持沉默。

郭亚龙对陆涛有点好奇，他没想到救女儿的是这样一个人，他不清楚为什么女儿会喜欢他，而且那么坚定，不过，陆涛身上有一点叫他注意，那就是当他讲话的时候，陆涛很认真地看着他，在他眼里，很少有人可以与他对视，目光坚定而不躲闪，在他的组织里，这样的人，一般可以当得起大事。

但再看一看陆涛的样子，却叫他十分不放心，这个年轻人有时显得十分松弛，多多少少表现得有点随意。一般来讲，这样的人多半是胸无大志的那一类人，很普通。忽然，郭亚龙心里有种冲动，想抽出一把刀来抵在他的肩上，看看他是什么表情。他凝神猜了一猜，竟是猜不出会有什么结果。

一行人接着吃饭，再无谈话。远处传来海浪声，一片云从天空中划过，像梭子一样，在云的后面，蓝天比最蓝的海水还要蓝。

▶▶我们不需要

吃罢饭，一行人在岛上转了转，便回到游艇上，景焕章已等在那里。郭亚龙一登船，他便迎上去，对着郭亚龙耳语，他已找到关系，了解到陆涛的背景，刚刚他便是通过一个朋友与方灵姗的父亲方德昭见过面。方德昭对陆涛的评价很高，现在，他急匆匆地赶来把信息告诉郭亚龙。

船头酒吧里，郭栩如和陆涛一起面朝大海，呼吸着潮湿的海风。

郭栩如发觉自己轻轻颤抖，后背出了一层细细的汗，她有一个强烈的愿望，希望陆涛能够拉一拉她的手，就像是在法国的大楼里奔跑时那样，然而身边的陆涛却双手插在兜儿里，无所事事地东瞧西看。

郭栩如深吸一口气，鼓足勇气，转过身，推一推陆涛："你觉得我Daddy怎么样？"

"我觉得他挺牛的，用我们北京话说，一看就知道是那种特低调，特能奋斗，特会闷头发大财型的香港人。"

"我Daddy——"郭栩如想了想，没有再往下说，在她的印象里，所有人见到她父亲都毕恭毕敬，没有人像陆涛这样谈论过他。

"你Daddy，"陆涛笑着问，"他就这么给你过生日？"

郭栩如扬起眉毛："怎么啦？"

"没有蛋糕，没有派对？"

"我们不需要。"郭栩如柔声说。

"那么，你们家人真够有性格的。"

"我们是很有骨气的。"郭栩如自豪地说着，瞧一瞧陆涛并没有什么太大的反应，话锋一转，"我们很随意啦。"

船开动了，速度越来越快，强劲的引擎推动游艇冲刺入海，力透甲板，海浪猛击船体，如同硬地与岩石相互摩擦，接着，船头缓缓升起，游艇像要凌空飞起，却平稳得出奇，原来这艘游艇开过来时，完全没有加速，而此刻，当陆涛感到海风迎面吹来的时候，他意识到自己像是在海上滑行。

"Daddy要跟你说话。"郭栩如推推陆涛的肩膀，在他耳边说道。

▶▶一亿

陆涛跟着郭栩如走进船舱，来到郭亚龙身边坐下，郭亚龙伸出手，用力与陆涛握了握手，然后说道："陆涛，介绍一下，这是我的律师景焕章，我们是兄弟。"

陆涛对景焕章点点头。景焕章的表情却丝毫没有变化，只是看着陆涛微微放低了双肩。

"在这个世界上，只有我女儿对我是最重要的。"郭亚龙说着，再次按了按陆涛的手，按得很用力，他的声音沙哑低沉，却像是能够穿透陆涛的耳膜，"这一次，你救了我女儿，这是缘分。如果你再晚几分钟，我就要为女儿付出一亿港币，这一亿港币，现在就停在我的账上，我把它看作是我们的。"

景焕章轻轻探身，把两张卡推到陆涛面前，郭亚龙用手压住一张，把另一张推到陆涛面前："陆涛，一亿港元就在这里，如果你看得起我，愿意当我是你的兄弟，就把这张卡收下，里面的钱是你的，也是我的，我们俩无论是谁，愿意怎么用就怎么用。"

陆涛张了张嘴，却不知该说些什么，他只有把桌子下面的手埋得更深，然后用力摇了摇头。

郭亚龙把眼睛轻轻闭上。

有一分钟，船舱里静得好像可以听到每个人的呼吸声。

一只手伸到那张推到陆涛面前的卡上，压住，接着，郭栩如的声音轻轻响起："陆涛哥，我替你收好了。"

陆涛长出了一口气，接下来，他便看到郭亚龙睁开双眼，目光冰冷而锐利，直视着他，这让他紧张起来："我不知道该说什么。我，我不觉得我应该得到这些钱，我如果需要钱，我自己会挣。还有，我不觉得我救了郭小姐，我只是觉得我们一起遇到了意外，然后我跟她一起逃跑了。在电梯里，如果不是她解开我手上的绳子，我也不知道后面会怎样。嗯，嗯，对了，如果，如果兄弟的意思就是相互帮助，我很愿意——愿意——"

陆涛说不下去了。

叫他如释重负的是，船慢下来，接着像是停住了。

郭亚龙站起来："好了，陆涛，我们郭家人从不欠人情的，以后，你如果遇到事情解决不了，给我一个面子，我一定想办法做到。我还有事，先走了。栩如，你们在香港玩好。"

说罢，冲陆涛和郭栩如点点头，走出船舱，律师景焕章也跟着走了出去，像一片影子一样。

陆涛被这场面弄得晕头转向，连告别的话都忘了说，他看到舱门关上，忽然觉得喉咙干渴，他伸手拿起杯子，把满满一杯水一口气喝了下去。

▶▶ 怪怪的

船舱里只剩下郭栩如和陆涛，郭栩如低声问："你不高兴了？"

"没有。"陆涛摇头，"你Daddy说话很强势，让我觉得有压迫感。不，不，他的说话方式我没见过，有点像香港电影，我们北京人不这样说话，我不知道该怎么说，叫我觉得怪怪的。"

"Daddy只是告诉你，遇到问题可以找他。"郭栩如笑着说。

"我好好的，不会有什么问题。"陆涛说。

"我去和船长说，不如我们开去维多利亚港看夜景散心吧。"

"好的。"

陆涛重新走到船头，看着船从泊位缓缓退出，他对自己有点莫名其妙，甚至弄不清自己为何要到香港来。郭栩如一家在他眼里有点神秘，但又不是他想了解的那一种神秘。现在，他置身海上，见到各种船从眼前依次闪过，听着持续不断的海潮声，感到周围的一切是那么陌生。

一直以来，有一种压抑感总在他心头挥之不去，这压抑感使他觉得，无论干什么，都不能尽情地伸展。他并不了解，他年轻，生命深处被某种力量猛烈地推动，这是一种深刻的激情，它使生命震撼，却不知原因，更没有方向，年轻的激情如同困兽，在囚笼中，无处施展，若是从笼中放出，却又感到茫然。

"你在想什么？"郭栩如的声音在他耳边响起。

"我？"陆涛回过神来。他看到夜色里，维多利亚港湾灯火辉煌，有雾气从海面升起，使并不遥远的景象也显得影影绰绰，而身边却坐着一个香港女人，清秀，松弛，犹如一张被拍下的时尚照片，夜色里，她与他靠得很近。

"我想知道。"

"我在想吗？呵呵，那我一定是没想到什么。不过，现在我倒是有一个问题，你说，我从巴黎飞来香港，然后坐在船上看夜景，我到底要干什么？我是来接受你Daddy的感谢的吗？不。"

"那你说你去巴黎是为什么？"

"我只为和夏琳在一起。"

"那又是为什么？"

"我认为跟她在一起最重要。"

"你会改变吗？"

"我不会。"

"你怎么能够知道？"

"我当然不知道，不过，我相信自己不会改变。"

"那夏琳呢？她相信你不会改变吗？"

"我想，我是让她相信了。"

"那么她自己会不会改变？"

"我不知道，我希望她不会改变。"

郭栩如轻叹了一声："你们两人很让人羡慕。"

然而她心里想的却是：他们俩的生活表面看起来忙乱，里面却是很坚固的。

船在接近岸边，灯光把一层层的波浪反射到陆涛眼中，陆涛透过那层层波浪，似乎看到从未来奔涌而来的层层叠叠的岁月。这些岁月如此之多，令他恍然感到此刻的自己是那么单薄、微小而无力。生命融于情境，却又被情境所隔绝，生命试图自由，而每一种自由都令生命感到困惑。

"你在想什么？"陆涛问。

"我在猜，你是不是一个有梦想的人。"

"有什么区别？我们每一个人只不过是一粒灰尘而已，如果此刻最深最遥远的天上，有一只眼睛可以看到我们，那也只不过像是看到两只碰巧儿靠在一起的细胞而已。"

"你有一种与别人不同的梦想，你总是不能很真切地看到自己，你一会儿觉得自己很大，一会儿觉得自己很小，其实你只是不稳定。如果你能聚集起自己的能量，你便可以认识到更真切的自我，那时，你和这个世界的关系才会更清楚。"

"这话儿是说谁的？"

"是一个心理医生说我Daddy，我偷听到的。"

"为什么告诉我？"

"因为，我总有一种感觉，觉得你跟我Daddy很相像。"

"你Daddy相信那心理医生的话吗？"

"他没有说，只是再也没有请那个心理医生来家里讲话。"

▶▶▎两个细胞

夜深了，郭栩如和陆涛回到酒店，相约第二天上午见面。陆涛回到房间，洗了一个澡，给夏琳打电话，夏琳却只是匆匆地告诉他，她正在赶工做设计，两天后就要提案，她的声音有点哑，看来是累的。

陆涛放下电话倒在床上，想着自己能为夏琳做点什么，却想不出来。他有一种恶劣的感受，那就是夏琳在很多时候并不需要他，而他，却仿佛是在任何时候都需要夏琳。他想象若是刚才他与夏琳坐在船上，在维多利亚港游荡，那么夏琳一定很高兴。他想到若是换成一个阳光夏日，夏琳就坐在船舷上，两只光脚就在空中晃荡，而他把一瓶矿泉水递到她手里，用于索回一个甜美的笑容，那一定就是想象中的幸福。

然而他又不无轻蔑地觉得自己的想法真够庸俗，像是电视里放烂了的广告片，无论怎么拼接都只是一种无聊的重复，他的想法了无新意，无法令自己振奋。

陆涛闭上眼睛，很快睡去了，他感到自己正躺在一片滑滑的冰上，无法固定，一会儿向左，一会儿又向右，他的手抓紧雪白的床单。

　　同一时刻的郭栩如却无法闭眼入睡，她记住了陆涛说过的一句话，他说他们像两个靠在一起的细胞。她喜欢他的话，她在黑暗中睁大眼睛，似乎看到两个悬浮在水中的柔软的细胞，只是很近地靠在一起，其中的一个更加靠向另一个，直至把另一个压得有点变形。她想用这个想法做一个设计，她又想看着这两个细胞能否融合成一个，她还想用束手电光去照亮那两个细胞，以便让她看得更清楚，接下来她也睡着了。

▶▶互补

　　"昨天忘了对你说生日快乐，今天补上。"上午一见面，陆涛便对郭栩如说道。

　　"昨天我过得很开心，今天我们去逛街吧，香港其实走一走就能走完。"郭栩如说。

　　陆涛拿出三大张夏琳记下的购物单："其实我来香港的主要任务是购物，你要是愿意的话——"

　　"那当然要我带你去，我看看行吗？"

　　陆涛把购物清单交给郭栩如，只见她把三张购物单平铺在桌上，拿出手机，"啪啪啪"地拍起来，接着，把购物单还给陆涛，说："我可以买得更便宜，不过，这要花两天才能买完，这里面的东西很多在一些小店里，我们需要一辆购物车，我有一辆。"

　　"多谢，我来推车和付账，你来帮助我找到这些东西。"

　　"先去加连威老道吧，去龙城大药房买护肤品，在尖沙咀，日本Alola保湿芦荟液、Sana日夜补水面霜，以及四包只需十三块并有多种果味和药材成分的面膜，十五毫升细装的SK－Ⅱ，倩碧香水，西班牙J.Aliciaherrera护手霜，Utena洗面奶，韩国Rangshi芦荟面膜，买一送一。不过那里只收现金，不收信用卡。"

　　"那我们先取现金。"

"碧欧泉Sasa最便宜，龙城第二，Dove沐浴露是卓越最便宜。"

"你在巴黎，怎么会知道香港那么多？"

"每一次回香港，我都要为我们公司所有人购物，他们把我评为最佳香港买手，不然我怎么会有一个购物车？夏琳给你写的购物单——"

"只是你通常回香港购物清单的一小部分。"陆涛抢过话头。

"准确。"郭栩如愣了一下，接着笑了，"你智商真的很高，不耐烦别人把话说完。"

"你情商很高，可以理解不同的人。"陆涛也笑了。

"我们如果一起做事会很互补。"郭栩如说。

▶▶┃ 逛街

直至开始连续购物，陆涛才暂时地忘记了郭栩如是来自另一个世界，忘记了她身后的私人游艇与飞机以及她的Daddy。郭栩如令他感到很稳定，没有与夏琳在一起的那一种不安与紧张。如果是刚刚认识，陆涛甚至会把她当作一个杂货铺店主的女儿。他很有兴致地看她与小店主讲价，看她对着香港指指点点。两天过去了，他们只是在一个商店与另一个商店之间鼠窜。陆涛忽然发现，要完成夏琳的购物清单，只凭他一个人多半要走上五天，但郭栩如带着他，却顺利完成了一切，还剩下一港元。

她总是走在他的身后，用右手的手指点他的肩膀，告诉他向左走，还是向右走。有时，她的手会从背后伸到他眼睛前面一点，是两根手指，她手腕上戴着一只表，表带上挂着一只小玩偶，玩偶摇动时会碰到他的脸。

他们曾在香港街头吃过很多小吃，全是用她从购物中省下的钱。只有一次，他对她的感觉被一辆前来接他们的迈巴赫汽车所打断，当时他们两人上车后，一起坐到后座，汽车行驶时，抬头便可看到从全景天窗里闪现的香港的高楼，以及被高楼切碎的香港的天空。

那一天晚上在庙街，两人穿过熟食店，绕过算命摊贩，坐进一家小店，听着粤语演唱。郭栩如试图把父亲那张卡交给陆涛，陆涛感谢了她的好意，拒绝了她的卡。她像是想到了，点点头，说她将继续为他保管着。

接着，她要他等她一天，坚持送他些礼物，她说如果他不接受，她会很难受，陆涛答应了。

接下来的一天，她去给陆涛买礼物，陆涛躺在酒店里睡大觉，看电视。

再接下来一天，她带着她送他的礼物到酒店，接着送陆涛到机场。两人分手时，她只叫他答应一件事，那就是留着她的电话，如果不开心，就打给她。

陆涛问她何时回巴黎，她说她Daddy不放心她去巴黎，要她留在香港，她不想让Daddy不高兴。

飞机起飞后，想到郭栩如，觉得心脏像被按压了一下似的，她在他面前似乎有点胆怯，在他眼里，整件事都像是一个编出来的故事。他想笑一下，却笑不出来，他知道飞机落地后，他便会被巴黎所吞噬。

▶▶明白

陆涛离港后不到十个小时，杰西卡博士在自己崭新的办公室里，再次见到郭亚龙，景焕章在一旁担当翻译。

"陆涛的忠诚度很高，这一次，他没有爱上郭小姐。"杰西卡开门见山地说道。

景焕章接着问道："你说的很高有多高？"

"根据我们已经打分的各项指标，是最高。"杰西卡平静地说。

景焕章把杰西卡的话翻译给郭亚龙，很明显，郭亚龙听完后显得有点心烦意乱，他没有像往常一样，把话先说给景焕章，而是对着杰西卡说道："我觉得我女儿有点失落，她一直跟她的狗在一起，我不想看到她这样。我想知道，她现在在想什么。"

景焕章连忙把郭亚龙的话翻译过去。

"她在想陆涛，在想他们相处的八十多个小时。她现在喜欢自己想，最好的方式是不要打扰她，让她想。"杰西卡耐心地解释。

"她为什么不想回巴黎了？是害怕吗？"郭亚龙再次发问。

"回巴黎她会更想陆涛，所以她做出了对自己有利的决定。"

"你还能为我们做些什么？"郭亚龙的语调已经提高了。

只从郭亚龙的表情中，杰西卡便能看到有一种受挫感，但她仍然平静地回答："夏琳！我们要研究夏琳，这是我们最后的机会，只是我们有一些暂时的困难。"

"什么困难？"

"我们缺乏夏琳的信息。"

景焕章接口道："关于夏琳，能提供的数据我们都提供了。我们在巴黎的委托人告诉我们，他们已尽力了。"

杰西卡博士脸上依然充满自信："如果我们可以继续工作，我还会尝试一些办法，也许能够得到我们需要的数据。事实上，我本人对这件事很感兴趣，这是一个很有趣的课题。"

"你们继续。"未等景焕章翻译完，郭亚龙生硬地说道，"我希望我女儿能够幸福，如果她想陆涛，她就必须得到陆涛，我可以付出很高的代价，这就是我的意思。"

杰西卡博士等到景焕章翻译完毕，她用柔和的目光再看一眼郭亚龙，然后轻轻地说："我明白一个父亲的愿望。"

▶▶ 工作

呼吸着巴黎的空气，把车窗压低，把眼睛睁大，陆涛感到一丝丝的兴奋从皮肤里往外渗透。现在他坐在一辆加长林肯中，正驶向家里，在林肯车的后面，有一辆轻型汽车，装着他从香港带回的东西，他坐直腰身，因为感到自己有用而意气风发。

到家了，汽车停下，陆涛下了车，指挥工人们把一箱箱东西搬到家里。当工人们离去之后，陆涛拿起电话，拨通，听着对方接了电话，陆涛的心加快跳动起来。

此刻接电话的夏琳正走在回家的路上："陆涛，还有两分钟我就到家了。"

"我已经到家了！"

"你回来得正好，我遇到了很多困难，有生活中的，还有事业上的，作为我的老公，你必须要帮助我，除此以外你还要感激我，因为你有机会变成一个有用的人，具体消息，一分钟以后我要向你公布。总体来讲，你不能再去要饭了，敲着《欢乐颂》也不行，更不能在巴黎满大街地表演英雄救美，你有更重要的事情去做，我们有可能提升我们的生活质量。"

夏琳边说边上楼梯，气喘吁吁。

"还有啊，我们今天可以稍微奢侈一点，我们要外出就餐。好了，现在请你把门拉开让我进去。"

门在夏琳面前打开，陆涛的笑脸出现在夏琳面前，是那一种夏琳熟悉的坏坏的笑，夏琳看到他的手得意地伸出："请进。"

夏琳被眼前的一幕惊呆了，她发现房间被一箱一箱的东西装满了，只剩下侧身才能走过的一条小过道。

"这是怎么回事，这是咱们家吗，咱们家怎么变成这样了？"

陆涛拉着夏琳绕过箱子，接着抱紧她，一头扑到床上，双手捧住夏琳的脸亲了一下，然后一指面前的箱子，说："这是用我们的港币买的，全是你的礼物，你必须表扬我，说我是世界上最能干的采购员。"

"陆涛，你被海关罚了多少款？"

"三千多欧元，他们付的。"

"这些东西到底价值多少？"

"我算不出来，我们一起算吧。"

"那些箱子里都是什么东西？"

"我不敢一个人看，怕兴奋过头了晕过去没人救我。现在你回来了，我认为可以打开它们了，先从那个绿色的Prada箱子开始吧。"

夏琳跳起来抱住箱子，放到床上。

陆涛在边儿上悄声说："箱子也归我们了。"

夏琳"咔"地打开箱子，惊叫一声，倒在床上。

"我就知道会是这个结果。"说着向夏琳扑过去。

当他的嘴唇刚刚要触到夏琳的嘴唇的时候，夏琳突然又尖叫一声："忘了，陆涛，你必须马上出发，有一个面试在里昂，火车票已经买好了。"

"你说什么？"

"一份工作！你的！快跑！"夏琳睁圆了眼睛叫道。

▶▶徐峥和亨利

就在陆涛回到巴黎的前一天，夏琳的运气来了，她为Lotto设计的一套夏季产品被老板蒙代尔看中了。那时夏琳正在办公室喝着一杯浓咖啡，强打精神研究着一组运动布料，费雷尔先生手里拿着几张照片快步走进来，他的眼睛睁得又圆又亮，费雷尔先生很少这样，他擅长在高压下工作，从来都很稳重，但这一次他也感到惊奇。

"Lotto总部来了几名代表，蒙代尔先生邀你一起吃晚餐，你要准备一下。"费雷尔先生说。

"为什么？"

"为什么？因为你的设计让蒙代尔先生很吃惊，他认为你可以向Lotto总部派来的人介绍一下你的设计，而且，他认为你可以更多地使用中国元素丰富你的设计。"

"我要准备什么？"

"首先，你要把这一次设计思路整理得更加简单一点，见面时说给他们听；其次——"费雷尔先生打量了一下夏琳，"你需要一套正式点的衣服，代表蒙代尔公司的形象。因为工作以后有一个小小的酒会。"

"我没有——"

不等夏琳说完，费雷尔先生便打断她："你跟我来。"

夏琳跟着费雷尔先生来到蒙代尔公司的仓库，这里挂满了成衣，很多是蒙代尔公司的获奖作品，另有一些是蒙代尔公司雇佣过的众多设计师制作出的成衣样品。费雷尔先生用他极具职业性的目光把夏琳从上到下看了一遍，然后双手握在一起，像是打定了什么主意一样，上下摇动几下，便走进成衣堆里，从一架架排列整齐的时装中为夏琳挑选。

半小时后，费雷尔先生回来了，手里拿着七个衣架，上面挂着叫夏琳想都没有想过会穿在自己身上的时装。

"请试穿一下，我想想看，这一件，这一件，还有这一件。"费雷尔的眼睛就像一把尺子，再次准确地量了一遍夏琳，然后从中挑出三件交给夏琳，"你还需要一双鞋。"

"谢谢。"夏琳说。

"我们不需要你在酒会上光彩夺目，但需要你拿出自信来让他们认可。"

"认可什么？"

"蒙代尔公司从未在运动休闲时装的竞争中得到过份额，这一次，你有机会代表我们参加Lotto的竞标，意大利人的眼睛很特别，他们总是以不同方式看待设计作品和设计师。"

▶▶随后

随后的时间过得很快，甚至让夏琳觉得过于快了。在晚上，她当着蒙代尔先生，向六个Lotto的代表介绍自己的设计，Lotto的代表们对她的设计非常满意，认为Lotto下一季非常有可能使用她的设计，当然，夏琳必须同另外两家Lotto选中的设计公司竞标。

这个消息让蒙代尔先生非常兴奋，以至于心脏受了点小影响，必须早点回家休息。费雷尔先生送他，因此，在接下来的酒会上，夏琳独自一人参加，她谁也不认识，正犹豫是否中途溜掉时，一只手拍了拍她的肩膀。

"有点认不出了，不过我猜你就是夏琳，还记得我吗？"

"徐峥！你是陆涛的同学和同事，你们加班的时候我常给你们送饭。"

"你是给陆涛送。不过，当时陆涛工作比较疯狂，我替他吃过几次。"徐峥笑着说。

"你不是在国内吗？"

"我是和我老板亨利一起来的，还记得吗，凡尔赛设计公司的那个怪老头儿，他喜欢高迪。"

"我记得，有一阵儿陆涛嘴里老说到他。"夏琳晕晕乎乎地说。

"陆涛在哪里？"

"他在香港，他过两天就要回巴黎。"

"他在巴黎干什么？"

"他正在找工作。"

"他还做设计吗？"

"是的。"

"太好了，亨利正在找人，他很喜欢陆涛，不过他现在住在里昂。"

"他不是在中国吗？"

"他现在每年只在中国待两个月，人老了，喜欢在家里，他在里昂有设计公司，你愿意让陆涛去里昂吗？"

正说到此，亨利走过来，手里拿着一杯冰水，徐峥立刻把夏琳介绍给亨利，双方约好，等陆涛一回来，马上去里昂见亨利。

▶▶ 去里昂

陆涛腾云驾雾般地被夏琳送上开往里昂的火车，这是一种双层新一代高速列车，时速三百公里，只有短短八节车厢，车门踏板与地面几乎平行，陆涛就站在那里与夏琳吻别。

在奔向火车站的路上，他听夏琳讲了与徐峥在酒会上的巧遇。现在陆涛知道，亨利那里有工作可做，他更知道，夏琳希望他有工作可做。

列车开动后，陆涛预感到忽然之间自己要开始忙起来了，生活就像他现在乘坐的列车一样，突然加速，也许以后很长时间内无法停下来。现在，他低头看看自己，垂感很强的西装，干净的衬衣、皮鞋，手里拎着一个小行李箱。他望着车窗外飞速退后的景色，就像在看一部倒放的电影，从北京到巴黎这一段时间，就如同一场长长的临时假期，他曾以为永远没有尽头，现在看来就要结束了。

列车里很安静，座位舒适，而陆涛却有一种不舒适的感觉涌上心头，他正在远离夏琳，越来越远，那感觉就像一个陆涛在清醒时也在做的灰色的梦。在梦里，他非常艰难地靠近夏琳，但无论多么用力，两人之间，却始终被一种力量所阻隔，陆涛认为这种感觉很荒唐，但事情往往就是这样，而且似乎一向如此——荒唐，持续而强烈。

陆涛记得他曾与徐志森闲谈时问道："如果我努力，有什么是无法改变的？"

徐志森的回答毫不犹豫："生活就在这里，已发生的就是一切，无论你改变还是不改变，都是如此，你愿意努力，这很好，不过，剩下的你也要接受。"

陆涛当时并不能真正懂得徐志森在说什么，现在也不能。徐志森曾在另一次谈话中再次谈及他的看法，他认为有一种生活之上的东西是人很难理解的，人们各行其是，命运却总是自有道理，人之所以不能认同他所经历的，是因为人无法从生活之内飞跃而出。

▸▸死亡与生命对谈

陆涛并不了解，徐志森说这话时已在世上度过比他更多的时光，徐志森曾像他一样，一遍遍回望堆积如山的过去，也曾试图理解面目模糊的自己，虽然事情最终差强人意，但徐志森仍可从生存之镜中看到自己更为整体的轮廓。

现在，就在陆涛奔赴里昂的途中，徐志森也在奔赴一个地方，他坐在一辆奔驰车的后座上，只身一人，他的身体已能支持他单独活动，他的信念也随着身体的恢复而变得更加清晰坚定。

徐志森来到北京市东北郊的潮白陵园，这里位于潮白河东侧，距市区三十公里，陵园坐北朝南，地势平坦，不久以前，徐志森在这里悄悄为自己买了一块墓地。他没有告诉林婉芬，以前，他极少考虑到自己会死这件事，他一生争强好胜，他的充满韧性的身体一直在帮助他，因此年龄对他的心理并没有产生关键性影响，而这一次心脏手术却让他辗转病榻之际，依稀见到彼岸。

他决定让自己的思路更清晰，他发现，站在彼岸思考对他很有帮助。他很高兴自己可以获得一个更开阔的视角来思考问题，墓地周围的环境庄重古朴，使逝者与天地相容。

这里是另外一个世界，清新而安静，清风阵阵吹过，小鸟就在不远处蹦跳，徐志森就坐在他自己的墓地前，这里没有打扰，他感到自己就是阳光下的一片薄薄的影子。

徐志森想着自己如果死了以后，会怎么看待他现在面对的事情。他在心里，一遍遍把要做的事情作一个排序，这个排序与他健康时完全不同。他清楚地认识到，他的时间也许不多了，因此，他只能做那些最重要的事情。

徐志森用对话方式整理自己的思路，这是他的一个习惯。早在求学期间，他便发现，最有效地整理自己思路的方式，便是把学到的知识讲给自己听。他一般先是把书看一遍，然后讲给自己听，当他讲得不好的时候，他便知道自己在哪一点上不清楚；当他可以把一本书从头至尾、毫无差错地清楚地讲一遍时，他便认为自己掌握了这一门知识；当他通过反复讲述，最终只用很少的话就把那一门知识概括出来时，他便认为自己抓住了这门知识的重点。这个方法一直被他沿用下来。

徐志森闭上眼睛，使自己的头脑得到休息，使注意力慢慢集中，接下来，他睁开眼睛，面前是他的墓碑，他想象自己就躺在墓碑下，远离纷乱喧嚣与艰难世事，而眼前的世界只是像浮云一样轻轻地从身边掠过。

渐渐地，以前纷乱混杂的诸多头绪在头脑中慢慢止息，接下来，他开始向那个更淡然更客观的自我发问。

"你是谁？"

"一个商人。"

"什么是商人？"

"一个用生意的眼光看待世界的人。"

"你认为你知道的东西有用吗？"

"我认为是有用的。"

"它有什么用？"

"我没有发现谁可以离开生意，生意让我生存，让我看到别人不太注意的生命细节，并从中得到快乐。"

"对于你整整的一生来讲，最重要的事情是什么？"

"陆涛。"

"为什么？"

"当我死去，我整整一生奋斗得到的那些对于生意的理解力，就会随着我的死亡一同消逝，而陆涛却是我的一个机会，他使得我的理解力有机会继续留在人世间。"

"为什么不写本书？"

"我不会写书，况且生意是活的，是一个与所有事情相互联系的整体，我无法在书中写完。"

"你相信陆涛能够继续使用你的理解力吗？"

"我认为他有机会懂得那种理解力，并且使用它。"

"为什么？"

"我观察过他，确定他是最好的人选，他成功的几率最大。"

"你认为你要告诉他的一切对他的人生有价值吗？"

"我相信有。"

"为什么？"

"因为除了我，别人不会告诉他。此外，使用对于生意的理解力，会令他可以有效率地为世界创造价值。"

"这是你最深刻的愿望吗？"

"是的。"

"是什么在推动你的愿望？"

"我的生命。"

"你要从哪里做起？"

"尊重陆涛，阅读他，从他的愿望做起。"

"他的哪一个愿望？"

"他试图完成的任何一个比较困难的愿望。"

"你现在能做什么？"

"汇聚我的资源，等待陆涛来告诉我他的愿望，那将是我在他面前解说生意的机会。"

▶▶ 新工作

　　里昂是一个壁画涂鸦城市，当出租车穿过里昂市区时，陆涛被那些画在高楼墙壁上的壁画击中，他看看离约定时间还有一会儿，便让出租车在市区里兜一兜，在十字架一鲁斯街口，看到面积达一千两百平方米的《卡尼》，它描绘的是卡尼街区过去的人物与活动场景。在索恩河畔，有一幢七层高的老式楼房，墙面上有一幅八百平方米的题为《里昂人》的壁画，上面展现了里昂历史上的二十多位名人。陆涛感到震撼，这震撼来源于他与世界的关联度，他被无所事事折磨了那么久，现在，终于有机会再使用他作为设计师的才能，现在他直想把头伸出车窗外，大喊一声来驱散心头压抑的阴云。

　　亨利在设计师事务所的工作室里迎接陆涛，他更老了，但那一张娃娃脸却显得神采奕奕。他热情地拉着陆涛在公司内部转了一圈儿，给陆涛介绍他现在的工作。亨利知道陆涛曾主持设计过北京的田园牧歌，他很赞同陆涛那种刻意的高调处理方式，城市就像一片水泥丛林，每一个建筑必须奋力向上，才能不被其他建筑所压制。

亨利告诉陆涛，他目前正主持一个政府项目，为里昂城设计一个新的音乐厅，设计工作非常困难，他与几个法国设计师正在为此而工作，陆涛表示他很愿意加入，并谈到一些设计想法，这使亨利情绪高涨。傍晚时分，陆涛无意间说起高迪，本来已经有点疲倦的亨利竟童心大发，亲自驾车，带着陆涛去看波得格斯(Casa Botines)住宅，在这个建筑里高迪采用了独特的基础结构，当地的工程师认为那样建会垮塌的，高迪让他们写个技术报告来证明，但大家无法证明，到现在这个建筑的基础仍然牢固，看起来不像要塌的样子。

亨利出生在里昂，正是高迪这一神奇的建筑感动了他，令他在青年时期产生当一名建筑师的强烈渴望，接下来，亨利奋斗多年获得成功。他请陆涛在路边一个饭馆吃了一顿饭，看得出来，亨利对里昂不仅熟悉，还情感深厚，他告诉陆涛，正是在这个饭馆，他与他现在的太太一见钟情。

亨利希望陆涛立刻开始工作，最好把老婆接过来，他太太会送她一块爱马仕丝巾，并且，夏琳的工作问题并不是很困难，亨利在爱马仕设计部门有朋友，希望可以帮到夏琳。

陆涛决定，晚上乘火车返回巴黎，争取说服夏琳，把她带过来。

陆涛踌躇满志地上了火车，在车上，他因兴奋及疲惫睡着了，并且睡得很香。

▶▶我又成为建筑师了

火车停下许久，陆涛才醒来，他一下车就打通夏琳的电话，刚刚叫了一声"夏琳，我们找一个地儿吃饭吧"就被夏琳的更尖的声音打断。

"你是不是又找到了一个薪水比我高三倍以上的工作？"

"我——"

"住嘴，我不想听，你绕来绕去总想带着我回到老路上。"

"夏琳，我刚下火车，饿得很。"

"我刚下班，困得很。"

"饭馆见，就那家我们每次走过就说下次去吃的——"

"谁先到谁先点！"夏琳挂断了电话。

当陆涛被领座带进饭馆里的座位上时，只见夏琳拿着一个厚笔记本，用一支笔在上面指指点点。

陆涛坐下，刚要说话。

夏琳用笔尖一点他："停！汇报一下你去里昂求职期间我的工作，我没日没夜地干，我都快累疯了。"

"你都干了什么？"

"停！不许你说话，听我说。这是礼物清单，它包含这个世界上最好的男性奢侈品，你要是使用它，巴黎就会出现一个最奇怪的要饭的，你会让整个巴黎震惊的。"

"我告诉你我去里昂——"

"停！你听我说，我们好像有了一座私人收藏品博物馆，怎么说呢，我简直没法形容，太丰富了，它们不是用来使用的。"

"你怎么了？夏琳，我从来没见你这么狂热过。你说的话我一句都听不懂，你睡过觉吗？"

"一分钟也没睡。"

"你在干什么？"

夏琳手一松，笔掉在桌上，然后闭上发红的双眼，长叹一声："欣赏！"

"欣赏什么？"

"大师的杰作！"夏琳猛地睁开一双小红眼。

"你去哪儿了？又受什么刺激了？卢浮宫还是大都会？"

"除了上班，我一秒钟也没离开过家里。"

"明白了，全是那些香港礼物惹的祸吧。"

夏琳点点头："没错！你听我给你念一遍清单，全是稀世珍品。"

"明天我们就去跳蚤市场把它们全卖了，我们可以租一套好一点儿的房子，现在那房子被箱子堵得没法住人。"

夏琳高喊："不，一件都不许卖！"

"你怎么了？"

"我舍不得！"

"难道你把每一个箱子都打开了？"

"首先，我买了两把锁加固了咱家的门，然后我才开始——"

"你真的把每一个箱子都打开了？"

夏琳激动地点点头。

"你一个人？"

夏琳再次点点头。

"你搬得动吗？"

夏琳再次点点头。

"你觉得我们每天能卖掉一箱吗？"

"如果在跳蚤市场上我们一秒钟就全能卖掉，其实我们一件也卖不掉，那里没有人买得起，无论是法国人、阿拉伯人还是英国人。"

"你到底想说什么，夏琳？怎么我一回来听不懂你说话了？"

夏琳说："拍卖！只能拍卖！"

"你在说什么？"

夏琳叹了口气说："陆涛，我们有钱了！"

"你是什么意思？"

夏琳："陆涛，你替我把我那份吃完，我受不了了，我要睡了。"

"它们到底都是什么？"

夏琳勉强睁开眼睛，拿起小本儿念道："爱马仕、Gucci、LV钱包各两款；来自Giorgio Armani、Prada、Alexander McQueen、Dior Homme的大牌服装各两套，这些都是2006年最新春夏款，分别出自Armani、Miuccia Prada、Alexander McQueen、Tom Ford、Marc Jacobs、Hedi Slimane等等当红大牌设计师之手；LV箱子两款，其中一个是1996年为纪念Monogram一百周年而特别邀请的赫尔穆特•朗的装唱盘的箱子，另一个是特别定制的旅行箱，是老路易•威登的儿子乔治•威登1896年设计的Monogram帆布系列Alzer 80；万宝龙

888限量钢笔两支，分别是赞助人系列的J.P 摩根款和大文豪系列的海明威款；Rolex表一块，IWC（万国）1940年飞行员表一块，保时捷INDICATOR2003手表一块，不是限量级的，就是古董收藏级的……"

陆涛觉得夏琳又可爱又好笑，这个号称对富人生活不屑一顾的北京姑娘，竟被一些男性奢侈品搞得颠三倒四。陆涛打断她的朗诵："哎，夏琳，我跟亨利谈好了，他们要我了，明天就回去上班。我又成为建筑设计师了。"

然而夏琳仍在不管不顾地念着礼物清单。

"夏琳，你在听我说话吗？"陆涛吃惊地问道。

▶▶ 感动

在最深的夜里，在床上，在夏琳入睡之后，陆涛抱紧夏琳，感觉就像抱着一个赤裸的灵魂。在他眼里，她的争强好胜，她的矛盾，她的不安，她的天真，她的自以为是，全都那么毫无防备而可爱，她希望得到的那一种平庸的幸福令他感动。陆涛知道，他已经娶了她，必须理解她，而她最终只不过希望通过她的方式得到那一种幸福罢了，她甚至没有看到，其实她追求的东西很早以前就牢牢地握在她的手里了。

陆涛起初根本无法想象夏琳抱着那一堆奢侈品入睡时的样子，现在，他开始想象，渐渐地，他可以想象出来了，这个对财富不了解的姑娘，是多么热爱那些被她说得一钱不值的东西。陆涛知道，如果这些奢侈品是他买给她的礼物，她会拒绝，看都不会看一眼，但当情况改变，那是别人给他的礼物，全是男性用品，而且全是设计师的作品，一下子，在她眼里就显示出另一种价值，只因这些东西可以被他享受，她才会由衷地喜欢它们，才会毫无顾忌地说喜欢它们，并且整夜地守着它们，她是替他守着，就像是她送给他的礼物一样。

他更紧地抱住她，内心感动且柔软。

第二天早晨夏琳被自己上的闹钟叫醒，那闹钟是杨晓芸寄给她的礼物，可以边响边满地跑，你必须下床才能止住它。夏琳的脸色憔悴，表面像是涂了一层油蜡，但她睡醒了，跳下床，关了闹钟，摇晃着竟要跑到微波炉前为他做早餐，陆涛心疼得差点流出眼泪。

"夏琳，昨天我有话还没来得及对你说你就睡着了。"

"今天我也来不及听了，我必须去公司，我的设计有可能被Lotto选中，但有很多细节需要完善。"夏琳一边刷牙洗脸穿衣一边说，她动作快得令人眼花缭乱。

"我明天就必须去里昂开始工作，我们可以一起去。"

"你先去，我去看你。"

"你知道，那里有公司为爱马仕设计丝巾——"

"爱马仕丝巾一年里只出两个系列，图案全是大师级的，爱马仕？得了吧，我要是有实力去爱马仕，还会让你去工作？快把牛奶喝了，我喝不了了——你最晚几点走？"

"晚上坐末班火车。"

"你等着，下班后我送你，我会给你从网上订车票和里昂的自助酒店，啊，我来不及了！"夏琳说罢已拎着包冲出家门。

门被关上的一刹，微波炉停了，陆涛走过去，是夏琳热的一块饭团。他拿起饭团儿，走回床上，吃了起来。他知道，夏琳不会说她要为他做什么，但实际上她一直尽她所能为他做着她能做的一切。

▶▶我爱你

不出陆涛所料，他在火车即将开车前十分钟才在车站等到从人群中冲出来的夏琳。

陆涛拥抱她，夏琳却大声说："你的东西——那些礼物？"

"你全权处理。"

"我已经把LV钱包在网上拍卖了，我真想知道，现在拍到多少了。"

陆涛猛摇了一下夏琳："夏琳，我非常担心你，记住，从这里离开的时候要睁大眼睛，看清眼前的障碍物，不移动的东西可以撞击，移动的东西要躲开，听清我的话了吗？"

"陆涛，一成交我就把钱汇给你，你下了车就去银行，租一个好一点的房子，月租不要低于一千欧元。"

"夏琳，你休息一天吧，不要上班了，我很担心你。"

"我有计划，我先要分出哪些东西要卖掉，哪些要留给你用。"

"我什么也不用。"

"不，陆涛，你一定要听我的，那些东西太美了。"

"好了好了，夏琳，我走了，照顾好你自己，我真遗憾时间太紧了，到现在我们也没有时间一起欣赏那些礼物。"

"我一回去就拍照片，然后把它们做成相册给你发过去，你在公司能上网吧？"

"夏琳，我爱你。我比什么时候都更爱你，我永远爱你。再见。"

"我也爱你，我爱你。"

陆涛上了车，夏琳对陆涛招手，列车缓缓离去。

▶▶ 紧张工作

如果说夏琳和陆涛分别投入了紧张的工作，那么与他们同样紧张的还有身在香港的杰西卡博士。此刻，在她的办公室，面对着三组人，杰西卡博士在一个投影前布置工作："CNN需要尽快得到这一组纪录片，夏琳是主线，第一组人去巴黎拍摄夏琳，记录她的工作、生活、感受，特别是她对爱情的态度，她喜欢什么样的人，她的恋爱史，她的趣味，她爱吃什么东西，她想去哪，她对生活的看法，她喜爱的物质，交通、医疗、娱乐，总之重点在爱情，其余的我们也想了解。另外，不要忘记采访夏琳的公司同事。

"第二组代表CNN去采访米莱，采访重点在于他们为什么出国留学，如何看待友谊，尤其是她和夏琳的友谊，要让米莱尽量多地说夏琳，方方面面，夏琳的少女梦，夏琳对爱情的幻想，夏琳爱听的音乐，爱吃的食物等等。

"第三组在北京，采访杨晓芸，主题和采访米莱的一样。我们希望制作出一部关于北京留学生们在海外生活的奋斗史。采访完杨晓芸后采访夏琳的父母，重点在于夏琳的一切信息，她的童年，她的青少年，她的成长，要抓到最具体的事情，从这些事情中捕捉夏琳的特质、性格。谢谢大家。"

三组采访人员一走，杰西卡博士把第四组人员叫进来。

第四组人员拥有强大的高科技偷拍设备。"你们将对夏琳进行二十四小时监视，主要工作是记录她的视线，要精确的记录。"

布置完这一切，杰西卡博士小小地松了口气，她又进展了一步，找到了取得夏琳信息的方法。

⏭ 忙上加忙

当夏琳接到来自CNN的采访邀请时，她简直不敢相信自己的耳朵，通知夏琳这个消息的费雷尔先生也感到很意外，他立刻决定，利用这次采访，把公司推出亚洲元素的计划公布出来。首次采访就定在蒙代尔公司的后花园里，背景是六年前公司曾定制的现代景观设计。蒙代尔先生听到这个消息也很高兴，他隐隐有一种感觉，夏琳也许是公司有关亚洲战略的一颗新星。他打电话叫费雷尔把夏琳以前的设计找出来看一看，看罢忽然有一种感动，他认为在这个年轻女设计师身上有一种尚未开始释放的能量，而公司可以帮助她把才华发挥出来。

然而夏琳感到疲惫，她就像一台高速发动机，因长时间保持高转速而磨损严重，她必须用自己顽强的生命力来冲过这一关。两天来，她迷失在Lotto运动服的设计中，迷失在Lotto的色彩里，她的主题是西藏，但表现手法却是中国国画的技法，既奔放又含蓄，令人产生无穷的遐想。色彩沿袭Lotto的传统，使用几种中间色来表现。新设计致力于表现飘逸、高远、广阔的动感，意象直指在那神秘的最高处，有着最蓝的天与最白的云，它们可被风吹皱，接下来被强光点亮。

随着设计导向的深入，夏琳慢慢地抓住了一个又一个感觉，立体裁剪使一整套运动服浑然一体。运动上衣被她加宽了，短裤缩短了一厘米，扣子使用更大更亮的，系带也变宽了。她在风帽中使用透气孔，背后的双肩部分用毛笔画出抽象的两翼，跑动时就像翅膀一般飞舞。最初的创意被她越发展越极致，随着她的思路越来越成熟，她的灵感不断闪现。

当CNN的摄影师在花园里测试灯光，摆弄反光板时，她脑子里仍在快速运行着她的设计，直到主持人与她开始对谈，她才回到现实世界。

这一天，蒙代尔公司非常热闹，就连与夏琳很少说话的员工也跑到花园里去接受采访，试着说一说他们对夏琳的印象，人们对夏琳表现得既友善又惊奇，仿佛一夜之间夏琳成为了公司的明星。

►►| 我闻到了成功的味道

当天夜里，在里昂的陆涛结束了一天的工作，返回刚刚租下的家中。他想洗个澡再跟夏琳通电话，不幸的是，在他刚刚把自己弄得浑身泡沫时，洗手间外的电话就不停地响，陆涛出去接，意外地发现，是夏琳，这使陆涛大为兴奋。

"完全没想到，是你。"陆涛说。

"先说一件重要的事，明天可能有一组CNN拍纪录片的人去找你，叫你谈谈我。"

"为什么？"

"因为你是我老公，他们要采访夏琳的老公，哈哈哈哈。"

"那我一定要揭露一下你的丑行，现在你还在放你老公的鸽子，让他一个人在夜里孤枕难眠。"

"陆涛！"夏琳发出尖叫，"撒娇是我的特权，你成天勤学苦练的像什么样子！"

"好吧，我想你。"

"在我为你奋斗的时候，不许你说泄气的话。"

"我在表达我对你最真实的感情！"

"你在怪我为什么不睡在你身边，而且是那种幽幽的嗔怪！"

"我就是怎么啦？"

"我觉得我们俩有必要找时间去医院检查一下性别。"

"我觉得不必了，我现在浑身充满了数不尽的对你的幽怨，我想放弃一切，飞到你身边，然后永远也不分开。"

"喂，你是陆涛吗？"

"是的，我是正洗着一半澡的陆涛，我刚刚租了房子，很大，像个鬼屋，我也像个鬼魂，因为想你在房间里四处乱转，而且小声地叫着你的名字。"

"啊！再说我挂了啊，我困得要死，被你吓得睡不着明天怎么上班？"

"好吧，我不转了，问你个问题，CNN为什么采访你，是不是你要成名了？"

"不知道，他们只是采访在国外奋斗中的中国设计师。"

"你不会因为成名了就要抛弃我吧？"

"那是我成名以后才会面临的问题。"

"那我现在穿上衣服就去找你。"

"你还是脱了衣服早点睡觉吧，我忙着呢。"

"你那里发生了什么？"

"我给Lotto设计的夏装火花乱冒，搞得我天天失眠。"

"传过来，让我看看。"

"已经在你邮箱里了，刚刚我完成了第三稿。"

"难道你也能成为好设计师？"

"不好意思，我已经闻到了成功的味道。"

"焦煳焦煳的那一种怪味儿吧？"

"我怎么一听你说话就像踩到狗屎啊，快点看看我的设计，然后把赞美的话倒背如流了再打回来！我等着呢！"夏琳说罢挂了电话。

▶▶ 夏琳的设计

　　陆涛从未认真把夏琳当一个设计师看待，除却自己作为一名设计师的骄傲以外，他其实并未把服装设计当一回事。他和夏琳谈到设计，更多只是想让夏琳理解他的想法，如果夏琳成为他的知音，对他来说就足够了。在巴黎，甚至有一段时间，他想花时间在服装设计上，替夏琳做一套一鸣惊人的作品，但真的动起手来却发觉隔行如隔山。内心深处，他觉得夏琳在设计上有点笨，有种总是不开窍的感觉，但夏琳的刻苦与勤奋却让他模模糊糊中有一种预感，即这样下去，早晚夏琳会找到感觉。这种预感在他打开电脑，把夏琳的设计图一张张展开的时候，变得强烈起来。夏琳这一次的设计自信而新颖，有自己的独特理解，他一张张地看着，连穿衣都忘记了。

　　电话再次响了，陆涛顺手接起："啊，夏琳。"

　　"看到了吗？"

　　"我一直在看。"

　　"那我挂了。"

　　"别。"

　　"怎么样？"

　　"有感觉了。"

　　"你说什么？"

　　"我说非常棒！"

　　"胡说。"

　　"这一回是真的，我喜欢极了。"

　　"你说什么？"

　　"我说，我喜欢你的设计，这是很了不起的设计。"

　　"陆涛，这是我最想从你那里听到的话。"

　　"对不起，我以前并没有意识到，你的努力叫我特感动。"

　　"有什么建议？"

　　"这一种设计从平面图上不能充分体现出来。"

"没错儿，我也有这个感觉，我怎么办？"

"在我们的建筑设计中，遇到这种情况，会做出模型，把我们的概念形象化，也能叫客户印象更深，还能帮助我们修改一些细节。"

"你真聪明，陆涛，我想到了春晓。"

"春晓？"

"是的，我在做设计时，总想着春晓穿上以后会有的效果。"

"那么，你可以试着做几套样衣，让她——"

"就这样，我马上给她电话求助！你快睡吧，早睡早起，最好早晨能跑跑步，这样我对你就放心了。"

"我怎么支持你？"

"用跑步支持我。"

▶▶跑步

陆涛边吃早餐边看里昂地图，他决定用夏琳喜欢的方式支持她。他要利用每天早晨，把里昂跑一遍，等夏琳来了好带她游览，他计划好路线后，就冲出门去。

里昂早晨的空气非常清新，陆涛在孤独的跑动中感到一丝寂寞。他出了一点汗，路过集市时，他停下来走，想着以后可以带夏琳逛一逛，她一定吵着要吃这个喝那个，那时多半是他最开心的时刻。陆涛为自己买了面包、香肠、黄油和奶酪，然后跑回家，接着去上班。他现在开始对亨利主持的设计产生了理解，下面，他需要为这设计加一些让亨利高兴的点子，这对他并不难。

中午时分，他果然接到CNN摄制组打来的电话，要他谈谈自己的生活与朋友。他把时间约在晚上，摄制组把拍摄地点定在一个酒吧。在拍摄前，还给陆涛看了看接受采访时的夏琳，夏琳的样子非常自信。她穿着他从未见到过的装束，她还谈到他，把他说成一个天才。陆涛感到有点不好意思。

很显然，摄制组的主持人在采访陆涛前经过精心准备，看起来已非常熟悉陆涛及他周围的朋友。一些陈年旧事叫陆涛非常感慨，他说着说着，便像是回到过去，从大学时的游戏厅，一直到北京的台球厅。他谈到他第一次看到夏琳在T台上走过，击中了他的心，他谈到米莱，甚至谈起了他对她的伤害。

采访到深夜才结束，摄制组决定再回巴黎去采访夏琳，因为陆涛又提供了一些新的采访线索。

►► 线索

在香港，杰西卡博士饶有兴致地分析摄制组传回的信息，采访在逐渐扩大范围，有关夏琳的线索越来越清晰。

杨晓芸说："我记得我、夏琳、米莱在一起的时候最爱吃湾仔码头的饺子，夏琳不爱去饭馆，爱自己煮。"

米莱在美国家里对夏琳也说了很多话："夏琳一直想找一个浪漫的人，越浪漫她就越感动。"

巴黎一个跟夏琳工作过的模特说："夏琳动作很快，效率很高，很少出错。"

夏琳的母亲回忆道："夏琳七岁的时候就会做饭了。"

杨晓芸一口咬定："夏琳爱听克莱德曼的第二首曲子，她送给我和米莱一人一张专辑。"

华子对夏琳比较宽容："我觉得夏琳和陆涛有点像，他们离远了就相互吸引，离近了又难以相处。"

米莱记得："夏琳第一个发现香槟配草莓更好喝。夏琳最不喜欢枯燥的男人，夏琳喜欢为男人做一切事情。"

向南对夏琳不以为然："我觉得夏琳太强势，她和陆涛都是长不大的小孩。"

杨晓芸竟然提到这样一件事："我记得夏琳养过一只鸟，是百灵。有一天鸟死了，夏琳说，我以后再也不会养鸟了，除非它能不死。"

在巴黎的夏琳万万也想不到，每当她走在街上，都会有几台摄像机记录她的视线，还需要一台计算能力强大的数据处理器来处理数据。这是一套价值昂贵的高科技视线定位系统，需要从三个点跟踪并定位被跟踪者的视线，以及视线所及的对象。

夏琳更不会想到，她在下班逛街时，无意识地望向人群的目光中，会泄露连她自己也不知道的秘密。

这些秘密现在就形象地显示在两台电脑的显示器上。每一次夏琳转头在看什么的时候，都被定格，另一台的显示器里的另一张脸也会被定格，而两台显示器里的时间保持一致。

这一套系统是杰西卡租用的，当她检索出夏琳的视线停留较长时间的对象时，她笑了，毫无例外，几乎全是各种各样的男性青年。

杰西卡令助理把那些照片打印出来，贴了一整面墙壁，她研究这些照片，照片上都是外表很有吸引力的青年男子。

时候到了，杰西卡叫电脑工程师把这些照片一张张叠加起来，最后，一张图像慢慢生成，是一张有点像陆涛的欧洲人的脸。

▶▶就是他

在杰西卡办公室，郭亚龙在听杰西卡对着那一张脸讲解："夏琳的视线被我们记录，我们发现，有很多张男人的脸能够吸引她，就是这些——我们一共记录了四百张脸。"

郭亚龙看一眼身边的翻译景焕章，景焕章点点头。

"这些脸就是吸引她的男人相貌，我们把这些相貌输入电脑，分析综合出她理想情人的样子——连她自己都不知道。"杰西卡指着那一张被合成的脸说道，"这就是我们的诱饵。"

郭亚龙问："这可靠吗？"

"根据我们以前的测试，成功率在92%以上。"杰西卡说。

"你是说夏琳一定会喜欢他吗？"郭亚龙问。

"是的，她会喜欢，她自己现在还不知道她会喜欢。"杰西卡说，"我们可以确定，这张脸有机会引起夏琳很大的兴趣。"

郭亚龙脸上露出微笑："美国科技真厉害。"

杰西卡博士冲郭亚龙笑笑："只是，我们遇到一个问题。"

"请讲。"

"我们的资源只到这里，我们需要找到他，让他配合我们。"

"就是他？"郭亚龙指着那一张被合成的脸问道。

杰西卡点点头："越像越好。"

"这件事交给我来办。"郭亚龙说。

"最好先在巴黎找。"杰西卡博士长出一口气。

▶▶ 郭栩如

回香港后，郭栩如好长时间过得恍恍惚惚，她现在最喜爱的是睡觉，只有在梦里，她才感到舒适。梦醒以后的时间是最难熬的，她用看美剧来打发，把《老友记》看了两遍，因为她曾听夏琳说过，在国内时，她与包括陆涛在内的一帮朋友过得天昏地暗，很像是《老友记》里面讲的故事。然而回忆自己的童年，却总是孤零零的。她很少有朋友，她曾请小朋友到家里来玩，结果都是不了了之。她的家太过豪华，让她的朋友意识到她与他们是"不同的人"，隐约间，她意识到自己失去了一些重要的东西，而那些东西从未属于过她。

在记忆里，父亲郭亚龙总是对她说："不要相信任何人，除了家里人。"

郭亚龙总是说对，她借给同学的玩具从来也没有还回来过，那些跟她钩过手指发誓以后要在一起玩的小伙伴纷纷离开了她，只有家里是可靠的。她的家很大，有高大的围墙，有很多房间，有花园，有游泳池，有保镖，但封闭得令她觉得小得可怜。

事实上她的交际能力非常差，她靠幻想使自己生活在一个热闹的环境里，她发明了一个又一个游戏自己来玩，其实只是在自己家里打转转。

这一天上午，郭栩如坐在自己十岁时就坐过的小秋千上，她已无法感觉自己十岁时的快乐，只是感到一阵阵压抑。这是她家的后院，有一块假山石，一个小水塘，秋千荡起时，她就像是要掉到水塘里，但现在她就呆坐在秋千上。

郭栩如听到背后传来脚步声。景焕章走到她面前，她现在非常盼望见到他，因为他能带来有关陆涛的消息。

"郭小姐，我们取得了一点儿进展。"景焕章就站在郭栩如身边说。

"陆涛怎么样了？"

"现在，陆涛在里昂有一份新工作，夏琳还在巴黎，两个人不在一起了。"

"他们分开了？"

"他们之间的忠诚度非常高，两人并不容易分开，不过，我们有很多资源，可以尝试很多办法。"

"什么办法？"

"郭小姐，下面的事情需要你配合一下。"

"去里昂？"

"如果事情顺利，你会去里昂，但在此之前，你要——"景焕章停住，看了看郭栩如的反应。不出所料，她很急切，于是他继续把话说完，"我们现在非常相信杰西卡博士，她说，你需要到她那里去接受一点——培训。"

"我要学什么？"

"我想，那一定是你感兴趣的。"

"你们在干什么？"

"简单地说，杰西卡博士领导一个小组，使用某种方式，使你可以赢得陆涛更深层次的好感。"

"他不是对夏琳很忠诚吗？"

"这是另一个问题，我们会设法解决。博士一直在对陆涛进行研究，希望她的研究成果可以扫除你与陆涛在交往中遇到的障碍。"

"我听不懂你在说什么。"

"总体来讲,陆涛偏好一种与他人的交往方式,你如果可以使用他偏好的方式,那么你就会有更多机会赢得他。"

"我明白了,我什么时间可以开始?"

"如果你愿意,你可以马上开始,首先,你要知道有关陆涛的一些信息,我们已经得到了这些信息。"

"我想看到。"

"走吧,我现在带你去见杰西卡博士。"

►► 安德鲁

在某种程度上,人无法把握自己的命运,原因之一便是有他人存在。

在巴士底广场附近的一间叫做Auld Alliance的酒吧内,出现了一张年轻的脸,这张脸与杰西卡博士在电脑上合成的脸非常相像。

这张脸的拥有者,一个年轻人,在独自喝酒,他戴着iPod耳机,嘴里抽着一支烟,正在用手机发短信。

一个中年人不请自到地坐到他对面:"是安德鲁先生吗?"

年轻人抬起头,摘掉iPod耳机,点点头,说:"我是。"

"你上月欠了房东九百欧元,我们知道你还有两张超速罚单没有付。"来人的声音不大,却令安德鲁非常不安。

他很想起身离开,身体却一动不动,只好点点头:"是。"

"你现在就读的学校——"

"我学习艺术。"安德鲁说道。

"你的事情不想让你的父亲知道吧?"

"不想。"

"那么你为我们工作,你的问题都会解决。"来人说。

"我十天以后才能工作,这期间我有些事情。"安德鲁说。他意识到,对面可能是一位警察或侦探，这类人往往非常麻烦。这一点，安德鲁早有领教，结束麻烦的唯一方法就是离开。

"我们接到报告，说你曾在圣日尔曼区卖过毒品，你还在马海区和蒙马特区卖过毒品，一共价值四万欧元。"来人继续说，语气就像说天气很好。

安德鲁脸上闪现出恐惧的表情，他的手变得僵硬，接着抓紧了自己的手机。

"我们有证据，很多证据，我们很了解你，你只有为我们工作才能解决所有的问题。"

"你们是谁？"安德鲁问。

"我们？我们的工作是受雇对你进行调查，并协助你从黑暗中走出来，你必须珍惜你现在的机会，它也许一去不再来。"

"我要有三天时间做准备。"安德鲁完全被打垮了。

"四十二天前在沙特莱区有过一次毒品聚会，一个少女因此而死，是你向派对提供的毒品，我们有证据。"来人说。

安德鲁霎时像被冻住了一样，浑身冰凉，接着显示出完全崩溃的样子，他知道，自己的一切完全由对面那个人所掌握，他没有任何还手的余地了。

"相信我，你无处可逃，明天就开始工作吧，只有工作才能解决所有的问题。我也在工作，我也有问题，你懂吗？我们必须解决那些问题。"来人说。

▶▶笑一笑

杰西卡博士透过一扇单向玻璃，看着安德鲁换衣服。安德鲁现在拥有三十套新装，全是夏琳喜欢的服装类型。这一型的服装安德鲁穿起来显得极有吸引力。最近三天里，她一直在同他谈话，博士很高兴，这一回看来是找对了人，安德鲁是个聪明人，他进入角色的能力很强。

杰西卡博士对话筒说："把他带过来。"

灯亮了，自动窗帘落下，遮住玻璃，所在的房间立刻变成一间大会客室，安德鲁被带进来，坐到杰西卡博士对面。

杰西卡博士走近安德鲁，再次从上到下打量他，然后面无表情地说："夏琳的性格是平民性格，独立、坚强、外表骄傲、内心无助、脆弱，希望被别人爱护，但又要求初次见面有吸引力，最好是叛逆型儿的。"

说着她把安德鲁的头发弄乱，说："我们很高兴你是学表演的，这个专业对我们很有利，你要知道，你身后有一个非常专业化的团队在支持你，比拍摄电影的团队还要专业，现在轮到你发挥了，你必须把夏琳需要的信息展示给她，明天晚上就要飞回巴黎。"

安德鲁点点头："我昨天晚上一直在模拟组训练，对我来讲，这个工作比演戏还具有挑战性，此外，它还很有趣，以前我从未接触过东方女性。"

杰西卡博士拍拍手说："好吧，希望你能够成功，我们在这里等你的消息。"

有工作人员走进来，带着安德鲁向外走去，当他们走到门口时，杰西卡博士突然叫他们站住，然后对安德鲁说："请笑一下。"

安德鲁向杰西卡博士笑了一下。

杰西卡博士摇摇头。

安德鲁又笑一次。

杰西卡博士再次摇摇头。

安德鲁紧张地在屋里来回走了两次，猛然回头对杰西卡博士一笑。

杰西卡博士再次摇头。

安德鲁不得不喝了一口水，坐到椅子上酝酿感情，接下来，他把头埋入桌下，然后慢慢抬起来，露出笑容，说："我是安德鲁。"

"非常好。"杰西卡博士挥手让他离去。

▶▶ 进展

夏琳终于把为Lotto设计的样衣按照春晓的尺码做好了，春晓在北京帮她找了专门拍时装模特的摄影师，一切准备就绪，就等着夏琳的样衣。这一天上午，夏琳就抱着那一包样衣冲进公司，就像抱着她的梦想。她把样衣挂好，用数码相机拍了一组照片。当她把衣服一件件挂在衣架上时，刚刚成为蒙代尔公司临时工的安德鲁从她身边走过。

夏琳挂好衣服，转身猛地撞在安德鲁身上。

安德鲁手里拿着满满一托盘的杯子，里面是倒得满满的冰镇饮料，饮料全部洒在夏琳身上，地上顿时杯盘狼藉。

夏琳惊叫一声，看着安德鲁蹲下身去捡满地的碎玻璃。

接着夏琳回过神来，说了声对不起，蹲下也跟安德鲁一起捡。

安德鲁的头从桌下面升起来，对夏琳一笑，说："我叫安德鲁，跟那个名人安德鲁没有亲戚关系，是新来的临时工，我看我在这里待不下去了，他们一定会把我轰走的。"

话音未落，行政助理依莎贝尔小姐便路过此地，一脚踩在玻璃上，滑倒了。夏琳和安德鲁赶忙过去扶，依莎贝尔小姐却高声叫来了苏拉小姐，胖胖的苏拉小姐年近六十，她看到血从依莎贝尔小姐的脚下流出，不禁尖叫起来。

现场一片混乱，吃惊的夏琳半天才记起安德鲁的样子，事实上，夏琳只记起安德鲁发出的那一个动人的笑容。

▶▶ 一起吃晚饭吧

蒙代尔公司的人事管理权在HR手中，这位HR的办公室不在夏琳所在的公司内，夏琳对内部管理也不熟悉，她所在的设计部门相对于其他部门有点隔绝，因此夏琳根本不知道找谁去诉说事情的来龙去脉。

下班后，夏琳在公司门口走来走去，像等着什么。

安德鲁从公司里出来，夏琳迎上前去："对不起，实在对不起，我这几天实在是——"

安德鲁对夏琳摇摇头，连叹气都没有，只是简短地说："再见吧。"

夏琳追上去："公司真的不要你了？"

安德鲁："我写了很多简历，我相信还会有工作邀请寄到我家，再见。"

安德鲁向着街道走了下去，夏琳犹豫了一下，追上去，拦住安德鲁，说："一起吃晚饭吧，我从来没有干过这样的事，我觉得很内疚。"

很明显，安德鲁性格内向，他站在原地，既没有动，也没有说话，只是静静地看着夏琳。最后他跟在夏琳背后，走了很远，一直到一个路边餐吧，他看着夏琳就坐在户外的一张餐桌上。

这是一条小街，行人不多，有一种静谧的气氛笼罩在巴黎的黄昏里。夏琳闭上眼睛，深吸一口气，自己的工作总算告一段落，而连日的疲乏汇聚成一股洪流，冲向她的大脑，她点了餐，却知道自己吃不下。

安德鲁就坐在夏琳的对面，亚麻色的长发垂下来，遮住了面颊，在渐渐黯淡的天光下，他的皮肤显得异常白皙，蓝色的眼睛清澈透亮。

侍者送来咖啡，泡沫上面画着一颗心。

"你是模特？"夏琳问。

安德鲁摇摇头："我正在学习设计，找工作，我去过日本，我最喜欢京都。"

"我是中国人，北京人。"夏琳纠正他。

"北京！中国！我很想去北京，那是一个金色的城市，我曾梦见我在北京的一幢六层楼下，遇到一位中国姑娘，她骑着单车，我们错过时，她冲我笑，在梦里，我就爱上了那个姑娘——她很像你。"

夏琳笑了："那是什么时候的梦？"

"十六岁，我十六岁时做的梦。让我想想，我记得那楼有红砖做的墙壁，上面有很多排列整齐的窗户，还有小阳台，楼下有一个圆形的花坛，花坛边有一棵树。"

"是什么树？"夏琳问。

"是梧桐树。"

"就一棵梧桐树吗？一棵还是很多棵？"

"一棵！就一棵！"

"花坛里种着什么花？"

"是玫瑰！一种是深红色，一种是浅红色。"

"我们家门前就有一棵梧桐树，一个花坛。"夏琳若有所思地说。

▶▶你是不是想家了

和安德鲁分手后，夏琳回到家，她感到有点不可思议，尽管安德鲁只是被辞退的实习生，却对夏琳产生了一种神秘的吸引力。他说话的嗓音低沉轻柔，犹如耳语，却句句击中夏琳，他无所谓的眼神在她眼中是那么奇异，简直令她魂不守舍、晕头转向。和安德鲁相识，完全像是一种传说中的艳遇，他是那一种夏琳从未见识过的人，像是完全没有自卫能力，他羞涩、认真、安静、随意说出他想到的事情。只要他出现在她边上，就引起她想照顾他的欲望，夏琳完全没有察觉到自己已被好奇所牵引。

第二天上午，夏琳忽然想到安德鲁说过的梦，她给家里打电话："妈，你帮我看看咱家楼下的花园。"

"我在这儿看不见，正跟你说话呢。"

"你放下电话，去厨房的窗户向外看一眼，就看看楼下，求求你了，妈。"

夏琳妈放下电话，跑到窗前向下一看，只见一棵梧桐树，一片月季花，深红色，浅红色。

夏琳妈走回来，拿起电话说："发什么神经，楼下有什么可看的，就一片月季，还那样儿。"

"妈，你告诉我花是什么颜色的？"

"月季能是什么颜色的，红的呗。"

"有没有粉的？"

"有，月季要不就红的要不就粉的，还能有什么的？"

夏琳一下子兴奋起来："妈，你好好说话，这件事对我很重要。你再去看一遍，告诉我花的颜色。"

"你知道花的颜色有什么用？"

"求求你，妈，再去看一眼。"

夏琳妈放下电话，来到厨房，推开厨房的窗，这次她清楚地看到了楼下的情景，然后回到电话边，拿起电话说："这回妈全看清楚了，花坛左边的月季是深红的，右边是粉的。"

"那棵梧桐树还在吗？"

"当然还在！也真怪了，就咱们家楼底下有棵梧桐树，那么多年了！孩子，你是不是想家了？"

夏琳真想马上打电话给杨晓芸，告诉她自己遇到了什么，太神奇了！不过，夏琳认为她说什么也没人信，杨晓芸除了说她花痴，还会说她可笑。

▶▶ 拍卖

晚上下班后，夏琳上网，在一个电子商务网站上拍卖了一个郭栩如送给陆涛的LV钱包，成交出奇地迅速。

事实上，夏琳很想多拍出几件陆涛英雄救美的战利品，但那些著名设计师亲手设计的男性奢侈品，对于夏琳来说实在是一些不可多得的活教材。平时，这些东西静静地躺在像老佛爷之类的商店柜台里，她最多只是隔着玻璃看一看，夏琳可没有勇气叫导购拿出来亲手摸一摸，现在，她终于可以随便地翻来翻去了。

夏琳从前一直有个梦想，那就是为陆涛，只为陆涛一个人设计并制作出一套他的私人用品，她要做得精美而实用，只是目前忙于生计，完全腾不出手来。不过这一次，她总算找到了自己试图达到的水准，她相信，自己早晚有一天，可以做得像这些大师一样完美。

夏琳就这样抱着笔记本躺在床上，不出她所料，电脑里MSN的人头闪动，陆涛登录了。一行字映入夏琳的眼帘，"你今天过得怎么样？"

"今儿我又拍了一个你的礼物，LV的钱包，标价五百欧元，买主很奇怪，说要当面交易，他说他有一个我没法拒绝的礼物跟我交换。"夏琳回复道。

"你小心点，见网友儿这事儿——我不陪着你，你最好别一个人到处乱跑。"

"你想什么呢？这是巴黎！这是世界时尚之都！"

"那这人什么意思啊？"

"他要跟我换。"

"他想用什么跟你换？"

"他说远远超过五百欧元。"

"你也太傻了，这你也信！"

"他也很专业，也是个设计师，他问我我想换到什么，我跟他说，想换Marc Jacobs在1996年设计的Vernis系列钱包。"

"他怎么说？"

"他说他的比那个好。"

"你真心想要的是什么？"

"这一季新推出的Fendi单宁条纹SPY单肩包，但是我觉得不可能，那款包前天刚发布，价值八百欧元。"

夏琳做梦也想不到，她的电脑早已被植入了木马，此刻，一个为杰西卡工作的电脑工程师，把夏琳与陆涛的网聊记录全部拷贝下来，送交到杰西卡博士手中。

▶▶ 交换

夏琳在一间酒吧里等人，透过窗，看到安德鲁走来，坐到酒吧外面的一个座位上，拿出手机发短信。

夏琳的手机响了，夏琳拿着手机走了出去。

安德鲁做出惊奇状："怎么是你？"

夏琳比安德鲁还要惊奇，不过既然惊奇都被安德鲁表达了，留给她的也只剩下无所谓了："是啊，就是我。"

"天下怎么会有这么巧的事儿？"

"巧得我都害怕了。"夏琳说罢把包打开，把拍卖的包放到桌上。

安德鲁打开手提箱，拿出了夏琳梦想中那款包："我猜你会喜欢它，我想不出有什么包会更配你。"

夏琳尖叫，抢过那个包："就是它！SPY！"

片刻夏琳把包放回桌上，说："这不公平。"

安德鲁耸耸肩："你那个包是我的梦想，我认为很公平。"

"你的包才是我的梦想！但是我还是认为不公平。我的包只值五百欧元，你的是八百欧元。"

"从梦想的角度，没有什么不公平的，你得到你想要的，我得到我想要的。我还有事，先走了。"说罢，安德鲁拿起夏琳的包，站起身，走了。

夏琳追上去，拦住安德鲁，说："你怎么买得起这么贵的包？"

安德鲁露出夏琳爱看的笑容："我得谢谢你，我就在Montaigne大道Fendi工作，这个包是免费的，它有一点小毛病。"

说罢，走回去，拉开那个包，把里面一块缝合缺损指给夏琳看："在这里！就当纪念版吧！这个包是我做的，再见。"

夏琳看着他渐渐走远，不由得自言自语："你做的？"

然而第二天安德鲁却笔直地站在杰西卡博士面前道歉："对不起，对不起我忘了。"

杰西卡博士用平板的语调说："你酷过头了！如果你这样当演员你会失败的，演员不能忘记台词。你要设法补救，你要在三天内把我们教你说的那句话告诉夏琳，那很关键。办法你要自己想，你必须告诉她，你见到了奇迹。再见先生。"

►►｜情侣

在里昂火车站，陆涛看着一列火车TGV欧洲之星进站，车停住，夏琳下了车，两人拥抱。

夏琳从手提袋里抽出一个漂亮的皮包挎在陆涛肩上。

夏琳："喜欢吗？"

陆涛："太傻了。我觉得我像一个时装设计师的学徒，我的同事会笑我的。"

夏琳："真是心有灵犀一点通，我真怕你喜欢上这个包。"

陆涛："怎么了？"

夏琳："我马上要把这个包卖出去。"

陆涛："你是不是现在在网上倒腾东西倒腾疯了？从我认识你以来，你从没这样过，在网上倒腾东西这么有意思吗？你该不会在玩别针换别墅吧！咱们都是成年人了。"

"滚！你看看我。"夏琳说罢往前走了几步，转身，"你看我今天有什么不同？"

陆涛看着夏琳的脸，他满脸疑惑。

"陆涛，你越来越不理解我了，我认为咱俩之间出现了代沟。"夏琳说。

陆涛把夏琳从头看到脚，又从脚往上看，落到包上。

"作为建筑设计师学徒，我要提醒一下时尚设计师学徒，对于背包之类的东西过分痴迷是危险的！"

"你一点也不懂得女人的梦想，陆涛。"

陆涛走近夏琳，拥抱她。

夏琳亲了一下陆涛，在他耳边低声说："你越来越不浪漫了！"

"我就爱听你这么说。"

夏琳说着把陆涛的包从一头背到另一头："笨蛋，这样我们俩走在一起才配，这是一对情侣包，懂吗？"

"作为情侣，我认为咱俩很配！说到包么——"

夏琳恶狠狠地瞪了陆涛一眼："停！你要再说傻话我就不爱你了！"

陆涛手指一个时装广告路牌："夏琳，你想我们现在就原地起飞，直接变成广告画吗？我们穿什么吃什么背什么包有谁关心？就连我们自己都不关心，我们像一对情侣这件事毫无意义，我们就是情侣，我们已经结婚了，我们穿什么用什么也是夫妻，最重要的事情就是我们俩在一起，这有什么疑问吗？"

▶▶ 我懂了

回家的路上，夏琳紧紧地偎依着陆涛，她抱他抱得越紧，就越觉得两人之间距离大，她意识到他发自内心深处的紧张，她意识到，他完全不浪漫，无法懂得她的想法，他总是按他的想法理解一切，这一点恐怕无法更改了。她知道他以一种焦虑的方式爱着她，她必须时刻提醒他，即使是同样的日子，也会有不一样的看法。

两人进入陆涛租的房子，陆涛带夏琳看房子："这是卧室——这是厨房——这是洗手间——房租每月一千五百欧元——"

"你疯了吧？"夏琳叫喊道，"我还是再卖一件你的礼物吧！"

"我现在周薪八百欧元。"陆涛得意地摊开双手，笑着说。

"为什么？"

"法国奇迹呗！"

"为什么？"

"我开始也这么问自己，为什么我能在法国见到了亨利？为什么我提出一个想法就被他接受了？现实是，我现在已经成为亨利的高级助理了，他还像以前那么喜欢高迪，你给我找的工作真不错！"

"你什么意思？"

"搬过来吧！夏琳！辞掉你那份工，我认为里昂更适合咱们悠长的蜜月，我其实每天只工作六个小时就够了，其他十八个小时我想跟你在一起。三个月后我们就可以买一辆小得只有我们俩的汽车，往南开我们可以去西班牙，往北我们去德国，周末我们可以去英国，我认为我们不能白来法国。我知道你很怀念我们在巴黎的小屋，但更重要的是，我们应该在一起，别对我说不，夏琳，我不是那个要饭的陆涛了，我在这里天天想你，我认为我们在法国两地分居的生活是非常扭曲的！"

"陆涛，我们再扭曲三个月吧！一个月后，我的设计就可能被Lotto选中，三个月以后，我就有机会正式加入蒙代尔，成为设计部门的一个有潜力有价值的雇员，到目前为止，还没有一个中国人能够做到。陆涛，请你耐心听我把对你说过的话再说一遍，从前的一切教会我一件事，别人再大的事情也是小事，我自己再小的事情也是大事，我再也不能失去自我了。"

"夏琳，你怎么那么缺乏安全感，我们现在不一样了，我们结婚了。"

"陆涛，我来巴黎是为了学习设计的，而且，我是在结婚之前来巴黎的，我已付出很多。"夏琳压低声音说。

陆涛点点头，短叹一声说："我懂了！出去吃饭吧，我定了位。"

说罢，拉起夏琳向外走去，来到门边，猛然又把门撞上，转身对夏琳大叫："夏琳，你到底想让我怎么样？为什么你就不能为一个家庭做出一点牺牲？当一个贤妻良母有什么不好？"

夏琳以更高的声音叫喊："你在巴黎要饭有什么不好？你不是挺喜欢要饭的吗？为什么你多挣一点钱就要对我大喊大叫？我最后一次告诉你，我的梦想是做一名设计师，然后才是贤妻良母，你必须理解这一点。"

陆涛愣了一下，叫他最害怕的事情发生了，他依稀记得类似的场景曾发生在北京，夏琳就是在那时离开了，把他建造的大厦连根拔起，叫他痛苦不堪。他再也不想尝试那种生活了，此刻，他突然惊醒，猛地抱住夏琳，在她耳边轻声说："我理解我理解，对不起夏琳，我太自私了，对不起。"

▶▶ 你仍是个孩子

陆涛带夏琳来到Cafe des Federations Bistro Plaza，是一个小馆子，里昂

菜做得比较拿手，每天都挤得满满的。

"我们叫他们的特餐吧，约一百四十五法郎，包括冷盘、鱼子酱及主食，还有甜点或cheese。"陆涛说。

"好吧，事隔多年，我们再一次因你的成功而——"夏琳说到这里，忽然看到陆涛夸张地扬起的眉毛，她收住嘴，意识到自己太过尖刻，"祝贺你，龟兔赛跑的时候，兔子一睡醒，就会超过乌龟，我早应料到兔子不会一直睡下去。"

"夏琳，请别打击我为咱们家尽力的热情，而且，在我的梦里，我一直是那只追你的乌龟，我一直在使劲儿追你，不仅如此，我还经常迷路。"

桌上摆满菜肴，陆涛和夏琳尽量躲避着对方的目光。

夏琳忽然笑了："陆涛，这是我们婚后第一次吵架，为了赶火车来看你，昨晚我只睡了两个小时，六个小时以后我就要离开，为的是让你在六小时之后尽情地内疚。"

"我现在已经开始内疚了。"

"我们吃饭吧！里昂牛排应该很好吃，这是我们来法国以后第一次吃牛排。你请我！"

"来巴黎的第一天，你是想请我吃牛排的。"

"我记得你拒绝了。"

"是。当我想到你每天工作十六个小时，工作三天才能换回一份牛排的时候，作为你的老公，我真的一口也吃不下，对我来讲，那完全是毒药。"

夏琳长叹一声："陆涛，你要知道，能够看到你一口吃掉我工作三天为你买的牛排，那才是我的幸福。有一天当你理解了我的幸福，你才能真正成为我的老公，现在，你仍是个孩子。"

陆涛心里一紧，这话听来似曾相识，是谁跟他说过呢？

然而此刻，他却无法记起。

▶▶ 不是也许

夜色降临，陆涛和夏琳走向里昂火车站。

"下周末我去看你。"陆涛说。

"如果我不工作的话。"夏琳说。

"他们为什么让你周末免费加班？"

"那是我的事儿。"

"那是一件不对的事儿，夏琳。"

"那是我愿意的。"

陆涛还要说什么，夏琳抱住他。

"陆涛，我没上过圣马丁，我的老师不是安特卫普的琳达露帕（Linda Loppa），我是走投无路才去学服装设计的。在来巴黎前，我只是从时尚杂志和网上才知道一些设计信息，我父母是那种可以把一件普通上衣穿上十年的人。你知道，有些人要非常努力才能得到一点点成绩，很不巧，我就是那些人，你永远不会理解这一点儿，你太强了，我没有你那么强，所以我只有比你更努力。"

"你在为什么而努力？"

"首先是我，然后是我们俩，请你理解这一点。当好你的设计师，我很喜欢你在里昂支起的家，我知道你是个天才，请等等我，让我追上你。"

"那么，你一走我就开始考虑，我是不是重新回巴黎去要饭，没准还有机会再救一个富家女，为你赢得你喜欢的礼物。"

"不，我不许你这样，你要珍惜你自己的才能，你不知道，那些缺少像你这样才能的人有多么痛苦，当有一天我发现你成为一个了不起的设计师的时候，也许我会为你放弃我自己。"

"什么才是了不起的设计师？是贝聿铭吗？如果那是你的愿望，我就会为此而努力。"

"你内心的愿望呢？"

陆涛指着前面的火车站说："故宫是设计师设计的，看，这个火车站也是一个设计师设计的，我们看到的每一座房子都是设计师设计的，我不认为这些设计师有什么不同，我也不认为才华是什么了不起的东西，我甚至不知道那些才华是什么！"

"陆涛，你还记得吗，当你上学的时候做出一道难题，你不会认为这题很难，当你拥有某样东西的时候，你就会看轻它，可是在别人眼里不是那样的——"

"我内心中最深的愿望就是跟你在一起，这个愿望你应该知道的。"

夏琳刚要说什么，陆涛用手指按住她的嘴说："我知道了，这样吧，为了你能够跟我在一起，我尝试一下，看看能不能成为贝聿铭。"

夏琳叹了一口气，踮起脚尖，亲了陆涛一下，转身离去。

陆涛对着夏琳喊："如果有一天我成为了贝聿铭，我就对他们说是我媳妇强迫的。"

夏琳对陆涛笑了，然后招招手向前走。

陆涛忽然想起什么，把包摘下，追上夏琳，把包递给夏琳，说："这包我真的没用，把它卖了吧，租一个离公司近一点的房子，贵一点儿也不要紧，你要是需要补贴的话，我看看我能不能在里昂再找个富家女救一救。"

夏琳再次抱住陆涛，亲了一下，说："陆涛，在这个世界上也许没有别人比你更爱我了。"

"不是也许，记住，不是也许。"

►►▎情境模拟

在香港，杰西卡博士的工作进入到一个更紧张的阶段，作为安德鲁的技术支持，杰西卡博士必须模拟出安德鲁遇到的任何可能的情境，并找出解决方案。

杰西卡博士曾花去近十年做各种实验，通过统计数据得出她的理论。大致上讲，杰西卡博士认为，表面上看，人类爱情因所在地文化、家庭出身、教育程度、年龄、性格具有各种各样的特样，很不一样，但具体到特定情境，人类个体在即时决策上，往往表现出惊人的一致性。这个结论为她运用自己的理论打开了一扇大门。

此时，杰西卡博士手拿话筒，对着墙上的一个大投影在说话，投影中是同样坐在桌边的两男一女，这是她在巴黎雇佣的一个模拟小组，三个人分别模拟陆涛、安德鲁与夏琳，他们都是心理学方面的专家。

杰西卡博士问道："陆涛有没有可能回巴黎？"

陆涛的模拟者回答："有可能，但是我认为夏琳会阻止他。"

"夏琳为什么会阻止他？"

三人互相看了一眼，夏琳的模拟者回答："模拟夏琳的心理产生直接结果，研究表明，我现在非常希望独自迎接一些挑战，另外，我又认识了一个新的有吸引力的男子，我希望给自己一个机会，而陆涛对我的行动是一个打扰，他在巴黎会让我紧张。我现在看到了一丝改变生活的朦胧的希望，虽然我不知道那希望是什么。"

"你还爱陆涛吗？"博士问道。

"我仍然爱陆涛。"夏琳的模拟者想了想，加重了语气，"我坚信自己爱他。"

"陆涛会怎么想？请陆涛的模拟者回答。"

"杰西卡博士，我很痛苦。我很痛苦。我认为我走到了人生的十字路口，我想爱夏琳，但是夏琳不让我爱她。我的工作进展很大，每个人都很喜欢我的设计，但我看不出它的意义所在，我严重地缺乏动力。我不喜欢里昂，亨利对我不错，但是我知道他会对我不错，我每天只用四小时就能完成工作，剩下的时间我不知道该怎么打发。我问自己，你爱设计吗？答案是，总有人要去设计，我们的建筑和物品都需要有一个形状，那是生活的表象，不是本质。"

杰西卡博士笑道："很好！你现在已经成为一个哲学家了，陆涛。一些晚熟的天才会在这个阶段停留很久。"

"杰西卡博士，我不喜欢模拟陆涛的情感。"

"先生，这是你的工作，我知道你现在有点自我憎恨，你可以去吃两份冰淇淋，缓解一下你的焦虑，哲学上的焦虑。"

"对不起，杰西卡博士，我不想吃冰淇淋，我甚至懒得走到超市去买冰淇淋，我只想抱着我的妻子跟她说话，她是那么可爱。"

"那么你会干什么？"

"我试着在里昂城里四处走走，因为没有夏琳在身边而漫无目的，也许出了这间屋子就去钓鱼。"

"钓鱼？"

"是的，里昂有好几个卖钓鱼设备的商店，我会径直走进其中一家，它正好位于我上班的路上。"

"你不会坐车去吗？"

"不，我想走走。我现在有点产能过剩，我有很多时间和精力，我认为我需要安静。"

▶▶现实

陆涛无法想象杰西卡博士的情境模拟实验已达到多么准确的精度，他现在就在里昂城外不远的一个湖边钓鱼。渔具是他下班路上随手买的，热心的店员给他推荐了这个钓鱼地点，他按照一本简明钓鱼手册的指导，开始动手。他的身边放着一本法文建筑书，书里夹着他的手机，坐在安静的湖边，他有一种被流放的感觉，陆涛因为这种感觉而顾影自怜。

半小时后，陆涛忍不住拿起手机给夏琳发了一个短信："我在钓鱼，如果今天你来里昂，我就钓上来一条，做给你吃，如果你不来里昂——你会来吗？"

他按下发送键。

两秒钟后，正在画着设计图的夏琳的手机响起，夏琳看到陆涛的信息，只回了简短的两个字："忙。不。"

陆涛看信息，他叹了一口气，站起来把鱼竿拿在手里，扛上肩，做成标

▶▶转场

对于安德鲁来讲，从模拟小组一出来，见到真正的夏琳就像转场，之前他已经历很多的练习，尤其在把握两人相处的节奏上。安德鲁知道，他曾有朋友因情场失意上过爱情训练班，专门学习如何获得爱情，比起安德鲁正在做的事情，那些训练班简直就是在糊弄人。他现在感到自己每天都在发现一个新的安德鲁，简直是焕然一新。这个奇特的工作让他摆脱了多年沉积在身上的失意与迷茫，他认为自己完全是因祸得福，因此几乎全身心地投入工作。他以前从未主导过一件事情的进程，现在他认为自己有了这种新能力。

就在最初约过的那家餐厅，安德鲁等到真正的夏琳。

夏琳刚刚下班，走起路来很轻快，她来到安德鲁面前扬扬眉毛，弯下身，把陆涛还给她的背包摆在桌上："你来付账，我送你礼物。"

安德鲁惊喜地叫了一声，站起来，一把把背包抱在怀里："这正是我最喜欢的，它不是礼物，它是我的梦想。"

"法国女人能够猜出男人的梦想吗？"夏琳笑着问。

"没有中国女人猜得准。我们要庆祝一下。"安德鲁用手翻弄着包说，说罢站起来一把拉住夏琳的手，向外走去，"我带你去一个地方。"

夏琳只来得及把自己的包拎走，便跟安德鲁走出了餐厅。

▶▶阅读我的梦

安德鲁拦到一辆出租车，对司机说："去蒙马特。"

天还没有黑，两人一路上一直很少讲话。

车行驶在郊区的街道上了，不久，隔着车窗玻璃望去，看见了一片错落有致的房屋和高地，它们影影绰绰的像海市蜃楼那样虚幻。

夏琳知道，蒙马特高地与一些教科书上的响亮的名字相连，雷诺阿、梵高、马奈、毕加索、德加、马蒂斯，甚至连卢梭、左拉、雨果和大仲马、小仲马等等，而这些名字渐渐成为现代艺术的标志。

出租车在半山腰的一个僻静处停下，安德鲁和夏琳徒步向蒙马特高地上走去。此刻，正是黄昏，街道两旁的树木枝繁叶茂，几乎遮住了整个天空，光线幽暗，街道又窄又陡，一直向上，令人感到如行梦中。

夏琳听到安德鲁清晰的脚步声，就回荡在高地的街道上。安德鲁晃动着肩膀行走时，偶尔会擦过她的肩膀。四周是那么静谧，街道蜿蜒曲折，建筑层层叠叠、密密匝匝，暗淡的天光，像是有意把安德鲁挤向她。一排排白色的房子和房子间的小胡同、刷成棕红色或墨绿色的咖啡馆，以及在某个街角或墙壁上特意制作的雕塑构成一种氛围，使她觉得再有一阵儿轻雾飘过，这里的画廊与餐馆一下子全都会变成了活的。

是的，这就是她一直希望出现的场景，正在发生的，竟超出她的想象，此时无声胜有声，所有的气味、颜色织成一种印象，那就是浪漫。

在索利路和圣—樊尚路交叉口，安德鲁放慢脚步，然后停住，说："这是跳跳兔咖啡馆。"

夏琳看到了招牌上画着一只兔子从一口锅里蹦出来，手里抓着一瓶酒。

其实那不过是一座普普通通的只有一层楼的房子，四周围着低矮的木栅栏，栅栏内长满绿色植物和鲜艳的花卉。

安德鲁和夏琳走进去，叫了晚餐。

"毕加索什么的都在这里喝过咖啡吃过饭，所以我们才来这里喝咖啡吃饭。"安德鲁自言自语道。

"你为什么带我到这喝咖啡？"

"因为你的礼物，它们对于我就像梵高的画一样珍贵。"

"那只是个包。"

安德鲁耸耸肩，说："我喜欢，我有一种奇怪的感觉，这种感觉只是在你我之间。"

"那是什么感觉？"

"仿佛你会钻入我的梦中，详细地阅读我的梦。"

夏琳心里紧了一下，这正是她对安德鲁的感受。

个想法争论到今天。"

"工作为什么对你这么容易？"

"我也不知道。你在干什么？"

"我在散步。"

"希望你身旁的那个人是我。我也想去散步。"

"想去就去吧。"

"好吧，你是向哪个方向走？"

"你问这个是什么意思？"

"我想一会儿迎着你的方向走，这样说不定时空交错我们就会碰到。"

"你怎么净说这种孩子气的话？"

"因为这些话会让你感动。"

"陆涛，你这样说话只会让我内疚。"

"呵呵，我目的达到了，你还要走多久？"

"我快到家了。"

"那么，我也出门了，再见。"

"再见。"夏琳挂了电话，她看一看安德鲁，只见他故意落在她后面一段距离。

夏琳停住脚步，等安德鲁走过来。

"对不起，我在跟我丈夫说话，他在里昂。"夏琳说。

安德鲁知道，计划被打乱了，现在气氛已经改变，他不能按照计划继续下去。

▶▶告别

安德鲁把夏琳送回家后告别离去。

夏琳回到家，她感到又兴奋又疲惫。她上了床，关上灯，一会儿，又爬了起来，找到自己与安德鲁出去时背的包，从里面翻出那张安德鲁画的画，然后坐到电脑前。她打开电脑,从里面找出一张母亲传过来的照片,是母亲拍的自家楼下的景物。

两张画惊人地相似。

夏琳长出一口气,吃惊得闭上眼睛。

夏琳隐约觉得,她过了一个不同寻常的夜晚,她完全无法计算她这一晚的得失。

▶▶发生了什么

第二天中午,夏琳接到安德鲁的短信,说希望晚上约会,夏琳回绝了他。

这一天,夏琳有点兴奋,她隐约摸到了希望,春晓的照片传回来了,是一个与她合作的时尚杂志摄影师拍的,有几张专门做了PS,效果好极了。春晓穿着夏琳设计的Lotto运动服,把立体裁剪的效果演绎得非常具有飘逸感,看上去具有强烈的速度感,视觉冲击力令人赞叹。一句话,春晓把夏琳的设计穿活了。

夏琳把照片打印出来,交给了费雷尔先生,费雷尔先生直接去了蒙代尔先生家里,交给蒙代尔先生看,据说蒙代尔先生是披着睡衣喝着咖啡看完的,结果是异常惊喜。这一组设计成为蒙代尔公司竞标Lotto的有力武器,蒙代尔先生一反常态,甚至没有要求夏琳修改。

夏琳下班前得知消息,她有种令她迷乱的预感,自己的出头之日快到了。

下班后,夏琳打电话谢了春晓。她去了一趟超市,把家里的日常用品购买齐全,然后又去一个发廊,剪了头发。晚上,她吃了一块三明治,喝了一瓶果汁,决定早一点儿睡,以便明天去公司时精神好一点。她泡了一个热水澡,把头发弄干,然后躺到床上,想想最近发生的一切都是疯狂。

夜晚,当夏琳将睡未睡之际,手机响起,是安德鲁坐在夏琳楼下,打给她的。

夏琳打开床头灯，接起电话。

"夏琳，我希望你找一找，我有什么东西落在你那里了？"

"你的东西？"

"是的，我很重要的东西。"

"你为什么这么说？"

"自从离开你，我就有一种失去了什么的感觉，这感觉挥之不去，我现在干什么都干不好，我来找你，就在你楼下。"

"安德鲁，我从来没有邀请过你来我家，OK？"

"我希望你现在邀请我，我很害怕，我们之间发生了什么，我想，我想跟你讨论一下。"

"我也害怕，你真在我的楼下吗？"

"是的。我可以看见你的窗帘，蓝色的，刚刚被你点亮了，是我最喜欢的那一种蓝色。"

"我不能给你开门，我已经睡了。"

"夏琳，我只是想看一看你，然后问候你一声。"

"你们法国人是这样的吗？"夏琳感到双颊滚烫，她感到自己也想看一看安德鲁，但她知道她不能那样做。

"我不懂法国人应该怎样，我觉得你非常美丽，你可以点亮蒙马特，点亮你的窗，也能点亮今晚。我会吹小号，如果听到号声你愿意开门的话，我就会吹号。"

夏琳被安德鲁的话点燃了，她拿着电话，半天发不出声音，她用力揪了揪自己的头发，一把拿过陆涛的照片放在自己眼前："安德鲁，很抱歉，今天太晚了，我明天要工作，我们明天下班以后再讨论吧。"

安德鲁的电话停了一会儿，挂掉了。夏琳清楚地感觉到，是有一些东西存在于她与安德鲁之间，那些东西叫她害怕。她慢慢伸手关上灯，然后下沉，钻入被子。

▶▶|这一张

安德鲁疯狂地冲到街上，拦住一辆出租车，让司机开回家。车停到楼下，他冲进自己凌乱的房间，四处翻找，终于安德鲁从一个柜子里拿出一支小号，他用毛巾把号擦了擦，端起号，试着吹出一个音。

半小时后，夏琳家的楼下响起小号声，声音甜蜜、忧伤而断续，像是倾诉。楼上的一盏盏灯亮了，一个法国妇女推开窗探出头，对着安德鲁说："年轻人，你想让我报警吗？"

另一扇窗中钻出一个法国小老头，他努力扭转着身体对着法国邻居叫道："是爱情，你不能报警！"

夏琳没想到安德鲁惊动了那么多人，她打开灯，又打开窗，探出头，凝视着在下面吹号的安德鲁。安德鲁没有往上看，只是专心地吹着他的小号。夏琳拿起手机，犹豫着，又把手机放到桌上，拿起杯子，接水，然后喝了半杯。她走到窗前，把剩下的半杯水对着安德鲁泼了下去。

安德鲁用手摸一摸脸上的水，他笑了，他知道，夏琳的门已向他打开。他继续吹着他的小号，在结尾，续上一个悠长而婉转的滑音，然后夹着他的小号走进楼中，走上楼梯。他一直向上攀登，一直走到夏琳门前，门开了，夏琳扔出了一双拖鞋。

安德鲁弯下腰，脱掉自己的鞋，换上夏琳的拖鞋。他走近夏琳，凝视着夏琳，她就像个小仙女，藏在一个堆满箱子的小房间中，房间里灯光有明有暗，就像层层叠叠的树叶投入的阴影。夏琳的脸，就在一盏灯下，灯光仿佛从天上垂直照下。安德鲁眨眨眼睛，看得有点痴迷，夏琳却指指他的脚。

安德鲁低头，看到自己的鞋，笑了。

夏琳指一指窄小的双人沙发："请坐吧！"

安德鲁坐下，把拖鞋左右换过来穿好。

夏琳递给他一杯水。

安德鲁："这是你用过的杯子吗？"

　　夏琳不置可否地笑一笑，她坐到电脑前，背对着安德鲁，打开电脑，找到那些自己家楼下的照片，打开，然后对着电脑头也不回地说："看，你的梦想就在我家楼下。"

　　安德鲁凑过去，看夏琳一张张给他展示照片。

　　夏琳用鼠标指针指着电脑照片说："我小的时候这棵梧桐树很细，玫瑰花只有很小的一片，现在，我很怀疑是你的梦想帮助它们生长，还是它们自己生长成这个样子？"

　　"我梦见就在那棵树下撞倒你。"安德鲁说。

　　夏琳略略回头，感到安德鲁凑近自己散发出的热力，她把身体向前探一探，然后打开一张自己十八岁时的照片，说："那时候，我是这样吗？"

　　安德鲁摇摇头："不是。"

　　夏琳又打开一张照片，那时她十七岁。

　　"是这样吗？"

　　又摇摇头："不是。"

　　"是这张？"这回，她打开的是十六岁时的照片。

　　安德鲁点点头："是。"

　　"那么这张呢？"她继续打开一张十五岁时的照片。

　　安德鲁提高声音："是这一张！"

　　夏琳把照片放大："这一张？"

　　安德鲁点头："我在梦里见到过你。"

　　"那么——你在梦里见到什么？是所有的这些？"

　　安德鲁："你还有多少照片？"

　　夏琳查了一下，点到一个照片总数："还有一千四百张。"

　　"请发到我的Hotmail邮箱去，每一张我都要！"

　　"每天只能给你发一张。你挑挑吧，想要哪张？"

　　安德鲁眼睛就直直地看着夏琳，说："哪一张都行。"

　　夏琳把一张照片加载进邮箱，问道："这张？"

　　安德鲁没有看，只是劲声说："好。"

夏琳扬起眉毛来问："哪一张？"

安德鲁凝视着夏琳，深情地说："这张！"

夏琳轻轻扭过头说："是这张吗？"

安德鲁就慢慢凑近夏琳，两只眼睛闪着蓝色的光，夏琳被那道蓝光催眠了。

夏琳的电话响起。

夏琳的手缓缓移向电话，安德鲁摇摇头。

夏琳的手握住电话，安德鲁再次摇摇头。

夏琳拿起电话贴到耳边，安德鲁叹口气："你的母亲？"

夏琳深吸一口气说："我丈夫。"

夏琳转过身，接电话。

安德鲁长叹一声。

夏琳："喂——"

►► 我满足了

在里昂的一条街边，陆涛百无聊赖地坐在地上，对面是一个旋转木马，他是走累了想起给夏琳打个电话。

"你喝多了吧？"夏琳问。

"不，我吃了一条鱼，独自吃的。鱼被我做煳了，你猜是什么味道？"

"陆涛，我希望你长大，再长大。"

"你已经把我给忘了吧？你知道忘记贝聿铭第二是一个愚蠢的行为。"

"我敢肯定贝聿铭第二不爱吃鱼。"

"贝聿铭第二今晚心情非常不好，他感到自己被流放在法国小城，他的周围闪着灯火，他想着他的新婚妻子，但却不得不跟几只木马在一起。在法国，我应当为你念一首我为你写的诗，我计划到法国后为你写诗，但是我见不到你，我来法国后仍然见不到你，这一点无论如何我也无法理解！"

"陆涛，请站起来，扣上你的上衣扣，然后对准你住的方向，直线走回去，路上见到酒不要买，想着明天的工作。"

陆涛系好扣子，站起来："我明天的图纸已经画完了，实话告诉你，我后天的图纸也画完了，我好好一北京青年当什么里昂模范员工啊我，不过我还是当了。"

"那么，路过一个商店，我允许你买两罐啤酒，在商店喝一罐，在床上喝另一罐，然后关灯睡觉，记住健康对你非常重要。"

"我现在心理极度扭曲，我的健康已经坏到了极点。你必须对我负责任，你必须对你的老公负责任，我告诉你，如果我因想你心切而死，你立马儿就会成为一名寡妇！"

"陆涛，别闹了。"

陆涛叹口气："对不起，我是在无理取闹，我会听你的话，喝两罐啤酒然后回家。为了让你满意，我今晚会把奈特的流水别墅设计看一遍，瞧瞧有哪些点子可抄，明天我会修改我的设计，我知道他们喜欢什么，这是你最爱听的，是吗？"

"是的，请不要让我担心！告诉我，我不会成为一名寡妇吧？"

"我只有一个要求，夏琳。"

夏琳对着电话，响亮地亲了一下陆涛。

"好吧，我满足了。"陆涛说。

▶▶ 只是一首曲子

夏琳挂了电话，眼睛望向安德鲁。

安德鲁已站起来，退到门边说："我不懂中文，但我看出你有一个很好的丈夫。"

夏琳叹了口气："是的，很好的丈夫！"

"你结婚了？"

"是。我结婚了。"说着，夏琳拉开抽屉，拿出戒指，戴在无名指上，对着安德鲁晃一晃，然后从电脑上点出一张陆涛的照片，说，"你可以看看，这是我的丈夫。"

"很年轻。"安德鲁凑近看了一眼说道。

"是的，太年轻了。"

"那么，我走了——"安德鲁重新走到门边停住，随手拿起自己的小号。他有点尴尬，接着他想了想，打开自己的背包，把小号收进去，然后又在包里翻了翻，拿出一张CD放在桌子上，他的样子局促不安，眼睛只是盯着夏琳："这是我送你的礼物，只是一首曲子。"

说罢，再一次抬眼望着夏琳，夏琳注视着他，脸上没有表情，片刻，安德鲁点点头，离去，走时轻掩上门。

夏琳走过去关上门，靠在门上想了想，然后失神地在房间里走了两步。她拿起安德鲁留下的CD，打开，放入电脑，用鼠标点击两下，电脑里传出一首克莱德曼的钢琴曲。

▶▶ 谢谢你

夏琳闭上眼睛，眼泪流出，她猛地擦干泪水，一边跟着乐曲哼唱，一边迅速地关掉那乐曲，如同迅速关掉一段浪漫故事。她冲进洗手间，用湿毛巾擦脸，又对着镜子做了一个鬼脸，恶狠狠地说："好悬呐，出轨，劈腿，不忠，混蛋！你是一个已婚妇女，正站在职业生涯的起跑线上，你应该聚精会神向目标猛冲，但你现在在干什么？"

说罢，夏琳走出洗手间，跳到床上，蒙头大睡。

只是一会儿，夏琳便从床上直起身来，她拿起电话，打给杨晓芸。

正坐在电脑前在淘宝网上购物的杨晓芸接了电话："夏琳，你那个法国帅哥进展到什么程度了？又绷不住了吧，我提醒过你红杏出墙的滋味不好受！"

夏琳："记得你最烦的那首曲子吗？"

"当然记得！那个什么《爱情故事》！钢琴！你从大一就听人家小克弹

一些非非之音，什么《爱的纪念》、《爱的誓言》、《爱的协奏曲》、《爱的旋律》、《爱之梦》，真是可怕的爱的一系列！吵得我们在宿舍一想到爱就崩溃！接下来，你整个大二就听那一首《爱情故事》，你自己刻了CD单曲，送了我跟米莱一人两遍，还怕我们丢了，千叮咛万嘱咐的。送我第一遍时还配了一本英汉对照的小说，我中文看了一开头就送了米莱；你送我第二遍时配的是电影DVD，那片儿讲的是一个哈佛富家子爱上一穷家女，我就奇怪了，那么恶心的故事你也敢信！是不是现在还想着为谁谁谁得病而死啊？"

"呸！"

"等会儿啊，前几天我回忆咱们幼稚感人友谊的时候，一伤感我还下载了一首，等一下，我现在就放给你听，叫你也为我们小蜜蜂一样一去不回的小青春小小地伤感一下。"

安德鲁送给夏琳的曲子从夏琳的电话里传来，正是那一首克莱德曼弹的《爱情故事》，尽管夏琳紧闭双眼，泪水还是流了下来。

"是这首吗？"电话里的杨晓芸笑着问。

"是的。"夏琳用哭腔儿说。

"你怎么啦？这声音不对啊，伤感得就像伤风感冒一样，难道是被音乐感染得太深了不成？"

"晓芸，我伤感得都快疯了。"

"我特想看看你疯成什么样儿，你不是号称理智型儿的吗？"

"如果有一个男人出现在你身边，他做的每一件事都能满足你的梦想，他说的每一句话都是你急切想听到的，他每一次对你笑都在最恰当的时候，你会认为这个男人是真实的吗？"

"不要让我嫉妒你的恋爱经验。你在巴黎我在北京，你在塞纳河边做梦，我在护城河边琢磨着做小买卖，你说的话我一句也听不懂。你知道我们说做梦的意思是——痴心妄想，你懂吗？"

"我不懂，我只知道我结婚太早了，世界上还有很多美好的东西我没经历过。"

"夏琳，你太矫情了。离开陆涛，你会变成什么样呢？"

"我想听听你的意见。"

"一夜情可以，两夜情就越界了，三夜情不行！我们岁数大了，受不了伤害了，现在的90后负责做梦，我们要实干，夏琳。"

"谢谢你，杨晓芸，再跟我说两句我们的现实。"

"分期付款，医疗保险，奶粉钱，尿布，婆媳关系什么的，这就是我们的未来。如果有一天你忘记了这些，那你一定是疯了，夏琳。"

"再说两句，我真爱听，晓芸。"

"法国人不可靠，夏琳，这么简单的事儿，你这么聪明，还用我说？赶紧悬崖勒马，回头是岸，不然你早晚得演一出儿魂断巴黎！"

"谢谢你晓芸，别挂啊，我去上趟洗手间，回来咱们接着说！"

▶▶抱头痛哭吧

杨晓芸的话令夏琳惊醒，她身上的欲望被压制住了，从洗手间回来，夏琳感到焕然一新，笑容也自然了许多，拿起电话："你最近怎么样，晓芸？"

"啊，我在做最激烈的思想斗争，都是你送我的那个钱包儿惹的祸。最近向南盯上那个钱包了，明天就该他使了，我准备把它揣在内衣里睡觉。你说，夏琳，奢侈品怎么这么害人啊？"

"晓芸，相信我，我一定努力给你买一个女式钱包。"

"我喜欢这男式的，那才叫真皮，比向南的皮好多了。我上班的时候闻一闻那皮子味，比闻香水还灵，我可等着你那钱包呢，每天都等，你可不要放弃啊，夏琳。"

"我会奋斗的。男式钱包算什么，还有Dolce & Gabbana眼镜，银色大镜框，白色镜腿，灰色镜片，D&G的LOGO在两边，上面镶有碎钻，我见过，得提前预订——"

"甭说了，太及时了！就是它！两个月以后我正好儿过生日，再用山寨货我会老十岁！"

"再配一个围巾，Fornarina，还有一个手链，我想想——Juicy Couture怎么样？"

"完美！"

"还有一枚小戒指。"

"可怕！"

"当你伸出手付账的时候，手链一响，小戒指刷一闪——"

"整个北京都会被我雷倒了，谁能拒绝我付账？夏琳，你对我的友谊我一辈子都还不清了。"

"还有一双皮鞋，我只穿过两次，Stella McQueen设计的，我穿着小一号，我决不能再穿第三次了。"

"放下电话我就哭一场，夏琳，你真是我的好姐姐，没有你，我那该死的生日简直没法过！"

"晓芸，没有你，我在巴黎一天也待不住，谢谢你！"

"夏琳，让我们两人分头挂了电话，然后抱头痛哭吧！"杨晓芸说罢，挂了电话，哭了起来。

夏琳也挂了电话，把头歪向她的小窗，淡蓝色的窗帘发出幽幽的光，她的眼泪无声地滑落。今夜，她哭了很多次，全是为自己而哭，为一个无名的女人而哭，那女人若是无梦，便不会痛苦。

▶▶伟大的演员

同样的夜晚，安德鲁坐在他的床上吹小号，小号中传出幽怨的曲调。电话响起，安德鲁把小号支在地上，然后看了一会儿电话，接了起来："是的，是，有一点困难，我喜爱你们提供的工作，这是一份非常好的工作，谢谢你们。明天能不能早一点开始模拟练习，我认为我会成为一名伟大的演员，我从未演过这样好的戏，它是那么真实，那么生动。"

▶▶ 钓鱼

杰西卡博士越来越喜欢通过显示器看安德鲁那张充满爱情的脸，他那失神的蓝眼睛令人浮想联翩，他的姿态也很美，几乎是不间断地向周围发出情爱信号，就连忘记刮的胡子也显得很帅气。他是一头甜蜜的猛兽，当他坠入情网，也会把别人网入其中。

不过博士马上要去见郭亚龙，汽车已等在楼下，她关上电脑，从座位上站起来，走出门去。

一小时后，杰西卡博士在郭亚龙的船上见到郭亚龙，他正与一条大鱼搏斗，郭亚龙很镇定，他熟练地操作着渔具，一点点消耗着大鱼的体力，他相信今天可以收获到它。

"我女儿想见到陆涛。"郭亚龙对博士说。

"请她再忍一忍，我们已经成功地在陆涛和夏琳间设置了防火墙，我们的鱼饵已经散发出香味，虽然有很多困难，但是一星期以后，应当有个更好的答复，请相信我们的研究成果，它很少出差错。"杰西卡博士说。

景焕章把博士的话翻过去。

半天，郭亚龙都没有答复，他在忙着钓鱼。

"一星期！"景焕章听到他手握鱼竿大声吼道，他知道，在女儿郭栩如的幸福这件事上，他并不像其他事那样有耐心，也许，他有耐心，但他认为时间已拖得太长了，或者，钱花得太多了。

▶▶ 提速

"我们要提速，哪一项心理过程是可以省略的？"一回到办公室，杰西卡博士立刻把她的团队召集起来开电话会议。

"按计划，安德鲁和夏琳应该还有三次约会，第三次的情感将达到沸点，如果把它们合成两次，或一次，每一次都会使成功率降低20%。"兰格先生说，"我们必须冒险吗？"

"我们必须为客户提供高质量的服务，记住我们是按小时向他们收费的。我们也要按小时工作，请让我看一看安德鲁的模拟试验。"杰西卡博士清楚地回答。

兰格先生对着大幕拍拍手，安德鲁和陆涛与夏琳的模拟者三个人一起走进来。

"你怎么样，陆涛？"杰西卡博士又换成平日工作时的语气问道。

"我又愤怒又无奈，有时候，作为逃避，我会沉入我的设计工作，可一旦停止工作，就会又愤怒又无奈。"陆涛的模拟者说。

"你想消费吗？"

"不，我不喜欢消费，事实上我每天只吃一顿饭。"

"运动呢？"

"不想。我已尝试过发泄运动，效果不佳，我试着以提高运动的难度来增加挑战性，但我觉得那样没意义，反倒让我放弃了运动。"

"你感到有压力吗？"

"我感到成天轻飘飘的。"

"你需要什么？"

"我需要找到一个新的项目，并且提高它的难度，才会对我的心理形成支撑。"

"酒吧，女人，怎么样？"

"不，我已婚。"

"那么你会去找什么项目？"

"也许是热气球，也许是飞行，总之必须要使我能够集中注意力。"

"你的经济能够支持你选的项目吗？"

"不，远远不够。"

"那么你会怎么样？"

"我一天里平均会产生三次冲动，奔向巴黎。"

"你是如何压制住这些冲动的？"

"我认为，如果我跑回去了，夏琳会看轻我，说我怯懦，不成熟，所以我不能去。"

"你怎么办？"

"我明天再次尝试跑步。"

"如果一个朋友去看你，你会高兴吗？"

"我会十分高兴。"

"一个并不是很熟的女朋友呢？"

"也许，我会感到有点温馨，也许，我会因此更加思念夏琳。"

陆涛的模拟者并不知道，他猜得是多么准，就在同一时刻，陆涛恰恰在跑步，耳朵上戴着运动耳机，听着强烈的电子乐。

但杰西卡知道这一点，她雇佣的侦探事务所每天实时把陆涛的信息传给她，博士笑了，对她的团队说："非常成功！夏琳呢？"

▶▶ 矛盾

夏琳的模拟者面色苍白，显得有点神经质，无疑，这是心理模拟的效果，她喝了一口水才开始说话，声音飘忽："我非常低落，无所适从，最终意义上，我感到缺乏一个支撑我在巴黎奋斗下去的理由，我的道路太漫长了。"

"什么才能让你感到振作？"杰西卡博士问道。

"安德鲁！"

"还有呢？"

"为Lotto的设计中标！"

"还有呢？"

"陆涛不再那么焦虑，他安安心心地工作，不给我压力。"

"你的设计怎么样？"

"我感到离成功很遥远，越来越遥远。"

"你在公司的工作呢？是否有升迁的机会？"

"很难！我现在是设计助理，下一个台阶是设计师。我们公司目前没有人有愿意走的迹象，如果这次给Lotto的提案不成功，我还要再忍受至少八个月。"

"安德鲁呢？"

"我很矛盾，非常矛盾。事实上我每天都在想安德鲁，同时也在为自己想安德鲁而内疚。"

"如果下一次安德鲁吻你，你会怎么办？"

"我会拒绝，不不不，我不一定拒绝。我不能，我不知道，我有可能无法控制自己。如果安德鲁吻我，我会恨他；如果他不吻我，我会失落。"

"安德鲁最好是怎样？"

"在我们同时感到同病相怜的时候，他最好吻我一次。"

"下一次见面怎么样？"

"我期待，但我不允许。"

"再下一次呢？"

"再下一次我也会这么想。"

"你在拖延什么？"

"我不相信他，我不相信世界上会有这么巧的事儿，安德鲁能够读懂我的心，就像读一本小说，每一行都能读懂，每一段也能读懂，我认为这不现实。"

"你想过为什么吗？"

"没有。我来不及想，只是感觉——"

"你想见到他吗？"

"最近一段时间以来，每天都想。"

"你会给他打电话吗？"

"不会。我的内疚阻止我给他打电话。"

"那你用什么策略去想他？"

"我等他的电话。"

杰西卡长出一口气："谢谢，非常棒！下面，我想跟安德鲁一个人说话。"

▶▶ 期待

"安德鲁,你现在最想干什么?"杰西卡问道,他现在是她的王牌。

"我坠入情网了,我每天想夏琳,你们不付我钱我也要去找她。"

"你认为你下一次约会能够吻到夏琳吗?我是说最自然的那种吻,在夏琳的期待中——"

"我不知道,我很期待吻她。"

"安德鲁,我们是在工作,请你冷静一点,你刚才已经听到了夏琳的感受,她期待的是你下一次吻她。你会如何满足她的期待?"

"我吻她就是了。"

"但是夏琳会恨你。"

"我不在乎。"

"安德鲁,你现在的状态非常不适合你的工作。你最好出现更休闲的状态,那时你最有魅力,有更好的控制力,现在你的表现会使整件事的不可预知性增加。"

"我怎么做?"

"今天你最好跟你以前的朋友们待一天,从现在的状态里走出来。"

"为什么?"

"现在你令我们担心,你表现得有点莽撞,请调整好你的状态,下面的工作很难做。我明天这个时候再跟你说话,希望你表现出我们想要的那个样子。"

"我尽力而为,博士。"

▶▶ 三号

郭栩如在杰西卡博士的爱情心理学习小组接受训练,每天的课程都安排得满满的,学习内容非常私密,包括恋人关系的理解、沟通、吸引与维护,但郭栩如投影上出现了夏琳仰着头笑的样子，出现了夏琳低头撒娇的样子，出现了夏琳不屈的眼光，出现了夏琳专注的神情。

"这四种表情你是可以做到的，是吗，小姐？"博士笑着问道。

"我不想成为别人的替代品，我要他喜欢我。"郭栩如语调激烈地说。杰西卡却温和地笑了，因为她看到，郭小姐的神态与夏琳不屈的样子具有很强的一致性。

"他不会无缘无故地喜欢你，他需要通过某种媒介喜欢你。比如，有薰衣草香味的香水；比如，绿色及暗灰色的服装；比如，你递到他手里的略带酸味的饮料；比如，这几个表情。记住，你不是谁的代替品，陆涛只是一个人类，他喜欢的东西很具体，因为这些内容是你带给他的，他将通过这些内容喜欢上你，小姐。"

"对不起，博士，我很难过。"

"为什么？"

"博士，难道不能我是怎么样他就喜欢怎么样吗？"

"孩子，人为得到某种东西必须付出代价，世界上没有免费的午餐。"

"我为什么要喜欢陆涛？"

"这是你的问题，不是我的工作重点，我倒是很希望你喜欢陆涛，因为那样我有工作去做。"

"那我可以去里昂了吗？"

"我们正在为你设计通道，我的意思是，你不能径直去他们家找他，是吧？不过，最迟你明天一早可以出发。"

"那是怎么设计的？我很想看看。"

"那是很复杂的工作，我们正在做，我可以给你看一些。"

▶▶ 四种情境

郭栩如被带到外面吃了一顿饭，当她回到杰西卡博士那里的时候，博士已整理好一部分资料，通过大屏幕，郭栩如看到陆涛的模拟者正在里昂的一条小街上跑步，斜对面郭栩如的模拟者走过去向他招手，陆涛停下来对她说：

"嗨，你好！"

"你好，你怎么在这里？"模拟者说。

"我有工作。"

"你什么时候停止工作？"

"明晚这个时候吧！"

"明晚这个时候？"

"是的。噢，对了，谢谢你送给我的礼物。我很喜欢。只是，太昂贵了。"说着，随即低下头在口袋里找来找去，最后从裤子的后兜里拿出钱包，对郭栩如晃晃，"我在使用你的钱包。"

"那么明天我打你电话吧！"郭栩如的模拟者说。

录影带就在这里停住，杰西卡博士说："我们分析了四种情境，这是第一种。我们使用较自然的邂逅，然后展开话题。据我们分析，他现在应该有话对你说，但不一定是你爱听的，你可能会不耐烦，所以，你最好有一点儿准备。"

"他想对我说什么？"

"说一些夏琳啊工作啊之类的事情。他大约明天会回到里昂，我们确定他不会非常高兴，我们设计的通道最好有一个好的开始，当陆涛心情不好的时候，我们来扭转他的心情，这样可以加深他对你的印象。较理想的情况，我们的通道包括你和他一起做一次旅行。我们不知道能不能把这个通道做好。"

"谢谢博士，谢谢你为我做了那么多。"郭栩如意识到，为了让她得到陆涛，博士在每一件事上为她而奋斗，那些事情，远比她想象的要复杂。

▶▶ 周末

周末到了，一身专业慢跑装备的陆涛，一直跑到火车站。他一走神跑过了

　　"记得第一次来法国，从学院毕业后到Christian Dior实习，没有薪水，去之前就被告知，留在那里的机会微乎其微，但可以见到John Galliano，我还是去了。同一期实习生大部分是Saint Martin设计学院毕业的，因为那是John的母校，我一点也不敢放松，如果我们把任务搞砸了，以后我们的校友恐怕是没有机会来了。"

　　"你从未对我说过你的那一段经历，我一直阴暗地以为，在那一段时间里，你爱上一个法国帅哥，你们俩比我们在一起时还要幸福地混在一起。"

►►| 我们回家吧

　　夏琳也闭上眼睛，任凭一阵微风吹过面颊，她甚至不想扭头看一看陆涛。事实上，只要陆涛一张嘴，她就嫉妒，这种嫉妒比她想象的要深刻，他从来没有试图表现他的优越，但他就是优越。

　　"陆涛，你上的是名校，接下来——"

　　"我错了，夏琳，我想听你继续讲下去。"

　　"实习生来自天南地北，大家在一起多用英语，每个人都有自己的特点与风格，我喜欢麻质衣料，我也可以把高级面料做出奢华感，以前我可以看到大牌时装的最终效果，却不知是如何做出来的，更不知是如何构思，在CD，即使让我去复印资料我都一溜小跑着去，还会偷偷给自己留一份，在那里，几十年前的流行杂志都保存完好，真是叫人惊叹。

　　"每个新来的实习生要按照惯例先了解John Galliano（http://www.haibao.cn/brand/1777/）的面料资料册。那是一本本厚厚的资料册，是历年的精华囤积，看得我又惊讶又感动。这里面是面料供应商、设计师们共同的心血，精彩得无与伦比，看了这些东西，我很害怕，觉得自己不可能做到如此漂亮的效果。

　　"实习第一天，我们的头儿没有来上班，累趴下了——当头儿来了，就直接告诉我们，干这一行就要做好准备，没有恋爱，没有休息日，没有很健康的身体。三个月后，我知道头儿说得对，我们整个Studio的设计人员，要么是单身女性，要么是男同志，我们的头儿三天两头腰疼，一个我们非常佩服的女立裁设计师甚至脊椎出了问题，她才不到三十岁。John本人更是有时候早上七点就回来Studio工作。"

听到这里，陆涛坐起来："夏琳，你真的想像他们一样吗？"

"那是我的选择。"

"你为什么要那样？我也是个设计师，我——"

"陆涛，这个世界上人各有命，我为我的选择哭过笑过，一次又一次，一次又一次，但我喜欢这份工作，我进了这个漂亮奇妙的大染缸，我的水准在不断提升，我的技艺也日趋成熟，我越来越对我的工作有信心。"

"夏琳，你说得我一点安全感也没有，我最近就觉得你会离开我。"

"你的想法很可笑，陆涛，你总是觉得我要离开你。"

"我对比过我在巴黎和在里昂的状态，我认为在里昂更坏。在巴黎至少每天我可以抱着你睡去，在里昂，我是一个人睡去，这中间差别很大！你是不是一点也不理解这中间的差别？"

夏琳长舒一口气说："陆涛，有时候我也很难过，每当我早晨醒来身边没有你，我也会怀疑我做得对不对，有时我会因内疚而羞愧，但最终我把它看作一种怯懦，你理解我的话吗？"

"那不是怯懦，在我们一起睡觉这件事上，我一点也不认为我怯懦。我们结婚了，那是非常正常的情感，任何人都会这么认为的，夏琳。"

"陆涛，今晚我本来想去找你的，我其实订了票，看，它在这里！"

陆涛接过夏琳的车票，一下子撕得粉碎，然后一把抱住夏琳说："那我们回家吧！这种天当房地当床的环境一点儿也不适合我表达——"

夏琳吻陆涛。

"我对你的情感！"陆涛喘着气说。

▸▸▸ 我保证

陆涛和夏琳回到家，刚到门口，陆涛就叫道："这才几天，我怎么就有了一种做客的感觉？"

"快进去吧。"夏琳说着，打开门，脱掉鞋，换上拖鞋，一直走进洗手间，"我先洗澡。"

陆涛在房间里晃一晃，不知做些什么，他决定把地扫一扫，还未扫完，夏琳就出来了："该你了，我没关水。"

陆涛走进洗手间，夏琳在穿衣服，陆涛的声音传过来："夏琳你不许穿衣服，你要在床上等我，我要抱着你睡着了，你才能起来工作。"

夏琳穿好衣服，坐到电脑前，她必须下载她今天整理出的秋冬季设计，蒙代尔先生要看。仅仅几分钟，陆涛裹着浴巾就冲出来："你真是一个意志坚定的设计师，夏琳。如果我是你，现在已经睡着了。"

"陆涛，我必须笨鸟先飞，你不知道我有多笨！你还是快鸟先睡吧。"

"那么你一小时以后能躺到我身边来吗？"

夏琳双眼紧盯显示器，摇摇头。

"两小时。"陆涛弯下身来，凑近夏琳，吻她。

夏琳再次摇摇头。

陆涛叹口气："我争取在两小时之内睡着。"

"蒙代尔先生忽然心血来潮，要看我以往的设计，这对我来讲是个天大的好消息，我要整理一下传给我的头儿——"

陆涛的脸僵在半空。

"不过明天我不加班。"夏琳笑着说。

"那，那好吧。"陆涛小心翼翼地说，"明天是我们爬埃菲尔铁塔，逛巴黎圣母院，以及你送我回里昂的日子，是吗？"

"我保证！"夏琳吻陆涛。

陆涛走到床边，拉开被子，发现被夏琳压深的印痕，夏琳总是睡在她惯常睡的那一边，另一边，留给他，很明显，夏琳那一边低了一点，他的那一边已很久没有人睡了，连床单都铺得平平的——这让他百感交集。

▶▶ 快游

　　上午，一束阳光从窗外直接射到陆涛和夏琳的脸上。

　　陆涛睁开双眼，吻夏琳，夏琳也睁开双眼。

　　"我们的假期，对吗？"陆涛说。

　　"对。"夏琳清醒过来。

　　"一日游还是一日不下床？快选择！"陆涛说。

　　"疯狂一日游。"

　　"游哪里？"

　　"巴黎的名胜古迹，所有我们没去过的地方。"

　　"那可是一项不可能完成的任务。"

　　"给你一分钟，只要你能说到，我就陪你去！"

　　"埃菲尔铁塔、巴黎圣母院、卢森堡公园、凯旋门、协和广场、卢浮宫、蓬皮杜文化中心、夏洛蒂宫——"

　　"一分钟到！"夏琳喊道。

　　"起床！"

　　"十分钟后出门！"

　　于是，陆涛和夏琳第一次开始巴黎一日游，他们爬了埃菲尔铁塔，在上面相互拍照，逛了巴黎圣母院，敲了钟，他们疯了一样从一地冲到另一地，他们以前从未去过这些地方。

　　他们一直冲到火车站，手里还拿着刚从麦当劳买的汉堡，在没来得及吃汉堡时两人接吻告别。陆涛上火车，夏琳招手再见，一直到火车开走，夏琳还在招手。

　　夏琳从火车站走回家，她的脚很痛，但她坚持步行。天上下起了小雨，路人纷纷打起伞，街上透出昏黄的灯火，餐馆咖啡馆里的窗中映出人们的笑脸，夏琳看到这一切，觉得巴黎是个过于复杂的世界，复杂得叫她难以理解。她把双手抱在怀里，只是想走，她感到自己越走越寂寞。

▶▶奇遇

列车行驶得很平稳，就像坐着一条大船在风平浪静的湖上航行，车厢很空，没有几位旅客，陆涛东瞧瞧西看看，倍觉无聊。他横躺在座位上，觉得这个周末过得挺充实，他见到夏琳，两人一同游了巴黎，若是把他们一整天都干了什么讲给别人听，别人会以为他们的生活很不错。事实上，这对于陆涛也够了，生活本身总是创造问题，不过也总有解决的办法，一切都会好起来的，这么想着，他一会儿就睡着了。

在梦中，陆涛又梦到巴黎，那些古老的建筑，以及一些细节、一块块的颜色与造型。在梦中，有只白色的大蝴蝶总是跟着他，扇动的翅膀似乎每一次都要扑到他的脸上。陆涛深吸一口气，睁开眼睛，只见一只秀气的小手在轻轻拍着他面前的桌子，另一只手上拿着一个手机，手机在放着音乐。

陆涛完全睁开眼睛，郭栩如出现在他对面。

陆涛一边揉眼睛一边笑了："这是去香港吗？为什么车票这么便宜，还是我坐过站了？"

"没想到在这儿遇见你，你是要旅游吗？"

"我？"

"夏琳在餐车吧？"

陆涛清醒过来，他坐直身体："夏琳在巴黎，我一个人旅行。你的保镖呢？"

"我也一个人旅行，没有保镖。你在哪里下车？"

陆涛掏出车票看看说："里昂！但是不一定非要里昂！"

郭栩如也掏出车票："我买的也是里昂，我想到了里昂再做决定。"

"那么我们的旅行就从里昂开始吧，你需要免费导游吗？我得还你个人情，你在香港——"

"我非常需要你还我一个人情，我从来没去过里昂。"郭栩如笑道，说罢躺在座位上，"我先睡了，到了里昂你叫我。"

陆涛看着躺好的郭栩如，柔和的曲线，一身休闲打扮，干净整齐，夹克衫内竟还穿着那一件Lotto衫，那是他们被关在电梯里时她穿的。她的头发从座椅边缘垂下来，随着她的呼吸而晃动，上面还轻巧地吊着一个小小的玩偶蝴蝶结，淡绿色。陆涛记得夏琳也给自己做过一个类似的，夏琳把它吊在领子上。

陆涛很想问一问郭栩如，那小玩偶是不是她做的，但她已睡去了。

陆涛弯下身凑过去仔细地看了看，然后缩回身体，躺倒在自己的座位上，只要一离开夏琳，他就不再紧张。

▶▶ 马鞍包

夏琳走了一阵儿，她的手机再次震动，她拿出来看一看，不出所料，是安德鲁发来的信息，他请求她的帮助，约在一个咖啡店里见面。夏琳同意了，她返身往回走，咖啡厅就在不远处。她走进去，里面空无一人，夏琳坐到角落里的一个座位上，想要一杯热水，但咖啡店里没有热水，夏琳说，那就一杯热牛奶吧。

安德鲁不久后赶到了，他打了一把伞，走进咖啡厅，发现夏琳趴在桌上睡着了。安德鲁来到服务台，叫了两杯咖啡，就坐在柜台边，等着服务员把咖啡做好，然后拿到夏琳趴着的座位上。他把咖啡放好，俯身凑近夏琳，闭上眼，闻到她的发际散发出的香味，然后轻轻地吻了夏琳一下，接着坐到对面。夏琳醒来，坐直，安德鲁推过一杯咖啡，说："这是你的。"

夏琳喝了一口："对不起，我刚才睡着了。"

"你需要休息吗？"

夏琳摇摇头："你有什么事儿？"

安德鲁迟疑了一下："这是一个急件儿！这是我设计的！但是我没法完成它，我觉得你可以完成。"

说着，打开包，把一个文件夹推给夏琳，夏琳打开，上面是一组没画完的包的设计图。

"马鞍包？特征太明显了，这个形状怎么做也是CD的，John把这一款做得太经典了。"

"是的，难度就在这里，Fendi的产品只是Fendi，不能让人联想到别的品牌，明天就要交稿，我今晚得赶工。你看，我有一个思路，在这里，可以这样下去，应该可以有一种新的感觉，到这里，看，这样太复杂，也不对，不过这样也许可以走得通，我就是不知道应该如何定型。"安德鲁一边用手指着他的草图，一边说着，绕着桌子凑到夏琳一端。

夏琳非常专注地看安德鲁的草画，她伸手去摸自己的包，安德鲁把几支笔递到夏琳手边。夏琳拿起一支笔，刚要在草图上画，忽然停下来说："可以吗？"

"我就是需要你来润色，请帮我画完它。"

"要两小时以后才能画完。"夏琳说。

"那么我两小时后回来。"安德鲁说道。

▶▶灵感

两小时后，列车到达里昂车站，陆涛和郭栩如一起下车，两人走出车站，郭栩如好奇地打量着车站周围的环境，然后用一个卡片相机对着陆涛拍照。

"你订的酒店在哪里？"陆涛一边叫出租车一边问。

"我没订酒店，你住哪？"郭栩如问道。

同一时刻，夏琳再次趴在咖啡馆的桌上睡着了，安德鲁从外面进来，走近她，又亲了夏琳一下，把两份冰淇淋分别放在自己和夏琳面前。

夏琳醒了，在她模糊的意识里，知道安德鲁吻了她，这使她有点兴奋。她喜欢这一种吻，暧昧而不失礼。夏琳精神一振，把图纸推到安德鲁面前："不要笑话我！"

安德鲁打开夏琳修改后的草图，一张张翻动，接下来，他坐下去，再次认真地看，他的眉头越皱越深，接着用手四下摸索着找铅笔，夏琳递给他，安德鲁带着歉意问："我可以改动吗？"

"这是你的作品。"夏琳吃着冰淇淋说。

"我知道该怎样了。"安德鲁画了两笔停住，"夏琳，你给了我灵感！"

夏琳笑笑，看着安德鲁往下画。

安德鲁因用力过猛把笔折断了，夏琳把一支新笔推到安德鲁面前。

安德鲁接过来，低头快速画了起来。

夏琳睁大了眼睛，安德鲁画出几根神奇的线条，终于把包的形状调试到一个很舒服的样子。

安德鲁抬起头说："你觉得这样行吗？"

"我看不出有什么问题，很好。你一定会让他们吃惊的。"

"明天九点总监过来决定设计稿，我八点就得到场，现在是——"

夏琳看看表，说："十一点，还有九个小时。"

"四个包坯都做好了，上面这部分我都做了一半儿，看，把这四块皮子去掉，就可以接着把调整的部分做完。"

"是的。"夏琳点点头。

"要做完需要十四个小时，我可以完成两个半——"

"我自己有做包工具。"

"谢谢你，夏琳，我不知道该怎么谢谢你，下一次我可以帮你。"

"先回我家取工具！"夏琳站起来说道。

安德鲁也站起来，两人快速走出咖啡馆。这一夜将很不平静，但对于巴黎的设计师，则一点也不新鲜。

▶▶ 亮的地方

"从火车站到我住的地方，一共有十六幅壁画可看，你还记得哪一张？"

"一般这个时间你在哪儿？"

"我？我一般是在里昂乱转，看到哪里亮我就转向哪里。"

"那你就带我去一个亮的地方吧。"

⏭杜普蕾

就在陆涛带着郭栩如出门夜游的时候，在安德鲁那个像是小工作室的家里，夏琳和安德鲁隔着一张小工作台在分头做包，夏琳的动作明显比安德鲁娴熟。

安德鲁入神地看着夏琳："你真快！"

夏琳笑一笑："我很喜欢你这里，工具很全，上面还有一扇小天窗。"

"要不要来点音乐，小声的？"安德鲁建议。

"我只爱听很少的几支曲子，忘记带了，听别的会让我不专心。"

"我也是。我爱听一些别人不听的乐曲，所以我这里只有很少的唱片。我猜里面没有你想听的。"

"我工作的时候爱听大提琴。有一个英国女提琴手，她喜欢她姐姐的丈夫——"

"杜普蕾(Jacqueline du Pré)。"

夏琳点点头。

"我喜欢她拉的埃尔加。"安德鲁说。

"最好是埃尔加。"

安德鲁抬手拿出五张唱片，放到夏琳面前："这是我的全部音乐。"说着从中抽出第二张，晃一晃，"在这里！甜蜜！忧伤！安静！寂寞！就像我们做的包。"

"就是它！就是它！"

安德鲁把CD放进唱机，准备放响音乐，忽然他停下来："我们总是能找到共同点！不管那个共同点的概率是多么小！为什么？"

"我喜欢跟你一起加班。"

安德鲁脸上露出夏琳喜欢的那个笑容，然后摇摇头，喃喃自语着"太神奇了"，轻轻按下按键，大提琴声慢慢覆盖了整个房间，犹如清泉流过夜空。

安德鲁并不清楚，今夜这一击对夏琳是致命的，夏琳最喜欢的一件事就是跟一个人一起默默工作。

▶▶ 游乐场

弗尔威尔教堂（Fourviere）的灯光很美，但除了美以外也不知该说些什么，贝尔克尔广场（Bellecour）的灯光有气势，只是那气势放在法国最多也只能说得上乏善可陈，最后就是共和国广场了，星星点点，明明暗暗，看起来完全是设计作品，感受到的只是专业。陆涛在这些地方给郭栩如拍了照，然后带着她继续走，这之前，陆涛以为里昂最亮的地方就是他曾来过的游乐场，然而到达后才发现，游乐场冷冷清清，关门了。

"你怎么想起一个人旅游的？"陆涛问道，他对自己的导游水准非常不满意。

"欧洲就是设计出来的，哪里都好玩。反正到哪里都是学习，我以后想在香港开一间设计公司，设计一些带有欧洲元素的东西。"

"很了不起的想法。"

"陆涛哥，你说，什么是设计？"

"我也不知道，我也正在学习。"

"人们为什么喜欢这个设计而不喜欢那个设计？"

"我也很疑惑。"

"你为什么喜欢夏琳？"

"这是我最疑惑的。我觉得夏琳就像这座游乐场闪闪发光，我似乎是在周围黑暗的小巷子里转来转去，忽然看到前面有亮的地方就走过去了。"

"有没有比这儿更亮的地方？"

"我相信一定有，可是我觉得这里很可爱，我走到这儿就懒得往前走了。"

"我们来看看，里昂哪里最亮。走，去坐那个！"郭栩如的手指向远处的摩天轮，它像是浮悬在夜空中一样。

摩天轮坐一次，五欧元，六分钟。

人露在外面，看起来非常不安全，陆涛和郭栩如坐了上去，摩天轮升起后，郭栩如拿着相机四处拍，陆涛仔细地辨认着下方。

"游乐场在哪里？"郭栩如问。

陆涛没有找到。

郭栩如又指着下面一块更亮的地方问："那里是什么？"

"我从来没有去过。"陆涛说。

"那里很亮，你猜会是什么地方？"郭栩如问。

"是一些少儿不宜的地方吧。"陆涛逗郭栩如。

不料郭栩如却认真地问："你想去吗？"

"我是导游我听你的。"

"好了，今天太晚了，我们以后去吧！"郭栩如轻声说道。

"到了这里我才知道，虽然平时在里昂四处走，其实我对里昂什么也不知道。我若是知道你来，应该准备一下，虽然不能像对香港那么如数家珍，至少也应该知道哪儿是哪儿吧。"

"我一个人旅游，每天都是这样的。"郭栩如笑笑说，"今天已经很好了，还有你跟我一起说话。"

⏭ 忍不住

音乐声中，夏琳缝完了包，把包放在桌上。安德鲁抬手拿起夏琳缝制的包，仔细地看着里面和外面。

"完美！"

"我还想再缝！"

安德鲁把自己的包和图纸递过去，夏琳接过来，继续缝。

"我可以看着你缝吗？"

夏琳点点头。

安德鲁站起来，坐到一个更舒服的位置上，出神地看着夏琳，夏琳的手缝起包来异常灵巧。

夏琳抬起头，看了一眼安德鲁，两人会心一笑。

安德鲁拿起一把木锤，开始加工那个包，包被垫在皮子下面，木锤轻轻的敲击声并不显得刺耳。

夏琳缝完最后一个包，把包并排放到三个已经缝好的包前面，然后站起来："完工了。"

安德鲁走过来，把包里里外外仔细看了一眼，突然抱住站在他身边的夏琳。

"为什么？"夏琳问。

安德鲁低下头去吻夏琳。

夏琳把脸偏向一边："安德鲁，请别这样。"

夏琳其实并不喜欢自己这样说，但她觉得不这样说更怪，事实上安德鲁的拥抱让她觉得又柔软又自然。

安德鲁慢慢松开手："对不起，夏琳，我不知道你不喜欢。"

"我结婚了。"

安德鲁耸耸肩："夏琳，你缝的包非常美，我忍不住！"

"没关系。"夏琳打断他。

"你不会生我的气吧？"安德鲁有点不自然地晃动着身体。

夏琳笑笑，摇摇头："我该走了，天已经亮了，我一直想看看你的小天窗在白天是什么样子，我看到了。"

"我没想到——"安德鲁摇着头喃喃地说。

"没想到什么？"夏琳问。

"你缝得这么快。"半天安德鲁才接上这一句，夏琳知道，这不是他想说的，知道这一点，让她有一种莫名的快乐。

"我送你。"

"不用了，我自己回去吧，你继续赶工吧，时间不多了，我还来得及上班前喝杯咖啡，吃一块羊角面包。"说罢，夏琳拿起自己的背包走向门外。

安德鲁追到门边着急地问："你真的不会生我的气吗？"

"不会的。"夏琳有气无力地说，"再见。"

夏琳走出门外，安德鲁关上门，走到夏琳刚才坐的地方，手一动，碰到一样东西，那是夏琳的工具箱。

安德鲁没有出门追夏琳，他知道，他可以再次见面时还给她，他知道，他们还会再见面。

▶▶怎么办

早晨，陆涛是被闹铃吵醒的，同样被吵醒的还有郭栩如，因为陆涛睡在客厅里，他的房间让给了郭栩如，还因为闹钟是个小创意产品，可以跑来跑去，陆涛追上时郭栩如已经推开房间门了。

"这是钥匙！我还有一把，你再睡会儿吧，今天可以在这儿待着，也可以自己出去转转，我下班回来继续当导游。"

郭栩如点点头，接过门钥匙，返身走进卧室。

她听到陆涛洗漱，然后出门上班。她走到小花园，看到陆涛走远，她拿起电话拨给杰西卡博士。

"郭小姐，怎么样？"

"像我们计划的一样，什么也没有发生，博士，我怎么办？"

"我们整个团队都在考虑下面该怎么办，小姐。"

"有办法吗？"

"我们希望在陆涛下班前想出办法。"

"谢谢。"郭栩如挂了电话，决定再睡一会儿，现在，她感到新奇而无助，但也很喜欢这种被支持被安排的感觉。她，不远千里，来到里昂，而这里只有她和陆涛，她睡在他的房间里，夏琳周末才来，他们有四天时间。

同一时刻，夏琳没有去公司，却因极度不安而往家里狂奔，她想起陆涛早晨上班时会随手给她打一个电话，他有时打，有时不打，夏琳觉得今天陆涛一定会打。

她猜对了，一进门，电话正好响起，夏琳冲过去接："我一猜就是你！"

"我只想对你说一声早晨好，我希望我在闹钟响后才吵醒你。"陆涛边走边说。

"你在闹钟之前吵醒我，我现在还能睡十分钟！"夏琳又累又急，差一点提高声音。

"对不起，你再睡十分钟吧。"陆涛无奈地挂了电话。他已走出小区，来到公交车站，一辆公交车正迎面开来，从车身背后射出的阳光令他眼前的世界五色斑斓。

▶▶▶ 我们有个故事

杰西卡博士在她的办公室里，与她的团队在开会，这个团队已经发展得非常庞大，包括所有人的模拟者、安德鲁，以及分析小组，还有后勤人员。所有这些人聚集到一个新的办公室，就在巴黎，事实上，由于事态发展需要更快地交换信息，博士不得不带着她的团队赶赴现场。

"我们僵在一个过渡环节上了，现在，我们必须要有突破，无论从哪里突破都可以。现在请大家讨论一下。"博士说道，停了停，她把目光望向安德鲁，"请问夏琳为什么拒绝你？"

"我觉得她很内疚，也很矛盾——我已经吻到她了。"

"你不觉得，"杰西卡博士轻声问，"是你没有让夏琳忘乎所以吗？"

"我已经尽力了，博士，我甚至已经爱上了她，真心的！"安德鲁说。

"在这种关键时刻，你要给她惊喜。"兰格先生插嘴道。

"我用什么给她惊喜？我的心吗？我的心早就挂在夏琳的门口了，她推门就可以看到。"安德鲁显然对兰格先生的指导不太满意。

"兰格先生，我们还有什么没有使用过的信息？"杰西卡博士转入正题。

"我们还有一些夏琳的梦想没有使用过，我们希望把它们用在最需要的地方，这些信息只能使用一次。"兰格先生把他手边的显示器翻转过来，对准所有人，上面放着一段视频，是米莱在美国的家中接受采访时对夏琳的描述，"我觉得夏琳就是一个用湾仔码头、哈根达斯和一背包幻想凑起来的小怪物——"

兰格先生说着把视频停住："杰西卡博士，夏琳一直爱吃一种中国传统食品——饺子，现在它被做成了速冻食品，夏琳爱吃的品牌叫做湾仔码头，在巴黎买不到；她还爱吃一种冰淇淋，叫做哈根达斯，总部就在巴黎。"

"兰格先生，请讲下去。"

"我们有个故事，哈根达斯这个品牌一直在使用一句广告语——爱她就请她吃哈根达斯。夏琳一定很熟悉，下面，安德鲁可以请夏琳一起吃哈根达斯，接下来，她会在意想不到的情况下——"

杰西卡博士的眼睛发亮："请把故事讲下去。"

"故事的重点是，事情进展到这里，安德鲁必须要进行一次赌博，他要么赢得夏琳，要么促使夏琳做出与他分手的决定。"

"是的。"安德鲁说道。

杰西卡博士转脸望向安德鲁："对于夏琳，你现在内心最强烈的愿望是什么？"

"向她求婚！"安德鲁说。

"这就是重点！"兰格先生说道，"还剩下什么？"

杰西卡博士扫视在座的每一个人，她的眼神专注而敏锐，直至她从大家的脸上没有看到疑问才停住，她端起一杯水喝了一口，清清嗓子："还剩下时间和地点，这两点确定后，我们就要使故事开始，难点在哪里？"

"难点在于，夏琳是一位有点极端的独立女性，她完全拒绝别人的帮助或恩惠，不管理由是什么，她尤其不接受无法回报的爱，这是她的习惯。"安德鲁说。

"这让我们在设计故事时难以下手。"兰格先生说。

"如果那恩惠是上帝给的呢？"杰西卡笑了。

"中国人不相信上帝。"兰格先生说。

"中国人相信什么？"杰西卡问道。

"运气——赌场里有很多中国人。"兰格先生说。

"那么，安德鲁，你需要和夏琳经历一点儿好运气了。"

"我希望那时候夏琳处于低谷，这样她才会把注意力转移过来。"安德鲁也笑了。

"从现在起，她必须开始滑向低谷——我们的故事还有什么问题吗？"

"剩下的只是技术性问题，我们可以解决的。"兰格先生说。

"朋友们，很好，我们到了关键一步，打起精神来，我们在为我们的信念而奋斗，我们时间不多了，但工作却很多。"杰西卡说道。

▶▶ 米莱在巴黎

Lotto选中了蒙代尔公司的设计，夏琳的设计创意将被发展成一系列产品，这消息让蒙代尔公司的全体员工都非常振奋。

从意大利一回来，极少问津运动服装设计的蒙代尔先生放下手中的工作，亲自领导设计团队，除了运动服装，还有作为配套的帽子、箱包、运动配饰等等设计也急需开工。最重要的是，Lotto为发布新品，准备在巴黎做一场时装秀，蒙代尔公司必须在一个月内赶完所有作品，新品秀成为蒙代尔公司向全世界的时尚界展示自我的一次绝好机会。

然而一个星期过去了，夏琳并没有得到蒙代尔先生差遣。她看到公司上下忙忙碌碌，不停地有助理抱着大摞的资料在公司里走动。那些资料从各大品牌的发展史到各个国家的画册、民俗，还有不同艺术家的作品集。设计助理们直接进入蒙代尔先生的办公室，在那里，全公司最强的三位设计师与一位立裁师聚集在一起，不分昼夜地赶工。打版车间灯火通明，版师们接到图纸与衣料，便开始制作成衣，然后不停地修改。

在一个忙碌的午后，抱着两件样衣的费雷尔先生走过夏琳的办公桌时停下来："祝贺你，夏琳，你被公司留用为正式员工，欢迎你加入团队。蒙代尔先生现在没有时间，不过，他答应以后会利用午餐时间为你开一个小小的庆祝会。顺便说一句，你的创意击败了那个为三叶草做设计的女人。"

"Stella McCartney！"

"就是她。"

"真的？她是我的偶像。"夏琳抬起头来，脸涨得通红。

"我们在意大利蒙特贝鲁那的Lotto总部遇到了她，她也祝贺了我们，还向我们打听你。"

"是吗？"夏琳本能地应了一句，心中被苦涩充满了。

"这次获胜，使蒙代尔先生焕发了青春，他现在每天喝四杯浓咖啡，工作起来不知疲倦。他刚刚为运动T恤加了一条折边，不仅把下摆压住了，使面料看起来垂感更强，而且很时尚。相信蒙代尔先生还会产生新灵感，他现在无法克制他的兴奋，当然他也完全不想克制。"费雷尔先生自顾自把话说下去。

夏琳知道，这个团队正在高速运转，当然，除了她，她是在这之前高速运转，一个人，孤零零的，除了对设计的信念以外，没有支撑。现在，她知道自己成功了，别人也知道，但她必须服从制度，那些成名设计师是幸运儿，当然，除了幸运外，他们必须连续地、不停地取得成功，直至那种成功成为无法被夺去的。

夏琳隐隐想起她在CD实习时看到的那一个被John的光芒遮挡的人，他为CD工作了八年，做出无数令人惊奇的创意，连John都称他为天才，最后却黯然离去，走时匆匆忙忙，连实习生们特意为他制作的一个告别礼物都没有带走。他曾有一次从打版室出来，在工作间喝咖啡时对她说："一个团队只有一个天才就够了，其余的人，只是为天才贡献灵感，或者是启动天才的灵感，团队不需要人人都优秀，那无法管理，况且，人们也记不住那么多的设计师的名字。"

夏琳记得，那位天才设计师的话曾叫她感慨良多，不想这却是很多试图冲击设计师顶峰的人的命运，这命运今天落到她头上，她知道，她并不是一个幸运的人。

"费雷尔先生，我想问一个问题。"夏琳看到费雷尔先生要离去，她站起来问道。

"请讲。"

"我想知道，我什么时候才能加入——"

"你是说——"费雷尔先生指一指楼上，那是蒙代尔先生率众工作的地方。

夏琳点点头。

"我们认为合适的时候。"费雷尔先生说罢对夏琳笑笑，随即又轻轻摇摇头，"加油吧。"

▶▶ 离去

郭栩如在等陆涛下班回家之前，先等到杰西卡小组的行动建议，建议很简短：离去。这使她非常郁闷，她有点责怪这个小组。事实上她从开头儿就并不完全地信任杰西卡，杰西卡对她的训练也没有起到决定性作用。因为这些训练中有很多项目与她的内向性格有冲突，她对训练也未全身心投入，此刻，她只是感到想与陆涛在一起却无自信，她有点无助。

杰西卡建议她考虑一下与陆涛的告别方式，最好给他留下一点儿特别的印象。郭栩如想到的方式只是为他打扫房间，可惜陆涛的房间很干净，因为陆涛在无聊时已把打扫房间当成一种排解方式。最终郭栩如决定逛逛街，买一点儿礼物送给他，以便在她走后，让他不经意间发现她的痕迹。她在商店里转了半天，只是为他买了几件男士洁面用品，买了四块小毛巾，最后逛到超市，为他买了一打青岛啤酒，她记得他在香港坚持喝青岛啤酒。然后，她坐下来为他写了一个留言条，写了一小时只写出一行字："我走了，希望以后可以见面。"

郭栩如把陆涛的房门撞上之际感到茫然，一种她以前从未体验过的情感涌上心头，那是一种辛酸，有点苦涩，有点期盼，有点徘徊，她发现她想他，真的很想，却不得不离去。

她不无黑暗地想象晚上陆涛下班后回到房间，看到她的小条儿，结果只是团成一团儿，扔进垃圾箱，然后该干什么就干什么，却不知陆涛回家前也逛了超市，买回一些咖啡，还在书店买了一本在法国背包旅行的指南。他看到郭栩如留下的小条儿，感到有点失落，他发现了她买的啤酒，喝了三瓶，且独自翻看了二十页旅行指南。

事实上，为了克服对夏琳的欲望，他认真考虑过给自己放一个小假，与郭栩如一起旅行一周。他想晚上与她一起商量一下，他对她印象很好，认为她清新羞怯，令他心情平静。但她走了，他又剩下一个人，在里昂，在这个四处都是壁画的地方，他认为自己在这里等待夏琳真是一种奇特的方式，令他有种说不出的迷惑，他问自己，他在等什么？

答案很模糊也很具体，他在等待夏琳成功。这里面有一部分是，他在等待夏琳与他竞争成功，因为他们两个都是设计师，然而无论怎么辩解，他都多多少少认为他的等待有点荒唐。

▶▶Ⅰ免费打工

这一个周末夏琳来到里昂看陆涛。深夜，两人坐在小花园里聊天，夏琳有点闷闷不乐，陆涛问她最近工作有什么进展，夏琳沉默了片刻，最后只是轻声说："蒙代尔采用了我的设计思路。"

"你中标了？"

"是的，Lotto选中了我的设计。"夏琳可怜巴巴地说。

"那么，那么，"陆涛拿不准夏琳是在撒娇还是有苦说不出，但最终他提高声音，"祝贺你，你终于成功啦！"陆涛凑过去一把抱住夏琳。

"应该祝贺蒙代尔公司，他们现在把我任命成正式员工，我现在拿全薪了。"夏琳轻轻推开陆涛。

"还有呢？"陆涛睁大了眼睛，觉得有点儿不对劲了。

"他们还建议我休假一周。"

"太好了！我也可以休假一周！我们总算可以休假一周了！"

"一点儿也不好。"

"为什么？"

"全公司都在苦干——为什么只有我一个人可以休假一周？"

"他们心疼你，想让你放松一下，然后回去为公司贡献灵感。"

"事实上，他们从我的设计中得到了灵感，然后就不需要我了。"

"这不新鲜。"陆涛迟疑了半天，终于接口道。

"是的。"夏琳低落地答道。

"整件事情中，你最骄傲的是什么？"

"我的创意击败了我的偶像——我一直幻想着能为她免费打工三年，偷学一点设计火花。"

"呵呵，我也想为她爸免费打工三年，偷学一点摇滚。"

"现在我们终于不必为法国免费打工了。"夏琳叹口气说。

"是的，用俗话说这是一小步也是一大步。"

"从一开始，我们的目标不是变成法国人吧？"

"当然，我们的目标是学成归国。"

"我要是学不成呢？"夏琳的眼中恨不得泛出泪花。

"我们多生几个孩子，迫使他们成群结队地接着学。"

▶▶碰壁

第二天一早，夏琳几乎与陆涛同时醒来，他们两人睁着惺忪的双眼，相约再次睡去，争取一觉睡到大中午，但该死的习惯叫他们很快振作起来，他们根本睡不着，只好起床。

"你说服我干点什么吧？"夏琳一边刷牙一边说。

"休假一周。"陆涛用剃须刀一指夏琳。

"我是说今天。"

"今天，今天我们可以从游里昂开始，看看这里的壁画，顺便带着你走一走我平时走过的那些街道，叫你体会一下我在这里边走边想你的阴暗心理。"

"我不去！"

"为什么？"

"你这明明是在搞行为艺术表演，题目叫《无声的谴责》！"

"这是一种唤起你同情心的方法，看来你很清楚我内心深处强烈的幽怨！"陆涛把脸上的剃须泡擦净说道。

"在你孤零零的时候，还有幽怨相伴，我呢我呢，就只剩下灰心与绝望！"夏琳把牙刷洗净，扔进杯子里。

"这是谁造成的？"陆涛凑近夏琳，用手中的毛巾把她嘴角边的牙膏沫擦掉。

"我自己。"夏琳说。

"要是你对我怀有哪怕一丁点儿淡淡的幽怨，都说明你真的在乎我。"

"陆涛，我觉得你头顶上一直有一道挥之不去的光柱儿，我猜，在国内是佛祖，在这里是上帝，总之，你得到垂青，我被抛弃了。按理说，你应该不会在乎我是不是在乎你吧？"

"我在乎。"

"那我幽怨。"

"你表达一下我看看？"

夏琳挽住陆涛的手臂："里昂一日游，你和我——不过，要慢一点，上次游巴黎叫我有一种抱头鼠窜的感觉。"

"这一次，我们可以尝试一下四处碰壁画的感觉。"陆涛笑道。

▶▶漫步

　　陆涛和夏琳来到市政厅广场，中间是一个喷水池，另一边是里昂艺术馆，游人并不多，广场周围是酒吧和餐厅。在阳光下，有艺人进行露天表演，他们在一个酒吧喝了杯咖啡，吃了面包和沙拉，然后继续闲逛。过了河，进入老城区，他们走过圣让大教堂，陆涛提醒夏琳，这个教堂侧面的花窗很美，夏琳只是迷茫地向陆涛指的方向歪了一下头，然后轻声说："这里的一切都很美。"

　　"你在想什么？"

　　"我在想，为什么这种美对于我，像是从显示器里看到的？"

　　"因为这种美只是呈现了法国人的内心世界，他们对这些东西有感情，我们没有。"

　　"那为什么我会被这些东西吸引？"

　　"因为你是一个设计师。"

　　"说下去。"

　　"你只是对法国人的表达方式感到好奇罢了，对你来讲，这些可以统统称作法国元素，但你无法对此产生千奇百怪的情感，你的心理结构不支持你从它的本意上理解它，你是中国人。"

　　"你是在说你自己吧。"

　　"是的。"

　　"如何才能拉近与这些东西的距离？"

　　"对我来讲，最简单的方法就是爱上一个法国姑娘，当然，我不会那么干的。"

　　"为什么不？"

　　"因为我只爱你，这种爱具有强烈的排他性，自私到疯狂的程度。"

　　"在法国人眼里，你只是被中国元素迷惑了。"

　　"夏琳，我闭上眼睛就想起你，而这里，即使作为背景也是模糊不清的，只是一些线条、颜色与形状，零零碎碎，而你，就是远在巴黎，就是在黑夜，我也能像现在一样看得清清楚楚。"

"你怎么像是没毕业？"

"我毕业了，夏琳。"

"我对你，以前出现过像你现在一样的感情，我现在还记得，但那已经过去了——但我觉得你仍停留在过去。"

"不是停留，而是更——你对我有最重要的意义。"

"只是意义？"夏琳问。

"还是信念。"陆涛说。

"那么我们不同步，我们不在一个节奏上，问题出在哪里？"

"问题的关键是，我也是最近才发现，我们都是设计师。"

"这又怎么了？"

"你在跟我竞争，是作为设计师之间的竞争。"

"还有呢？"

"你在内心深处，是个不服输的人，你觉得可以击败我。"

"我从未想过，不过，我有时嫉妒你，觉得你的运气比我好。"

"也许，从最开始我就错了，如果那时我把你当作一个有才华的设计师来爱，对我们的关系也许更好，但我一直只是把你当作一个女人来爱，这让你不舒服。你真正渴望的，是别人承认你的设计才华，只是我从未真正注意过你的设计，看到你，最多只是让我想到挣钱养家——你一定认为我从内心深处不尊重你，因此你要证明给我看，你是一个很好的设计师。"

"你说对一部分。"

"另一部分呢？"

"陆涛，我说真话也许会刺伤你。"

"说吧，我是你老公，我一点也不怕你刺伤我。"

"你身上没有我想得到的浪漫，跟你在一起，我们的生活怎么过都很平庸，我从你身上得不到灵感。"

"你，你要我怎样？我还能怎么样？"陆涛突然感到一阵尖锐的疼痛划过他的心脏。

"我不知道。"停了一会儿，夏琳说道。

"你对我不满意——也许在我们结婚前，你应该有一个法国男朋友，满足完你的浪漫情怀以后再来跟我结婚。"

"你能允许我那样吗？"

"不！"陆涛突然怒吼道，吓了他自己一跳。

夏琳抱住他："对不起，陆涛，我不该破坏我们在一起的气氛。"

"夏琳，你让我越来越看清自己，我是一个偏执狭隘无趣的人，这是事实，没什么可说的，我怎么会这样？"

"陆涛，我来里昂的目的，不是同你一起抱团儿自责的。"

"我觉得，乐观地看，我们能有一个开展自我批评的假期，也挺值得珍惜的。"

"我不想成为一个怪人，更不想你成为一个怪人。"

"我深深地懂得这一点，我们现在的所作所为，不是在为将来种下不幸的种子。"

"是的，种下去容易，收获起来一定很不痛快！"夏琳乐了。

陆涛也乐了："叫我难过的是，这么多年过去了，我仍然不知如何爱你。不过，叫我欣慰的是，我们已经结婚了，只要我不同意离婚，你很难把我怎么样。"

夏琳欲言又止，最后，她贴近他，轻吻了一下陆涛的笑脸："我不会把你怎么样，我们会继续过下去，也会很幸福。"

"有了你的保证，我估计我会更加有恃无恐地对你神魂颠倒。"

"你爱怎么样就怎么样吧。"夏琳叹口气说，话音未落，她的电话响了。

▶▶不知道

夏琳接了电话，接着便发出尖叫："米莱！是你啊，我这儿好长时间没你信儿了！"

随后就是半小时的长谈，陆涛跟在夏琳身后走，他不想听到夏琳在和米莱说

到一大堆礼品，现在躲在里昂不肯出来见我们。"

"那富家女什么路子？"

"我在设计公司的最好的朋友——中文名儿叫郭栩如，叫我觉得他正在有计划地进行着三级跳，第一脚踩你，第二脚踩我，接下来跳到哪儿就说不定了。这事儿我跟杨晓芸也说过。"

"这方面我有办法查一查，有什么不妙的消息我一定在第一时间告诉你。"

夏琳做了一个鬼脸，低下头喝咖啡："你胳膊也粗了。"夏琳又看了看米莱说。

"体能训练，每天两小时，我现在体重增加了八公斤，不然连设备都背不动。"

"目光坚定，说话语气也不一样了。嗯，姿态挺拔，米莱，我怎么觉得你现在跟一男的似的。"

米莱笑了，露出白白的牙齿："也许我就不应该当女的。"

"我也不想当女的。"夏琳叹口气。

"前一段儿有一个采访小组采访我，对着摄影机，叫我谈谈是怎么从北京到美国，主要是叫我谈谈你。说着说着，我想起了我们在北京的生活，全想起来了。他们走了，我哭了一晚上，突然觉得过去的生活特别虚幻，像是编出来的故事。我当时特别想给你打个电话，确认一下我们是不是真的认识，我们一帮朋友之间，是不是真的发生过许多事情。"

"为什么不打？"

"我觉得打电话也不踏实，早晚回国看看杨晓芸，来巴黎看看你。"

"为什么？"

"到美国后，一切全变了，生活就像被一把刀拦腰切断了，过去的一切，就像没发生过一样，时间一长，我就像得了失忆症。"

"那我更羡慕你了，你一定是脱胎换骨了，把过去全扔给了我们。"夏琳自嘲地笑了笑，"现在适应美国了吧？"

"差不多吧，反正我现在可以一边看美剧，一边听我爸妈说中文，两边儿全不耽误。"

"怎么当上侦探了？"

"说来话长，我可是辗转了半天，碰巧儿才找到这个工作。这工作干了一段时间，我才慢慢喜欢上，它让我更深入地了解别人。当你盯着一个人，每天跟着他，一个月以后，他几乎就成为你的朋友了，虽然一句话也没说过，我几乎就能判断出下一步他要干什么，弄不好比他自己还要清楚。"

"说来听听，说来听听！"

▶▶除了冲动我什么也不会

"最早我是在我爸开的饭馆里服役，干了好几个月，每天抬头挺胸地在饭馆里走来走去招呼客人觉得挺来劲的。不过我每当想到华子在北京的饭馆也跟我一样，我就说不出地生气，觉得自己完全是隔着地球儿跟他齐步走，难道我来美国就是为了在饭馆里巡逻吗？"

"你们家饭馆挣钱吗？"

"能不挣吗？我们家饭馆每天24小时营业，一年365天不关门，菜就有一百种，价钱还便宜，他们美国人哪儿见过这阵势？美国人再勤奋也没法儿跟我们竞争——实不相瞒，我们附近的两个饭馆很快就倒闭了。现在，整个儿社区都把去我们家饭馆吃饭当成感受中国文化之旅。我用饺子和烤鸭打头阵，接下来，我一狠心，添了泰国菜、印度菜和日本菜，吃得那帮美国人从桌子边儿站起来就五雷轰顶，恨不得跑步出门去减肥，然后过两天他们一想起亚洲还得回来，忙得很！"

"可以呀——我觉得你不如在这条街上也试试，法国人在吃饭方面特舍得花钱。"

"你要是想成天替我盯着我就开！"

"我？我每天盯半小时吧，吃完我就走！呵呵。"

"你瞧你瞧你瞧！"米莱笑了起来。

"哎，那你是怎么从你们家饭馆儿跑出来的？"

"有一天夜里，我看到几个军校生冲进我们家饭馆吃饭，那状态叫我觉得很新奇，当时我就眼前一亮，我的未来刷地一下浮现在眼前，那才是我需要的生活，最严酷的生活，只有纪律和目标，不必胡思乱想，不必做梦——我恨那些梦，那是我一切痛苦的根源！"

"也是我的。"

"你不是梦想都实现了吗？巴黎和——你老公。"

"我觉得自己就像一池浑水儿，太阳一晒就冒泡泡儿，泡泡五光十色，看起来很漂亮，只是一伸手就发现都是空的。"

"你一定是有了梦，该不会是国内那帮人说的成功吧？"

"加十分。"

"那你可累了。不过，我们这帮人儿里也只有你有机会成为一名特牛的设计师。"

"有机会？我看每一扇门都对我关着。"

"夏琳，我佩服生命不息，奋斗不止——你的动力在哪儿？说实话我爸一成功，我看了几眼就觉得那成功不是我想要的，我自己试一试，更坚定了我的想法。"

"我的动力？自卑就是我唯一的动力。"

"厉害。你真是高智力型儿的，会自我分析。我在美国花在心理分析上的钱完全需要我的饭馆每天延长营业时间两小时，分析结果是，除了冲动我什么也不会，我一直是冲动的奴隶！"

"我看你现在也是在忙着超越自我呢。"夏琳笑着说。

"加十分——以后我找你心理分析吧！"米莱用手指住夏琳。

"我？我现在心里乱得流油儿。"夏琳用手捂住心口。

"你？噢，我觉得你坚强得像一块不锈钢，你一定是拥有的幸福太多了，直接挑花了眼。"

"我是对幸福的渴望太多了，直接导致了不幸。"

"说来听听，你不幸在哪里？"

"我怎么觉得你的语调儿气急败坏的？你不相信我不高兴？"

"别在意啊，我只对你的不高兴极感兴趣罢了。"

"米莱，人人都有一本难念的经。"

"好吧，我不问了。不过，你要是成功过头儿了的话，来美国找我，我们公司特缺愿意出外勤的女侦探。"

"噢，对了，送你几件我做的衣服——你不一定穿，不过可以想起我还是一个做衣服的——这是为Lotto设计的运动系列，不是完成版。"

"你为意大利人设计衣服？"米莱惊叫起来。

夏琳挥挥手，想解释一下，但终于没说出口。

"说！我必须听听你有多成功！"

"我做的创意，但最终的设计师不是我，我在公司的最底层，事情完全跟我想的不一样。"

"你等一等。"米莱说罢展开一件件衣服看。

"你要是能在上面洒上你的汗水，那是我最高兴的事。"

"你等一等。"米莱说着拎着一套衣服站起来，奔向柜台，与服务生交谈两句后，奔向洗手间。

▶▶ 现实

"叫你甘当绿叶真是难为你了，夏琳。我觉得你真是一个设计师，这些运动服我喜欢极了，我可是第一次穿设计师定制产品，感觉太不一样了。"米莱现在穿着一身儿夏琳设计的衣服，跟夏琳一起走在街上，她身后的双肩背包鼓鼓的。

"米莱，请你走慢点，我跟不上你。"夏琳在后面紧赶慢赶，手上只挽着一只小小的手袋。

"我背着你走吧？"米莱站住，回头抱住夏琳，"祝贺你！"

"谢谢。"

"如果有一天，奇迹降临，你成为中国的Stella McCartney，请允许让我代表我爸先投你，把投在陆涛身上的损失夺回来。"

"我这次竞标赢了她。"

"那我现在就投你吧，怎么样，现在就开始你的独立设计师生涯吧？"

"别开玩笑了，我已经被梦想害得——这么说吧，风一吹就一跟头——我可受不了更多的刺激了。"

"告诉你我现在的心情，他乡遇故知，特想为咱们过去的谁谁谁骄傲一下，你说谁吧？"

"天才陆涛啊。"

"他现在的火花儿还没被你的才华给浇灭呀？"

"他的老毛病又犯了。"

"你是说他又一帆风顺了？"

"他的最低谷都能把我嫉妒死，我现在把他发到里昂工作去了，眼不见心不烦。"

"他不是对你死心塌地了吗？"

"他最好别这样。米莱，你能站住听我说句实话吗？"

米莱站住，夏琳走上去："我觉得他就是一团被你嚼烂了的口香糖，我是不小心才踩上去的。"

"我理解你的感受，你本想钓一条小鲫鱼玩一玩，结果拉上来一看，是条鲸鱼。"

"米莱，你真是我姐们儿啊。"夏琳一把抱住米莱。

"夏琳，要是有些事咱俩一商量就能决定就好了。"米莱说。

"那我现在就力促你跟陆涛复合！"

"你明知道陆涛不会同意才这么说，夏琳，你这样不好！"

"这么说你很同意我的设想？"

"你只是对我说一说宽心话罢了，要不然就是想试探我。"

"米莱，你这么说是想加重我的负疚感。"

"我这么说，是因为我觉得你有点不对劲，虽然你表面上只是跟我开开玩笑。"

"你是什么意思？"

"我的意思，夏琳，我对你有一种奇怪的感觉。"

"好了，连我自己也对我有奇怪的感觉。"

"你不爱陆涛。"

"为什么这么说？"

"你已经不爱陆涛了。"

"那是你希望的吗？"

"那是现实。"米莱说罢，看着夏琳，夏琳也看着她，两人不再说话，半天，才各自低下头。

▶▶ 发生了什么

"这就是我家，上去坐坐吧？"夏琳指一指前面。

"我今天还得工作。"米莱看看表说，"一会儿那家伙就从机场接情人回来了，我得跟着他，拍下他在巴黎偷情约会的全过程，我完事以后再来找你吧。"

"六楼中间那个门，604。"

"我估计怎么也得晚上了。"

夏琳点点头，说："很多年我们没有好好说话了，我很想跟你说说话。"

米莱叹了口气："只是为了一个人。"

"这个人有自己的想法，与我们想的不一样。"夏琳压低声音说。

米莱把背包的带子系紧："我必须走了，不过，夏琳，凭我的工作经验，我认为你现在要么有了一个第三者，要么你就是第三者。"

没等夏琳说什么，米莱把手一挥："我不会错的。再见夏琳，只要你愿意，我们永远是好朋友。"

夏琳惊得目瞪口呆，她想说什么，张了张嘴，却什么也没说出来，只是看着米莱渐渐远去。米莱走起路来又快又稳，自信而坚定，像是夏琳心目中的另一个自己。她原本的优越感就在米莱的背影中融化了，她对米莱产生了强烈的好奇，她很想知道，到底发生了什么，让米莱变成现在这样。

▶▶ 在深处

事实上，米莱这一次面对夏琳，已变得非常坦然，她看到夏琳仍在追逐多年前的理想，那感觉又亲切又苦涩。在米莱眼里，夏琳仍生活在过去，而她却进化成另一种人类，当然，她进化得很慢，慢得像是用橡皮一下一下地擦掉照片上的自己。而那张巨幅照片来自过去，充满了难以置信的细节，让米莱倍感艰难的不是那照片中自己的影像，而是那影像后面无穷无尽的深邃背景。每改变一点，她便感到发自内心的高兴。若是没有见到夏琳，她仍感到很徘徊，但夏琳让她看到那一个举棋不定的自我的倒影，她知道自己这一次是对的，她现在已经不那样了，至少，不像夏琳现在这样。从夏琳的眼睛中，她看到自己正在脱胎换骨，她将与夏琳、与过去的朋友都不一样，她一直钻入生活的深处。那里黑暗而令人恐慌，她在那里与孤独与痛苦为伍，可正是在那里，她有机会找到最重要的东西，那是她的营养，使她成为一个令她感到满意的自我。

米莱还记得那一次，她从网上看到美国西点军校的介绍，西点招生对象必须是年龄为十七至二十二岁的未婚高中毕业生或具有同等学力的士兵，除了学业成绩之外，报考的学生必须得到议员的推荐。西点军校对于入校生的出身、信仰、社会地位冷漠之至，西点人只关注他们自身为他人所能认可的价值。

毕业于西点军校的麦克阿瑟曾对别人说："当你向别人倾诉你如何被污辱时，无异于再被污辱一次。"

这句话深深地震撼了米莱，在此之前，米莱根本不曾想过，世界上会有人具有这样的价值观，然而，这种有力的价值观犹如一记重拳，将她击倒。她坐在地上，回想那一下的分量，突然恍然大悟，原来自己一直过着那么不堪一击、矫揉造作的生活。

米莱回想起那一夜她在自己家的饭馆里看到那一群军校生，她知道了为何他们那么吸引她，他们代表一种她一直闻所未闻的生活方式，那就是没有借口，只是执著地做好自己想做的事，并把那件事做到极致。

► ►生活方式

　　米莱发现，对于自己，她了解得越清晰，她就越知道自己该去做什么。她绕过很多不必要的弯路，直奔主题，她需要的是一种生活方式，她不需要被保护，被支撑，她需要在奋斗中发现自我。她离开自己做得红红火火的饭馆，找到第一份美国的工作，一家心理咨询门诊的接待助理，说是助理，其实只是一个打杂的，每天的工作只是收拾房间，打扫卫生，听听电话。在那里，没有人知道她是米莱，工作地点距父母家足有三小时车程，她每星期回家一趟，工作异常努力，工作之余的时间，完全用来学习。她开始上夜间大学，学习心理学的课程，接着，她换了工作，成为一个纽约华人家庭的全日制保姆。这一家人已是第二代美国人，是中上产家庭，生活富裕而安定，有仨孩子，最大的一个与米莱年龄相仿。米莱得以近距离观察别人的生活，那一家人后来在长岛购置豪宅，搬去居住，米莱没有跟过去。当她离开时，从那一家人情真意切的挽留中，她发现了自己梦想的可能性——做一个有用的人。

　　那是一个雨后的傍晚，米莱把自己的东西装上汽车，与那一家人告别，她没有想到的是，那一家人中的每一个都走到车边与她拥抱，并送给她一件礼物。孩子们都哭了，每个人因自己的理由而哭，有的因米莱烧的中国菜，有的因米莱的帮助，有的因米莱被冤枉后没有申辩。米莱进入这一家之前，彼此之间完全陌生，而米莱走时，她真真切切地感到了他们对于自己的需要。

　　接下来，米莱进入一家律师事务所当临时工。开办这家事务所的是一个五十多岁的白人，叫马特·克兰西。她从临时工做起，一直做到文秘，米莱辞职离去时，马特竟放下手头工作，坚持开车送她回家。他说米莱留给他的印象太深，他从未想到一个临时工会每天第一个来，最后一个走，他认为米莱加给自己与报酬不相符的繁重工作，米莱的回答让他很吃惊，她只是简单地说，她认为那是她的责任。

米莱从那家律师事务所出来是因为她终于找到一份对她最有吸引力的工作，这是一家私人侦探事务所，雇有十几名私人侦探，老板叫汤姆·怀特，人表面上温和随意，实际上患有强迫性紧张症，在报酬上对员工非常苛刻。米莱仍是从临时工做起，她用了三个月适应了工作，汤姆从这个外表看起来又柔弱又严肃的年轻人身上看到侦探的潜质。他第一次见到米莱便说米莱太瘦了，米莱从那一天起，天天跑步一小时上班，两个月后，她便可负重十五公斤跑完第一天跑过的路程，事实上，第一次跑到公司后，米莱吐了三次。

汤姆教给米莱一些杂七杂八的侦探知识，例如保护自己，收集信息，利用可以利用的公共资源，人们的行为模式等等。尽管汤姆的工作经常耗尽他的全部脑力及体力，他的口头禅却是放松，汤姆常说："生活中最重要的事情就是放松。"他本人曾在学校里接受过放松训练，据他说，那是他学到的对他的人生唯一有用的课程，他认为这种知识应该成为美国中学及大学的必修课。

米莱第一个侦探工作是因为事务所的侦探休假，汤姆不得已让米莱试一试，工作内容是为一位多疑的丈夫确定他妻子是否在背着他与另一位男人约会。米莱出色地完成了任务，只用了一个星期便拿到了证据，接下来事务所中这一类工作便交由米莱处理。

▶▶ 专注

"我发现，我以前很情绪化，原因是不懂得什么叫专注。"再次见到夏琳，米莱说道。

"这就是你对自我的最新发现？"夏琳笑道。

说这话时，夏琳睡在床上，米莱睡在只铺一块毛毯的地上。那是她坚持的，她要自己躺在坚硬的地上，她曾下决心使自己的生活不舒适，最后发现，所谓舒适，绝大部分也只是一种别人的看法而已。她们已经说了一夜的话，交换了两人出国后的全部经历，从一般的经历，到那些最隐秘的想法。

"这是最重要的发现，其实我还有很多别的发现。"

"米莱，如果从这里回望北京，我觉得像是推开一扇小窗户在看一个小院子，原以为那小院子就是所有世界。"

"你到底对安德鲁是什么感情？"

半天，米莱在映照在窗帘上的晨曦中，听夏琳只说出了四个字："相见恨晚。"

"不知道我能不能帮上你。"米莱说，"其中最困难的地方在哪里？"

"我的决心。"夏琳说。

"你从来都不缺决心。"

"这一次不行，我无法对陆涛讲实话，并且，他目前的情况，对实话也没需求。"

"夏琳，我们现在的机会并不多了，与我们错过的东西将会永不再来。"

"但我们被教育成不能贪婪，贪婪的结果就是幻灭。"

"这就像是有人告诉我们，不能活下去，因为结果就是死——我现在一点也不信这类话。"

"你相信什么？"

"一切皆有可能。"

"米莱，谢谢你。"

"夏琳，在你身上，有一种东西叫我始终敬佩。"

"那是什么？我自己也很想知道。"

"你的勇气。"

"米莱，你是说我在你最爱陆涛的时候作出了使我最邪恶的选择？"

"不，夏琳，我是说，你敢于面对真实的自己。"

"我觉得这方面你远胜于我。"

"你有的，正是我没有的，我对于陆涛的感情，完全是虚荣的。人人说他是小天才，我就信了，并以天天和小天才在一起为荣，其实我根本就不了解他。让我对他产生感情的，正是他在那么勉强的情况下，仍然对我不错，这个人是很厚道的。"

"不如说他是很压抑的，当然，你很有资格说我是一个尖刻的人。"

"你并不尖刻，只是敏感。我觉得你从一开始就隐隐察觉到，与陆涛在一起使你压抑。"

"是的，与他在一起，叫我觉得自己是一件东西，最多是一个女人，而不是一个有生命的人，他以为他在对我好，其实只是利用一种我不喜欢的约定俗成来要求我，他一定认为他是世界上最有责任感的好男人，他试图给予我的幸福，正是我反抗的，我需要的理解，他那里几乎没有。"

"你要什么？"

"很多尝试。首先是我的梦想，设计，还有其他。我喜欢自己追求，不喜欢被追求，我总结过，凡是追求我的，最终都让我感到捆绑，我觉得我像一只掉入棉花团儿的虫子。他们越理直气壮，我就越没机会。"

"夏琳，我支持你，去做你想做的，尽量使自己别后悔，集中你的注意力，别的都不要管，这是美国教会我的东西。"

"谢谢你，米莱。"

"不用谢，在美国，我遇到太多叫我感动的事情，这才发现感动并不能支持我有信心地生活下去。感动是一种麻醉剂，用多了会让人上瘾，当我和原来认为的坚硬的冰冷的残酷的东西长期相处以后，才觉出无论什么生活，都美好而充实。"

"米莱，你给我一种感觉，你是在折磨自己，让自己苦行。"

"我只是试图从生下来就掉入的漩涡中挣脱出来，去了解一下我不习惯的东西。"

"这对我来讲是那么新奇，与你一比，我感到自己只是想让自己更深地陷入进去。"

"我们都为我们最自私的目标奋斗奋斗吧——只为我们自己。"

"等我们老了，如果还能像今夜一样，谈一谈我们都见过些什么，那一定是世界上最开心的事情了。"

"等我们老了，我们最好像两个做了一夜梦然后醒来的人。"

"米莱，我一点也不喜欢当一个女人，做什么都不能理直气壮。"

"我也是。夏琳，我觉得有些男人整天就想娶一个女人完全是没自信。"

"我百分之百地同意你！那些男人有那么多机会去尝试、去冒险，他们却都放弃了，真是叫我无法理解——我们的机会却那么少。"

"再少也比没有好——夏琳，你最想得到的是什么？"

"是尊重。你呢？"

"需要。我曾偷偷发誓，要做一个对别人有用的人，我要求自己必须做到。"

"那么，爱呢？"

"我觉得，那是后面的事，现在，我一点也不知道爱是什么，我离这件事很遥远。"

"米莱，天亮了。"半天，夏琳说道。

"是的。"

▶▶ 在镜中

在夏琳家，夏琳和米莱在洗手间对着一面小镜子洗脸，她们兴奋了一夜，马上要去工作，擦净的脸上却没有倦容，她们像是两个密谋者开始行动一样，充满了一种被理解之后的坚定。在那一面小小的镜中，她们看到两张倔强的脸，她们同时第一次感到一种新鲜的自由，那是一种对自我的挑战。现在，她们正要做的就是这样一件事，不是被要求，而是去要求——去要求自己。

"我的问题是，总是对自己不够满意。"夏琳打量着自己，又看看米莱说。

"我的问题是，总是对别人不满意。"米莱看看夏琳，最后把目光落到自己脸上。

"我们的问题是——交流障碍症。"

"同意。不过我们俩能交流就不错了。"米莱说罢，看一眼夏琳，两人同时会心一笑。

"你吃早餐吗？"夏琳问。

"吃，不过只能边走边吃了，你呢？"

"我平常不吃，今天特想吃，我可以在上班的路上吃。"

两人说罢，像约好一样，同时转身，走出洗手间，她们迅速背上包，走出门外，夏琳锁上门。

"陆涛要是偷听到我们俩夜里的谈话，他非从怀疑女人，一直到怀疑人生。"米莱笑着说。

"他根本就不会偷听，他只偷听他自己的幻想，他生活在一个不可动摇的世界里，在那里，一切都清清楚楚，明明白白。"

"他也会进化——在遇到危机以后。"

"他会进化成什么？一个笨蛋？我认为很难，他可是智商极高的人，在他眼里，好像没有遇到过什么真正的困难，也没有什么是不可逾越的。"

"夏琳，情况很清楚，你就是他真正的困难，他想逾越你可没那么容易——如果有一天你想跟他离婚又说不出口，我来替你说，我估计他能理解由我来说。"

"米莱，我们俩是恶魔吗？"

"如果不在乎是不是可爱就是恶魔的话。"

"同意——没有比可爱更压抑更可悲的。"

"本质上，那完全是被要求！"

"如果有女人想在当女人的同时，还要做一回自己——"

"在美国，麦当娜就是这么干的，还成了偶像，我平时特喜欢看她的八卦，特痛快。"

"那我以后有工夫也去网上Google一下你的偶像。"夏琳说。

▶▶ 在路上

夏琳和米莱同行到必须分手的街头都愣了一下，阳光下，她们突然都感到因过分暴露自己而羞愧，但同时，她们也有一种说不出的释放感，她们招招手，再招招手，然后转身分手。夏琳转过身，走了几步，一种惺惺相惜之情油然而生，她停住，回头叫了一声"米莱"，米莱就像是在她叫之前停住，并转过身来，夏琳冲过去，紧紧抱住米莱。

"你还想再说一遍再见吗？"米莱在夏琳耳边问。

"我想再说的是谢谢你，你不知道，也不会相信，这之前，想到你我是多么内疚。"

"你真傻，陆涛不是我的，也不是你的，他是他自己的。"

"再见。"夏琳长出了一口气后说，接着再次附到米莱耳边，"以后，我会因你的风格而需要你。"

"那么你随时给你姐们儿打电话！"米莱脆声说，她的脸上，是阳光般灿烂的笑容。

夏琳点点头，然后转身走了，米莱的眼泪却在刹那间夺眶而出，她从夏琳嘴里听到了她最想听到的那一句话。

►►► 听不到的那一句话

在里昂，陆涛却认为他从夏琳那里总也听不到他想听到的那一句话，这感觉叫他十分别扭。他不喜欢夏琳从他那里离去，因为夏琳一走，总是像带走一个空间，他的生活往往形成一个很大的真空，什么也无法填补那种真空。他估计夏琳一直与米莱在一起，所以没有给自己打电话，他也不想打过去，因为若是夏琳把电话交给米莱，让他们说两句，他便不知如何是好。在星期一上班的路上，他认为夏琳多半已经同米莱分开了，于是打电话给夏琳。夏琳是在进公司前一分钟接到陆涛电话的，她站住，用一种以前从来不曾有的心情接陆涛的电话，她现在的感觉越来越强烈，电话中将传来一个古老的声音，与她谈论古老的事情。

"你带米莱去哪里玩了？"

"就在咱们家附近转了转。"

"请她吃饭了吗？"

"请了。"

"她怎么样？"

"内心变化很大，不过外表上看不出来，只是更强壮了一点，走路很快，我都跟不上。"

"你们一直在一起吗？"

"刚分开，各自上班，我就在公司门前。"

"那你还是进去吧，免得你觉得我对米莱过分关心，我们回家再通话。"

"你还是更关心一点儿米莱的好。我中午会打电话告诉她，她听了一定很高兴。"

"我其实真关心的是你们的友谊。"

"我们的友谊看起来像是地久天长的样子，放心吧。不过如果你待着没事干，可以给她打个电话，人家都到法国来了，问候一下总是可以的。"

"我一会儿就打吧。"

"再见。"

"再见。"陆涛刚刚挂了电话，就想到自己忘了问与夏琳何时见面，但他强压下自己的欲念，怕夏琳认为自己有点儿没出息。

陆涛来到公司，走进休息室，给自己冲了一杯咖啡，坐到一个小沙发里，然后拿出电话打给米莱。

米莱此刻正位于一家餐厅里，她已看到她的目标就在对面的咖啡厅外，一男一女，男方在很短的时间内便已用手摸过女方的脸、肩膀、后背，最终摸到女的裸露的大腿。她刚好用中焦拍下这一幕，全景，很清晰。两人开始聊天时，她才接起陆涛的电话。

"你想问候一下我吧？"米莱轻声问。

"我在里昂。"

"我知道。"

"太久没有听到你的声音，猛一下觉得有点失真。"

"我声音没变吧？"

"没变，像是录音。"米莱笑了。

"你好。"

"你好，你在干什么？"

"我在公司的休息室，这里可以打私人电话。"

"你的工作怎么样？"

"还是设计，很顺利，没什么可说的，老一套，提方案，讨论，修改，再提方案，天天跟一些形状打交道——你在干什么？"

"我在监视一对偷情的中年男女，男四十一岁，看起来像是三十五，女三十五，看起来像是四十一，他们就在我对面的咖啡厅外晒太阳聊天。我假装一个游客，穿着夏琳送我的限量Lotto设计版运动装，你们的生活在我看来是有文化的中产，在世界各地哪里都是。"

"我们只是像别人那样生活罢了，你喜欢你的工作吗？"

"我不能说是很深的喜欢，其实我是入迷，在此之前，我从来没有认真地观察过别人，现在得到这种机会，如果我能从这里看到五年前的我们俩就好了。"

"好在哪里？"

"我会对那两个小青年未来的前景作出不同的评估，我会预见到，那男的只想对那女的说话，而不注意听女的说什么，女的也一样。"

"这有什么后果？"

"他们双方都急于表现自己有价值，而对对方的价值漠不关心，后果多半是因误会而在一起或分手。"

"到底哪一种的可能性更大？"

"一样大，这取决于运气，若是夏琳长成我正在看到的那女人的样子，大眼睛大脚大胸小脑粗腿，穿发亮的鞋和名牌休闲装，那么你多半会继续和我胡混着。"

"米莱，我并不是因为夏琳的样子而喜欢她。"

"你是因为她的全部而喜欢她，对吧？你误解别人真是有一手儿。"

"哎，米莱，你到美国后心情怎么样？"

"忽好忽坏吧，总体来说还可以，没有在国内那么傻兴奋，美国人太少了，不热闹，我从小就练成的人来疯儿的特点无处发挥。"

"你怎么不上上学？"

"我觉得在社会里学得更多，不过我读了一些大学课程，心理学什么的。"

"听夏琳说你现在身体特棒。"

"反正你现在打球一定打不过我，我的教练现在一上场就被我累得气喘吁吁的。"

"那倒不一定，只要给一个星期，你肯定没戏。"

"那么一个星期后我到里昂去找你，我们打一场比赛，希望输了的人改变一下对别人的看法。"

"我要是输了，就围着网球场爬一圈儿。"

"陆涛，你自信得让我真感动，看来我只好故意输给你了——告诉你我都连续打了一年网球了，每天两小时，如果输了你，我围着网球场爬三圈儿，而且一边爬一边发出狂狗叫。"

"这样吧，一星期以后你要是不离开法国我们打一场，我们把条件换一下，我输了爬三圈，学狗叫，你输了一圈，一边爬一边偷偷哭就行了。"

"就这么定了，记着你要学公狗叫。"

"我今天下了班就去学网球，我们这里有个俱乐部，就离公司一百米，有四片网球场呢！"

"比赛地点随你，巴黎里昂都可以——你要是能请一个有执照的裁判，我出高价。"

"我觉得根本用不着，随便找一个有驾照的理智正常的人当裁判就行了。"陆涛笑着说，若是几年前，这句话会是米莱最爱听的，但现在情况有所不同，现在是几年后。

"一星期后见！我现在正忙着。"米莱说着挂了电话，她忽然对陆涛有点愤怒，他怎么能对自己和别人都会不断产生无尽的偏见呢？

▶▶ 人人都要来巴黎

夏琳在上班后发现，蒙代尔公司并未改变对她的冷遇，甚至没有新工作给她，这一天是她在蒙代尔最清闲的日子，也是最不好受的日子。她去打版车间转转，看师傅们做出新品打样，一丝丝细小的改动她都可以察觉，她不得不承认，总体来讲，公司团队把她的设计初衷发挥得更具深度了——这里变了一块面料，那里加了一个透气孔，后背勾出两条翅膀一样的曲线等等，这些过程一点一滴地渗入到设计中，虽然她只是两天没来，但那些堆砌起来的创意却一点点从样品上展示出来。现在她看到的东西，的确保留着最多的Lotto基因，而又有所发挥，也许蒙代尔先生是对的，客观地说，他的确具有深厚的功力。

中午时分，不出所料，她接到陆涛的电话，叫她吃了一小惊，陆涛说，米莱和他约好，在临走前与他打一场网球比赛，地点在巴黎和里昂都可以。

"到底在哪里？"陆涛问。

"在巴黎吧，你让人家为打一场网球跑到里昂，也太大牌了，人家可是从美国飞过来的。"

"那你订个场地吧，我很奇怪，米莱竟然觉得自己可以在球场上打败一个男人。"陆涛说。

"她一定会赢你。"

"我不相信，你等着吧，信心是信心，现实是现实，我想米莱一定把两样东西给弄混了，男女在体力上差异非常大，再说这几个月我在里昂成天锻炼，身体完全是最佳状态，她怎么可能？"

"她已经不是原来那个米莱了，你将要看到的只是一个小证明。"夏琳说。

晚上，就在夏琳要入睡前，她又接到春晓的电话，她在国内接受蒙代尔委托的模特经纪公司的测试，通过了，一星期后要赶来巴黎试装，如果不出大差错，就能在蒙代尔的Lotto秀场上走上几个来回。

"祝贺你。"夏琳说。

"我得谢谢你，机会是你帮我找到的。"

"别这么说。走完秀你可以在巴黎玩几天，米莱也在这里。"夏琳说。

"那太好了，不过这事儿你别跟陆涛说，你一说，华子就会知道，他会跟我一起来，我觉得那样很麻烦，我不想让他看到我不被重视的样子，他人很好，总是为我做这做那的。"

"我理解，你放心，我不会说。"

"夏琳，你说，如果我走得好，巴黎这里有没有经纪公司会要我？"

"很难。春晓，这里的本土模特的活儿都不多。"

"你是设计师，对他们应该有点影响力吧？Lotto可是冲着你才找我的。"春晓问。

"我——你的事儿，我回头去问一问吧。"夏琳说罢，钻入被子中，小声嘟囔着"为何人人都会想入非非，跑到巴黎来寻梦"就睡着了。

▶▶|气氛

对于杰西卡来讲，计划在本质上，就像一场无法预知其结果的比赛，越复杂的情况越是如此。现在她静下心来检查每一个链条，在纸上把它画成一个流程图，用各种颜色做出标记，虽然她心里并不是很相信，但似乎落在纸上的东西就有一种权威性，它像是不可避免要实现一样，当然，其实只是在纸上实现了。

下午，杰西卡约上安德鲁，两人把安德鲁与夏琳约会去的地方走了一遍，就像导演和演员在走戏。杰西卡的法语很好，与安德鲁交流毫无障碍，他们两人想象出可能出现的各种情况及应对办法。

"你需要的气氛被我们做成了，两星期后，夏琳会看到她的最低谷，蒙代尔公司已经答应了我们的条件，请你珍惜。"

"我理解，有时拍电影为了气氛会花掉一千万美元，只是为了一个简单的镜头，让观众听到一句台词后哭泣。"

"你想夏琳吗？"

"想。"

"那么，她现在可能也在想你。"

"我希望那样。"

"这一段时间，你一个短信都没有发给她？"

"我发誓。"

"好吧，现在就发你的短信吧。"

安德鲁看了一眼杰西卡，然后往前走了几米，拿出手机，给夏琳发出一条简单的法语："我想你。"

►►► 子弹

米莱到巴黎后，夏琳感到自己的生活隐隐地陷入了混乱。陆涛刚刚打电话过来，说自己生活沉闷，犹如泡在一个小湖里，还说以前在北京，怎么也像是在一条河里，即使自己不动，河流也会带着他向前走。夏琳把这话当作是他想到一个比喻就心血来潮跟她说一说，私下里，夏琳认为陆涛与她早已发生性倒错，她现在是男的，陆涛是女的，效果是夏琳更认为两人关系十分扭曲。不过她现在可以既轻松又自然地对陆涛说"我想你"了，这句话像一个咒语，陆涛听到后便满意地挂了电话。

但一秒钟之后，手机再次响起，是一条短信，来自安德鲁，完全是精确地重复着夏琳刚刚对陆涛说的话，"我想你。"

这句话像是一粒子弹击中夏琳。

此刻，她正坐在米莱所住的酒店下面的小咖啡厅里，对面正是米莱，夏琳下意识地把手机扔进包里，米莱笑着问她："生陆涛气了？回一条儿吧！"

"不是陆涛。"夏琳说。

"我不信。"

"真不是陆涛。"

"那么是谁？"

"安德鲁。"

米莱不说话了。

夏琳掏出手机，递给米莱："你看。"

米莱接过来看一眼，然后看一看夏琳："你脸红了。"

"不会吧。"

"你紧张。"

"胡说。"

"你等着他的短信。"

"才没有。"

"你回一条儿吧。"米莱把手机递过去。

夏琳接过来，再次扔进包里："有什么好说的，法国男人总是随手儿发一些不三不四的话给女人，没什么真正的含义。"

"你说谎。"米莱说。

"要不我把他约过来你看看吧。"夏琳突然说。

"这合适吗？"

"使用一下你的专业。"

"我的专业？我的专业只是会叫我成天跟着他，向你报告他在哪里，都见了什么人。"

"这倒不用，你使用一下你的直觉——帮我看看他有没有别的女人。"

"夏琳，你现在说的话很幼稚，与你的智商很不协调。"

"我只是开开玩笑。"

"我可是一句玩笑也没开。"

"你是不是自己跟踪的一对没成功，就想再跟一新人儿？"

"有那么点儿意思，我万万没想到他们会分手，我这一趟白来了。当然，客户仍会付钱给我们公司——算了，我还是为和陆涛的比赛备战吧，再见。"

"等一下，米莱。"

"什么事儿？"

"我约他过来，你就在边儿上看一看。"

"看来你不是一般的矛盾。"

"我现在完全是一个邪恶的弱智！"说罢，夏琳给安德鲁打去了电话。

▶▶ 不可思议

夏琳把安德鲁约到米莱订的网球场，米莱将与临时请的教练打球，夏琳和安德鲁坐在场边聊天。订这个球场很费周折，因为在法国无论干什么都要参加某个组织，要有预约。而夏琳从未参加过任何一个健身俱乐部，还是米莱解决了问题，她换了一家酒店，那里有一个网球场。

为了让安德鲁与夏琳好好说话，米莱故意表现得对安德鲁很一般，她只是在介绍时向安德鲁点点头，然后便试图认真打球。

好笑的是，米莱考虑得似乎很周全，却唯独忘记了一件事，当米莱做了几下准备活动，空着手儿跑到球场一侧时，夏琳发现了这一点。

"米莱，我奇怪没有球拍你怎么打球？"夏琳对米莱叫道。

解围的是教练，他带了两把备用球拍，米莱过去挑了一把，虽然与她平时用的不一样，但也能打一打。

事实上，米莱是有点紧张，她第一眼看到安德鲁看夏琳的眼神，就知道夏琳对她说的都是真的，安德鲁的眼睛里像燃烧着两朵蓝色的火焰，而夏琳的表情既别扭又不自然。米莱太熟悉他们的状态了，因焦虑而拙劣地试图装平静，就像一个嘴硬的小孩被带到犯错现场一样。

当然，无论是夏琳还是安德鲁都是加倍地不成功，米莱知道，他们两人只想不被人打扰地在一起。

这是夏琳第一次看米莱打球，令她感到不可思议，她简直无法想象米莱在击球时怎么会爆发出如此大的力量。她太了解过去的米莱了，走路都会发飘，手向两边摆，多数时候跑起来没有自己快，但现在，米莱的步法是那么清晰流畅，就像在场上飘动，球在教练和米莱之间越来越快，打到拍网上发出沉闷的"砰砰"声。夏琳喉咙发紧，一种多年前对米莱的羡慕之情再次原封不动席卷回来，令她的眼睛睁得大大的。她羡慕米莱对于身体的支配力，这力量是她所没有的，也是她完全不了解的。

"你的中国朋友打得很好。"安德鲁看一眼夏琳说。

"你也会打？"夏琳随口问。

"会一点儿。"

"那你跟她打一局吧？"

"如果她愿意。"安德鲁说。

▶▶你也是

米莱与教练先打了一会儿平击球，又打了一会儿拦网，接着是高压球和发球，就如网球比赛前的热身一样。安德鲁把外衣脱掉，他今天正巧穿着一件Lotto运动T恤，脚下是一双Lotto运动休闲鞋，等米莱来到场边喝水时，夏琳说："安德鲁也会打球，你想跟他试试吗？"

"我无所谓，打比赛还是打着玩？"米莱笑嘻嘻地看着安德鲁。

"都可以。"安德鲁说。事实上，他从小就打网球，球技很好。

"比赛吧。"夏琳叫道。

"那你可得给我加油。"米莱笑道。

安德鲁冲夏琳眨眨眼睛后，上场与米莱练习，夏琳请教练当裁判，教练兴致勃勃地站在裁判席上。

比赛一开始，米莱便打得十分凶狠，安德鲁像是在防守，比分交错上升。轮到安德鲁发球，情况有了改观，安德鲁的发球很好，球速快且重，占尽了便宜。米莱不是接出界，便是接出浅球，让安德鲁下一拍得分，两人打到三比三平，竟投入得忘了场边的夏琳，只是不停地击球。两个人都擅长打上旋球，击球都很稳定，往往要多拍才分出胜负，球场上回响着米莱的尖叫声和安德鲁低沉的吼叫，在夏琳眼里，这是两个拥有旺盛生命力的人，活跃而有力，有着动物般的激情和凶猛。夏琳的眼光不久便钉牢在安德鲁身上，在此之前，安德鲁一直表现得斯文而随意，忽然之间，他变成另一个人，快速，富有竞争性，灵活，有力。阳光下，他的金发随着身体的起伏而飘动，令夏琳不能自已。今天，就在球场边，她发现了两个熟悉的人的另一面，而她自己则根本找不到通向那里的路径。

比赛结束，米莱在抢七中险胜了安德鲁。安德鲁打飞最后一个球，摇着头走到夏琳身边，说道："你的朋友一定经过了艰苦的训练，她很快，也很顽强，我中间松了一点儿劲就输了。"

米莱洋洋得意地跑过来："真痛快，我赢了，夏琳！"

夏琳把水递给米莱，眼睛却忍不住往安德鲁身上看，他把T恤脱下，一下下擦着身上的汗，大口地喘息着。

"你打了多久？"安德鲁用英语问米莱。

"一年。"米莱说。

"了不起，我从小就打网球，不过是打着玩的，你的动作很标准，你的教练一定很强。"

"我的教练对男女一视同仁，他要求我们每天学习网球两小时，回家跑步两小时，他要求我们爱上网球，他的口头禅是，不是为锻炼身体而打球，而是为了打球而锻炼。"

"很好的教练——不过，爱也是能要求的吗？"安德鲁笑着问。

"我的教练说，你要求自己爱上什么，才有可能真的爱上什么。"

"这位安德鲁。"米莱扭头用中文对夏琳说，"他是另一种人。"

"你是什么意思？"

"我是说，他可以很自由地释放本能，他不适合当中国式老公，我是说那种婆婆妈妈型的，他有狂野暴躁的一面，他很喜欢你，他注意你的时候有点紧张，跟我打球打得比较投入的时候才放松下来。现在又紧张了，这对你有利。"米莱继续旁若无人地用中文对夏琳笑着议论道。

夏琳刚想说什么，米莱用球拍一点她："你也是！"

"米莱！"夏琳用中文叫道，"你的态度呢？"

"我？我回酒店洗澡去了，咱们晚上分头活动吧，明天我还要跟陆涛比赛，球场上会给你提供一个新的视野，你可以仔细观察他们的本能，你可以比较一下哪一个人更适合你——陆涛还是安德鲁，中国人还是法国人。"

"米莱，我已经结婚了。"夏琳叫道。

"那只是一个很小的问题。"米莱说道，"并不是决定性的。"

"什么是决定性的？"夏琳问。

"你的幸福——你对幸福的感受。"

"米莱，我现在是这么迷惑，而你却变得那么随便。"

"我觉得随便也比迷惑叫人舒服。"米莱说着，渐行渐远，忽然她转过身，"夏琳，我羡慕你有那么多机会去释放你的感情，你矛盾、消沉，你有敏感脆弱的时候，你有时候会振作，你还有灵感；我呢，我有时像是浸在冷水里，最好的时候，也不过像在阴天飞着的风筝，我不幻想幸福，能做的只是一次次发誓让自己坚强有用。"

"你做到了！我刚刚就看到了！"

▶▶无声胜有声

"明天我老公从里昂过来。"两人走上街头时，夏琳对安德鲁说道。

安德鲁不说话，只是走在夏琳身边。事实上，他的存在本身胜过千言万语，何况，该说的他已经说完了。

"我在中国有个当模特的朋友明天也到，这些人现在来巴黎就像随便逛一个远郊区县的杂货铺。"夏琳继续说，她无法阻止自己不说。

安德鲁边走边用手把夏琳的背包带拉一拉，使背包的垫肩正好垫在夏琳的肩上。

"我们明天聚会，应该很热闹。"

两人来到一个饭馆前，安德鲁走进去，夏琳跟进去，就像梦游一样。安德鲁感到了自己对夏琳的影响力，这让他更加松弛。

两人被一个侍者带到一张桌边坐下，安德鲁静静地拿过菜单点菜。夏琳心绪烦乱，菜单也不想看，只是在安德鲁点完后对服务员说了一句"双份"。

安德鲁凝视着夏琳，目光纯净专注，就像一个小孩子看着一朵花一样。

慢慢地，夏琳也安静下来，她感到自己的身体似乎是变空了。她有点兴奋，却又让那种兴奋尽量不被察觉。

接下来，他们都不曾说话，只是把一道道菜吃完。

"我只因看到你而满足。"安德鲁吃完后，用餐巾擦一擦嘴说道，声音极轻，在夏琳听来，如同一张薄薄的白纸锯过空气，她的心就像那空气，已在无形中被分成两半。

▶▶疯狂与伤感

第二天，夏琳早早醒来，先到公司上班，下班后去酒店接了刚刚到达的春晓。春晓第一次来巴黎，手拿一个照相机见什么拍什么。两个人又和米莱在一个法国小饭馆聚齐吃饭，夏琳点了法国鹅肝和红酒，给春晓接风。米莱跟她们两人碰了一杯，却没喝，说打完球她请宵夜时再喝，夏琳一把抢过来喝了，说要是米莱赢了应该陆涛请吃夜宵才对。这时她接到陆涛的电话，他正在火车上，也在吃饭。他特别渴望和米莱比赛，叮嘱夏琳要请两个人吃饭，尤其是请米莱吃牛排，免得一会儿打球因体力不支使他胜之不武。夏琳把电话的音量调得大大的，让在座的人都听得清清楚楚，然后挂掉电话，笑着问春晓："你说我老公和米莱真的断了吗？"

"破镜还能重圆呢，什么好不好断不断的！"春晓笑道。

"春晓，你可不能让夏琳听到这样的话，那样她就更有信心胡作非为了。"米莱话中有话地说。

"我怎么听不懂啊？"春晓挑起眉毛叫道。

"米莱！"夏琳吓了一跳，赶紧瞪圆了眼睛，"你今天换了一身新衣服，还穿着网球裙、新球鞋，全是最新款的，还有网球包、网球拍，还两把，你疯了吧？这些东西你在美国不是有一套吗？打个球随便租把拍子就得了，怎么不远千里跑到法国重复购置来了你！"

"我是给Lotto设计师夏琳捧场啊！"米莱揪着自己的衣服尖叫起来。

"春晓，那不是我设计的。她只是发现她适合穿Lotto。"夏琳也叫嚷道。

"夏琳，夏琳，你听我说——"

"米莱，你什么意思呀？你也不想想，就你这么一片儿破镜子，要重圆也得有人愿意粘啊！是不是？"夏琳说着，胡乱翻弄着米莱的装备。

"夏琳，你不要乱揪乱撕我的战袍，为了你老公赢球毁坏我的武器，我抗议！你们一家子把这种北京胡同儿的下三滥招数带到法国来完全是往中国人脸上抹黑！"

米莱话音未落，便看到春晓在向她使眼色，米莱定睛一看，一个法国侍者正静静地站在她面前。

夏琳赶紧站起来低声跟侍者交谈了几句，然后坐下低声说："我们不用结账了，他们轰我们走。"

"你跟他说，我们没喝醉。"春晓环顾了一眼餐厅里被惊得目瞪口呆的其他食客。

"他们最好认为我们喝醉了，不然就要报警了！"夏琳说罢，一边连声道歉，一边跑收银台结账。

三个人背着大包小包出了饭馆，临出门前春晓一指墙上贴着的一张纸："你们看！"

只见那张纸上用中文写着"请勿大声喧哗"。

"这是我在法国到现在为止第一次看到中文。"春晓说。

三个人沿着大街一路走下去。

"他们就会写这几个汉字。"夏琳愤愤不平地说，"我呸！一点也不了解中国的风俗习惯！"

"法国人也太没文化了，连咱们的民风民俗都不知道也敢让咱们仨进来，真是！夏琳你也太厚道了，他们说不结账就不结账呗。"春晓也说。

"在美国，这叫歧视！他们就万幸吧，如果我真喝酒了，直接把他们送上美国纽约地方法庭！"米莱也叫道。

"要是杨晓芸在就好了。"夏琳忽然伤感地说。

"要是杨晓芸在,她一定在临走时偷两把叉子拎一个盘子。"米莱说。

"要是杨晓芸也来巴黎就好了,我们四个服装学院的可以登上埃菲尔铁塔振臂高呼——"夏琳激昂地叫道。

"呼什么?"米莱问。

"我还没想好呢!"夏琳叫道。

"你想呼什么,春晓?"米莱问。

"向服装学院的前辈们致敬!"春晓笑着说。

"像我们这种垃圾前辈有什么可致敬的?"夏琳说。

"没有你,我就来不了巴黎。"春晓说。

夏琳一把把春晓推到米莱身边:"她才是真的大姐大呢!法国算什么,人家米莱随随便便跑步就能绕一圈儿,以后去美国找她!"

"没问题!"米莱笑道,"到时候我们一起唱歌!"

"还唱《左边》吗?"春晓问。

米莱一把拉住春晓:"春晓,别提那《左边》了,现在是陆涛站在夏琳左边了。"

"米莱,我怀疑你刚才偷着喝酒了。"夏琳说。

"我是高兴才胡说八道的,谁想到有一天我能他乡遇故知啊,是不是?"米莱说罢,再次拉住春晓,"我跟你说春晓,华子那人不能甩,他是一个好人!"

"你为什么跟我说这个?"春晓问。

"因为华子和米莱是哥们儿!"夏琳说。

"哎,前面有一比萨店,我没吃饱,怎么打球啊?"

"冲进去冲进去!"夏琳喊道。

"这次不用他们轰我们,我们自己冲出来——逃单!"米莱也喊。

"我怎么觉得巴黎和北京一样啊?"春晓叫道。

"因为我们以前曾无法无天。"米莱想说,却没说出口,夏琳还是那么疯狂,而春晓正走在她们曾走过的路上,但她已不是原来的米莱了,她被迫进化成现在的样子，只是在今晚扮演了一下过去的米莱。突然间，一种深刻的伤感袭向她的胸口，仿佛往昔的自己跑回来一把抱住她似的，她第一个冲进比萨店，因为她已热泪盈眶，她只能用后背对着夏琳和春晓，不能让她们看到她的脸。

"她不是去占座，她是去洗手间。"夏琳对春晓笑道。

"她就是去占座——因为我也想去洗手间！"春晓兴致高昂地叫道。

▶▶一厢情愿而又不自知的人

根据夏琳的电话指示，陆涛东绕西绕找到网球场。他背着他的全副装备，只见球场灯光雪亮，一阵中文歌声传来，正是三个姑娘在齐声高唱《左边》。

"陆涛，我会把球打向你的左边！"米莱用拍子一指场地。

"米莱，在打球之前，我首先要告诉你一个常识，那就是在运动方面女的没法跟男的比，不然世界级的比赛不会分成男女两组，是吧？"

"所以呢？"米莱挑起眉毛。

"所以呢，我赢了以后呢你大可不必觉得交了一年网球学费全部付之东流了，至少你锻炼了意志、磨炼了品质、强健了身体，而且我正式地赢了一个女的也算不上什么光荣，是吧？"

"猖狂啊猖狂啊。"夏琳对米莱笑着，一只手向着陆涛指指点点。

陆涛手一挥，做出一个挡开夏琳的动作："其次，其次！我这人明人不做暗事，虽然学得有点临时突击的意思，不过整个上学期间我都是突击过来的，得高分得得我已经麻木了，这一次成功只能让我更麻木。米莱，你见过我考试突击，为什么非要再看一看我网球突击呢？结局已经注定，有什么疑问呢？你之所以敢跟我叫板网球，就是因为这运动比较难，你又笨鸟先飞了一段儿，就胆敢飘飘然了，是不是？但你忘记了，任何难事儿都有诀窍儿——会者不难啊！哈哈哈哈——这样吧，比赛前你给我一个机会，让我清楚地告诉你我会怎么赢你！"

"陆涛，有你这样的吗？你也太兴奋了，一见米莱就那么多话！"夏琳故意提高声音说道。

"夏琳，不瞒你说，我们只是老情人见面分外眼红罢了。"米莱一边把护腕戴上一边扭过头对陆涛说，"陆总，你刚才说的每一句话我虽然都特不爱听，不过叫你讲完才能表现我的美国民主风度。放心吧，在美国，即使是胡说八道也不会受到歧视，所以你尽管畅所欲言。不过呢，我认为，说出去的话就像泼出去的脏水，想收可就收不回去了，所以你讲出来倒是会对你有教育意义，请继续——瞧，有三个完全看不起你的听众正虎视眈眈地监视着你呢！"

"那我就顶着你们的偏见，最简单地自我介绍一下吧，昨天我才开始学打比赛，之前把所有的网球技术学了一遍，你问我高压球会打吗，我说会打！你问我切削球会打吗，我说当然，有时候不得不救救你不小心打到边儿上的球啊！你问我会使几种方式挑高球，我说两种！你问我使用开放式击球还是封闭式，我说都用，有时候还使使半开放式！你问我网球最重要的环节在哪里，我告诉你，是发球。发球嘛，我一不小心也学了两种，平击球和带切的外角球。你问我打上旋球还是平击，我告诉你我就用上旋，就图一稳定啊！"

"陆涛，别假装说得头头是道，你怎么把国内那一套自作聪明搬到这里来了？"

"夏琳，时隔多日，我倒是对他再次当众表演摇头晃脑、口沫四溅产生了莫大的兴趣，我已经太久没见过这种蠢相儿了！就冲着他倒贴钱请我赢他一回这一点上，叫他讲下去！反正一个小时之后就变成丑闻了！不过，你还别说，他还说得挺对的——他真学了一星期！"

"我看就是花了半小时背了一篇网上的文章。"

"夏琳，虽然我也上网看了一些讲网球的文章，可上面一席真知灼见真是我自己从教练那里总结出来的。我的目的是告诉米莱，像她那样盲学瞎练——"

"哎，陆涛，你异想天开地用七天盲学瞎练了一通儿网球，就以为已经可以向我介绍网球知识了，我不说你不知天高地厚，因为这是你的一贯作风，只是以前在国内我们没有识破你。这样吧，我给你一个机会，现在认输你就不用在场上爬三圈学狗叫了，爬三米吧，叫一声我听听开开心，这事儿就算完了。"

"不！"

"那好吧，你继续详细介绍在这七天里，你是如何盲学瞎练的吧。"

"前面说的是我前六天学的，原来以为每天学两小时就够了，后来加到每天六小时，这样我就能确定稳赢了。最后一天，也就第七天，我的基础完成，教练肯定我已过关，我才学打比赛，我用了六个小时练了三种最基本的赢球方式，估计赢你够了。"

"得了吧，你还三种呐——"夏琳再次惊叫起来，"输米莱用一种方式就够了！"

"媳妇儿！这一回你可以给米莱加油，打完后你要是有同情心，我同意你帮她爬一圈儿。"

"米莱要是输了，我也替米莱爬一圈儿，网球我也打过，打了一年，到现在连反手都不会。"春晓说道。

"你们三个女的一起爬？那我可太难为情了——不敢当啊，我还是故意输了吧。"

"春晓，看来你是没见过天才，天才就像陆涛，刷刷的，老用一星期干别人一年才能干完的事情，人家都习惯了。是不是，陆涛？"米莱笑道。

"呵呵，见笑了，见笑了。"陆涛说。

"哎，陆涛，学数学可能我们三个人加一起学一年都比不过你学一星期的，不过打网球——"

"网球你们就更不行了，人家春晓可能还有点运动细胞，你和米莱——我就不鼓励你们在错误的道路上往下走了，你们最好去学点儿社会上正流行的瑜伽、钢管舞什么的。"

"陆涛哥，你赢球的三种方式就停留在恶意攻击上啊？"

"当然不是。听好了，三种赢法，第一种，我发球后，等你接回来，如果你能接回来的话，我再把球打向另一个方向，打个直线或斜线就行了。我上网看了看视频，就是费德勒也常用这种方式，很基本，却没什么办法对付，除非你很快。"

"我同意，我也用这招儿对你，你要快一点跑，我发左边你跑右边，越快越好，我说到做到，不打重复落点！"

"我这边你放心，左右往返跑五七八次没问题——听到了？下面是第二种，随球上网！我把球打过去就上网，你一慌，就会把球打飞，如果你没打飞，我正好儿练了六小时正反手截击，顺便提一下，截击要在网前两三米，拍头向上，与脸齐，这样，这样——"陆涛边说边比划，"在最高点截击回球速度最快，一旦我上网成功，你的水平嘛，想必打出穿越那是没戏，挑高球嘛，就别想了，我高压球打得跟打苍蝇似的，一拍一个死。"

"陆涛，你真是聪明不减当年啊，截击的要点正确！希望我截的时候你在底线不要把球打飞，我练习截击两个月以后才有点儿手感。"

"希望你现在手感依旧麻辣滚烫，别被飞来的球击中造成误伤。最后介绍第三种赢法，底线上旋球！我的上旋球会弹跳到你的肩部以上，使你好不容易学会的动作发生变形。我只要耐心相持几个回合，等待你回出又高又浅的球，然后我用我这水上漂的侧滑步跑到位，采取封闭式站位，瞧，就这样儿。看好了啊，一般我不会抽击，只是轻轻拨打一个小斜线，或者干脆放一个卸力的小球，就这样。"陆涛说着做了一个放小球的动作，"你也不必追了，保持体力要紧，要做的只是把球捡回来，以便我们继续比赛。"

"我建议你多做捡球准备，这是我主要的得分手段，当然啦，你最好想开一点，心态决定一切，你只要记住，你今天主要不是来比赛的，是来帮我捡球儿的。"

"本来我想就说到这儿，不过你死到临头还口出狂言，最后时刻，我不得不向你吐露一点小贴士。是这样的，我的西班牙教练说他教了二十年网球，从来没有见过像我学得这么快的人，球感好得吓得他都不敢教了。第一次本来约好学两小时，结果延长到六个小时，可怕的是，正反手都学会了，我们对打，最长的一次，打了二十多个回合，要是我早点发现我的天才，那现在你没准儿在电视里看到的大满贯比赛的结尾不是费德勒穿着耐克戴着瑞士表举起奖杯，而是我，一个中国男子选手，穿着李宁，在镜头前晃着冠军奖杯喝着青岛啤酒瞎庆祝。唉，可叹世上多有未尽人意之事，我这网球才能发现得也太晚了。"

"喂喂喂，陆涛，以前，我们都是一厢情愿而不自知的人——"米莱叫道。

"我反对！我认为我自己一直都是比较客观而且随和的人，而且常常预言正确。"陆涛截住米莱的话头儿。

"你们是不是已经比完了啊？"夏琳叫道。

▶▶ 不服

比赛结束得很快，仅用了不到一小时，最后大家看到的一幕是陆涛在击球出界后猛摔拍子，拍头的断裂声在寂静的球场上显得异常清晰。这已是陆涛摔坏的第二把拍子了，比赛结果是六比零，陆涛完败。

"你摔拍子的动作真像大牌呀！"一下场米莱就冲到陆涛边儿上叫道，"不过大牌有三把备用拍，最多摔坏一把。你有两把摔两把，还真有股子自作自受的霸气！"

春晓听着笑出了声。

"我喝口水就爬！"陆涛说着坐下来喝水，"米莱，你能在法国再待一个星期吗？再给我一个星期！"

"陆涛，有点出息行不行，哪儿有叫别人等你练好了赢人家的呀？"夏琳叫道，一边擦他从脸上淌下来的汗水。

"我连这次的狗叫声都没听见，哪儿等得了再过一个星期呀！"米莱喝了口水，把剩下的一半倒在额头上，又熟练地用毛巾擦去。

"不服！不服！"陆涛坐在椅子上使劲用头点着地叫道。

"不听！不听！"春晓和夏琳齐声喊道。

"看你以后还好意思歧视女性！"夏琳意犹未尽。

"你到底想花一个星期练怒吼还是练球啊？我告诉你，一会儿你爬第一圈的时候可以喊这个，后两圈儿可得发出真正的狗叫声。"

"放心吧，米莱，我才不会耍赖！"

"我一会儿要把自己的耳朵揪起来好好欣赏欣赏，刚才打球太使劲儿了，现在累得我耳朵里嗡嗡的，真怕听不清楚！"

"那我学学美国狗叫吧？你们家养的是什么？要是没养，跟我说说你小时候你爸是怎么骂你的！"陆涛站起来，活动身体，顺手把他戴的那一套剩下的球包护腕什么的网球装备扔得哪儿哪儿都是。

"你们瞧你们瞧，还嘴硬呢，这位陆大牌刚刚毁坏了输球工具，现在又进一步毁坏包装。夏琳，你看着他点儿，别让他回头把输球服装也烧了，怎么也得留点儿证据吧？要是人家从此挂拍退役了，我可就听不见你们家狗陆涛的甜美叫声了。"

陆涛四脚着地趴下来，做出爬行状，然后回头对米莱说："你看好了，下次轮到你可别四脚朝天玩什么仰泳！"

说罢，恶狠狠地爬了出去。

"快快快！拍下来拍下来！"夏琳笑道。

"哟！差点忘了！"米莱迅速把手里的水瓶一扔，从包里取出一个小DV冲过去拍，而她扔出去的水瓶也被春晓敏捷地一把接住。

"她回来还要喝呢。"春晓对夏琳晃晃说。

"慢一点慢一点，别耍赖！齐着白线爬！"米莱叫道。

"我看他们俩才是天生一对儿。"夏琳感叹道。

"我也觉得他们有点儿配合默契的样子。"春晓笑道。

"春晓！"

"啊？"

"你真是来者不善啊，看着挺文静的没想到张嘴比米莱还厉害——看来在北京没少给别人扎针啊！"

"夏琳姐，实不相瞒，我初来乍到，跟你们都不熟，只是从华子那儿听了点儿你们以前的英雄事迹，所以一直绷着呢。不过现在呢，我觉得咱一帮人儿差不多生米也煮成熟饭了，我这从众心理就发作了，明话儿告诉你夏琳姐，我打小儿就不想当一盏省油的灯！"说罢，嗖地一下从夏琳边儿上冲去，轻松地助跑了两步，一下子追上了陆涛，接着从他的身上尖叫一声跃了过去。

▶▶ 愣了

DV里放着陆涛边爬边学狗叫的样子，夏琳、米莱、春晓边看边狂笑。这里是一个中餐馆，装饰得喜气洋洋，人也很多，热闹非凡。陆涛在一边点菜，他迅速点完，把菜谱往服务员手里一塞就凑过去看。

"拍的什么呀，焦距不实，没有艺术表现力，米莱，你这种大老粗摄影方式一点儿也没能抓住我输球后依然骄傲的天才心理——你看你看，这是谁啊，根本看不出来！说是你估计信的人更多。"

"陆涛，你这种北京胡同特产出来的土知识分子输给我们美式教育出来的英伦精英完全是必然的，就不要幻想着什么混水摸鸡蛋、鱼刺里挑骨头了——"

"得得得，你们俩都够变态的。"夏琳摇着DV叫道，"我和春晓到现在都分不清你们俩到底谁叫得更响，而且你们俩的叫声一唱一和的听起来特叫人心烦。回头我上网查查去，有没有隔着大西洋闹狗的八卦，要是有，我就原谅你们俩了，要是没有，这就是在恶心方面的一种创新！"

"我赞成这是一种创新，时尚界就需要这样的标新立异。"春晓笑道。

"我呸！"夏琳说。

"米莱，你撂句明白话，到底走不走？你不走我明天就接着练。太奇怪了，居然输给你了，我到现在都不能理解。"陆涛说。

"你那破上旋在我眼里就是老太太球，美国六十岁大妈的挥拍动作跟你一模一样，我打上升点你根本来不及跑位，回头跟你教练说说，让他教你点真本事，要不然你下星期带你教练一起来，我先赢你再赢他！不就是加起来十二比零嘛。"

"要是你下星期再赢我，我爬三圈儿不说，还让你四脚离地骑我后背上爬！"陆涛气愤地把一杯啤酒一饮而尽。

"陆涛，你要想让米莱骑你，不必通过输球的方式，也不必等到一星期以后花钱租球场。打完球以后，随便找一个没人儿的地方去。"

"夏琳！小夏！这我可不爱听了，你要撕碎我们十年的友谊赶我走，我立马儿就走！"

"我认为，友谊必须地久天长，解决方案是，米莱赢了让夏琳骑陆涛。"春晓一本正经地说。

"他们俩才不稀罕，熟门熟路地成天——"米莱叫道。

"哎哎哎，米莱你别走了，我同意！"夏琳说。

"我也同意！"陆涛说。

"那我还有什么可说的？"米莱从兜里掏出机票信封，从里面拿出机票递给春晓，"我自费在巴黎等你再输一次，顺便给春晓当当助理。"

春晓看了看票，举起来，轻轻一撕两半，然后甜甜地笑着说："真心谢谢米莱姐姐。"

四个人一起笑了起来。

酒上来了，大家一起干杯。

陆涛说："那好，明天星期六，咱登铁塔，我一会儿不睡了，直接去排队。"

"夏琳，你可得拦着他点儿，不然要是想不开自己先爬上去——"

"我看着他！"春晓笑道。

"那我失手把别人推下去的时候，你可别报警！"陆涛也笑道。

"在巴黎我可是唯恐天下不乱。"春晓说。

"就跟你在北京坐怀不乱似的——谁信啊？"陆涛说。

"华子信就行。"春晓说。

"哎，老板，我们的中国夜宵怎么还不上啊！"陆涛回头冲着柜台叫道，然后回过头儿一指春晓，"这种服务质量一看就是你们家华子偷渡过来开的分店！"

"华子现在真的开了很多分店，我们家的中国地图上到处是他点的小红点。陆涛你还提醒我了，回头我给他买张世界地图去！"

　　"对对对，铁塔上就缺一个饭馆！我看卖湾仔码头饺子、北京烤鸭配青岛啤酒正合适！"

　　"春晓，这都什么时代了，我在公司的Google地图上连我们家的狗都看得一清二楚，精确度十米！你能不能叫华子上上网啊。"

　　"米莱，中国和美国不一样，你用Google点一下你中国的家就知道了，那里没准儿还是一溜小平房儿呢！"

　　"真的？"米莱挑起眉毛。

　　"你们出国以后可真是双耳不闻国内事。"春晓说。

　　大家一下子都愣了，春晓推了推米莱："米莱，你教教我打网球吧？"

　　"为什么？"米莱问。

　　"华子和向南现在就老在一起打网球，我不会打，就在边儿上晒太阳，要是我能像你打陆涛一样打他们就好了。"

　　"他们也打网球？"陆涛问道。

　　"是啊，你们走了以后他们就打上网球了。"

　　"台球呢？"

　　"他们说等你回来再打。"春晓说，"你们什么时候回国？"

　　一句话，又把大家说愣了。

▶▶| 可爱

　　星期六上午，陆涛、夏琳与米莱、春晓约好到巴黎铁塔下面聚齐，春晓主动第一个排队，好让其他人坐在地上晒太阳。

　　天气很好，小风把阳光一直吹到皮肤上，这是陆涛在巴黎最熟悉的生活。他坐在地上，试图给米莱表演一下当初他是如何要饭的，被米莱坚决制止了。

　　"别丢人现眼了。"米莱把眼光望向夏琳，"你只是为了向夏琳表明为了她你什么都不在乎罢了，人家知道你的心意就行了。"米莱淡淡地说。

　　这话说得陆涛心里一颤，他突然发现，米莱身上有一种硬硬的、不容反驳的东西，只是他以前并未留意罢了。

"春晓太可爱了，我估计华子那里只是她的一个车站，她需要一个更大的舞台来展现自己的可爱。"夏琳说。

陆涛看了一眼夏琳，又看了一眼在不远处排队的春晓，她正跟一个北欧帅哥攀谈，表情又生动又丰富，根本就是在卖弄风情。

陆涛咽了一口吐沫，忽然压低声音说："旧的不去，新的不来，华子的性格，挺适合当车站的，最好是公共汽车的，从他那里上下车的人越多越好，等我一回国，就用羡慕的语气骂他流氓！"

"其实，陆涛，你也挺适合当流氓的，喜欢你的姑娘不少吧？"米莱问。

"他救的那个郭栩如就喜欢他，估计他在香港对人家不够热情，结果人家从我们公司走了以后就没回来，那姑娘比你小时候还傻。"夏琳对米莱说。

"我不是结婚了吗？"陆涛笑嘻嘻地说，"家庭生活，稳定第一，据说再过六年我心里才会痒痒，我觉得那时候再到年轻姑娘那里去证明完全来得及，现在我觉得一切都很好。你们不要嫉妒人家春晓年轻漂亮，三五年后就过去了——女人要是不可爱，男人怎么会对她好？"

"可爱是一个女人万不得已才会使用的办法，如果她有自己的主见，才不会关心别人怎么说她怎么待她呢！"米莱说。

"穿漂亮衣服，把自己洗干净，让自己好闻，使自己看起来很随和，这种纯粹是给别人营造出的预期是女人自己想要的吗？肯定不是！因为太空洞了。这些东西后面是无能的悲哀。说女人都有强烈的感情需求，就是说那些女人的技能无法在社会上得到承认。我要是有一间自己的房子住，有自己的事情做，很有可能选择单身——在工作了一天之后，我只想睡觉，哪来的感情需求？"夏琳接着激动地说，"现在谁要是说我可爱，我就知道他对我的能力一点儿也不感兴趣，我还知道他根本不尊重我。"

"你们俩现在真是够女权的——不就因为打赢了一场网球嘛！"

夏琳和米莱相互看了一眼，都不说话了，她们知道，陆涛仍是那个过去的陆涛。在她们眼里，他身上曾经拥有的光环现在已经褪色，他就坐在她们身边，像一张纪念照，封闭而自足。她们都曾狂热地爱过他，他是个好人，只是他无法理解她们已经理解的,更无法知道,是什么让她们理解了那些东西。他永远也无法明白她们为进化付出的代价,就像他以为一星期后他便能在球场上击败米莱一样。

▶▶ 涟漪

四个人轮流排队,终于排到了,他们坐电梯登上铁塔。这是巴黎的最高处,从这里可以看到整座城市,那些密密麻麻挤在一起的房子,那些像小虫爬动一样的汽车,那些比小虫还小的人……游客们在照相,陆涛要了四杯咖啡,大家边喝边东看看西看看。米莱说,她租了一辆车,下了铁塔,可以一起开着兜风玩,一句话就让大家决定下去。

"米莱你真聪明,我们来巴黎这么久,想都没想过要租一辆车。"夏琳说,"我和陆涛昨天还在争是租四辆自行车骑,还是打车。"

"人家在美国混,习惯了自己开车,没车就跟没腿一样。"春晓说。

"看来我们原来的计划可以改变一下了,我们不逛商场了,不看名牌了,我们去游车河。"

游车河的时候,有一件事让陆涛对米莱刮目相看,当时米莱开车,经过一个十字路口,他和夏琳因为不清楚路,一个叫左转一个叫右转,米莱在灯亮之后冲了出去,为了等他们争出结果,就在原地让车三百六十度旋转了两圈,车里全是一股轮胎味,米莱却没事人似的握着方向盘问:"到底是哪儿?"

等他和夏琳争出结果,她才稳稳地把车开向他们要去的方向,中间完全没有停顿。

倒是春晓如梦初醒般地叫了起来:"米莱,太酷了!你看你看,那帮法国人都看傻了!你这是跟谁学的?"

"人家现在是侦探,没点儿真功夫哪儿行,是不是米莱?"夏琳笑道。

"公司培训。我参加了一个特技驾驶班,只要是后驱车,转起来很容易。"米莱说。

"华子也会，不过我坐他车晕，米莱，我坐你边儿上一点也不怕。"春晓说。

此刻，陆涛心中泛起涟漪，他发现，米莱开起车来沉稳有力，急转弯时把方向盘转得飞快，汽车在她手里，犹如一件小玩具。他想起夏琳对他说过，米莱现在已经脱胎换骨了。要不是春晓和夏琳在场，他真想拉住米莱问问她，在她身上到底发生了什么，她怎么了，为何变成现在这样。

在他的记忆深处，他总觉得米莱一直在注意自己。只要两人在一起，无论他干什么，他都知道，米莱的目光落在自己身上，但是现在，他不再感到米莱在注视他了。他对米莱有了新发现，然而米莱对他，却已经不像从前那样感兴趣了，这使他内心深处有那么一种幽幽的酸劲。而叫他更为别扭的是，似乎夏琳也是如此。仔细回忆起来，她一直如此，除了在一些短暂的时刻。在经历了那么多事情以后，一种陌生感像烟雾一样重新笼罩在他们之间，陆涛甚至觉得前面正在开车的不是米莱，而是某个新认识的姑娘。在接下来的活动中，他继续产生一个更不好的感觉，那就是自己的在场打扰了她们，三个女人说话时多次欲言又止，只是因为不想叫他听到。

▶▶ 涟漪扩大了

整整两天，米莱一直在驾驶。他们四个人在巴黎近郊东游西逛，一直到星期日晚上，米莱直接把他送到火车站。虽然他走入站之前，三个人从车窗里向他招手，但两秒钟后他再回头，车子已经闪着尾灯毫不留恋地离去了，在陆涛看来，是加速离开了。

在火车上，他回忆起在球场上他接到米莱打过来的球，又快又重，富于侵略性，他只是疲于奔命，去救起一个又一个米莱打来的球。他并不是总能救到，每当他站在那里，双手持拍，等待米莱的下一击，他都感到自己是那么单薄无助。陆涛当然无法理解，若干年前，站在他对面的米莱也是这样，无法反抗，只是等待着下一击。

陆涛拥有极好的记忆力，这种能力甚至可以叫他回忆出整场比赛。当他把记忆里的一张张画面连起来的时候，只是清楚地看到他一个又一个接回来球。他分析那些画面，发现自己毫无机会，米莱一直主导着比赛，而且米莱似乎并未尽全力，她甚至打出了一些炫耀性的击球，比如斜着跑到右后场的场边救起他的上旋球，带着刹车滑步，不是正手切削，而是正手发力提拉，使绿色的小小网球像子弹一样飞回来。再比如，米莱每次得分几乎都是用的他说的三种方法，他是说说，而她却做到了，一次又一次，正像是在告诉他，他无法控制她，她很主动，对他的雕虫小技不屑一顾。

回忆伤害了他，他越清晰地回忆，就越感到伤害，从前他在想象中拥有的主导权消失了，他不再是这帮朋友们的中心，似乎一夜之间，姑娘们都觉醒了，她们发现了更大世界。那个世界里有什么他尚不清楚，在他伤感而悲愤的眼中，她们就像一群没良心的小孩，跟他玩了一会儿，然后叫嚷着离去了，她们甚至不告诉他她们要去哪里玩，而不争气的他，却仍在原地留恋。

"我一定是太自恋了，她们并没有冷落我，只是她们之间更有共同语言，以后她们再有集体活动，我不应该参加。"陆涛把头靠在火车座上，在临睡前悄悄对自己说。

一回到里昂，他只在自己的房间待了三分钟，一股陡然升起的怒火便迫使他穿上运动服和跑鞋，到小区里去跑步，跑到一半，他试图回家去取网球拍，却想起两只球拍都被他摔坏了，丢在了巴黎。

陆涛给教练发了短信，约好明天下班后继续学习网球。他洗完澡，躺在床上，觉得自己这样睡去简直是屈辱，他费了半天劲才睡着，梦里到处是飞来飞去的网球，他出了汗，天不亮就醒了。

他想折磨自己，使自己忘掉因与米莱比赛而产生的挫败感，却不知，那挫败感是日积月累而成，并且，在以后的诸多岁月中，多半可能一直伴随他，他不可能一下子就摆脱掉。

►►► 艳遇

本来，夏琳试图瞒着春晓，不让她知道安德鲁与自己的事情，但春晓只用一根针便钻入夏琳胡乱伪装起来的脆弱的蛋壳。当陆涛下车走出不到十分钟，春晓就大叫一声："夏琳，你老公可走了，我们自由了。米莱，把车开到灯红酒绿的地方去吧，都说巴黎是一个放荡的地方，我想知道他们是怎么放荡的。我太想看看巴黎的帅哥了！"

米莱和夏琳相视一眼，她们知道春晓不是蠢蠢欲动，而是急不可待，不是旁敲侧击，而是大鸣大放，她们同时在春晓身上看到了自己的欲望。

"我们去酒吧喝酒。"夏琳说。

米莱把车开出火车站。

"据说，巴黎人人都有私情，你永远弄不清谁跟谁好，巴黎人在胡搞方面又含蓄又头头是道。"夏琳说。

"春晓，夏琳这话你不得不相信，她在巴黎待的时间最长，有发言权。"米莱对着身边的春晓说。

"现在在北京也有不少外国帅哥当野模，意大利留学生、俄罗斯人之类。我给杂志拍平面的时候见过，他们往那里随便一站都挺有型的，不知道专业模特怎么样？"

"专业模特水准很高，一见镜头就兴奋。外国人普遍比较放松，咱们觉得不自然的动作，他们随手就做，一副满不在乎的样子。"夏琳说。

"他们晚上都干什么？"

"去餐厅吃饭、去酒吧喝酒、参加私人聚会、看演出、听音乐、健身、打球、唱卡拉OK，一样儿都不落！这里可是国际旅游城，是世界上接待游客最多的地方，娱乐气氛压得生活没气氛，你想堂堂正正地生活吧，反倒觉得偷偷摸摸的，平时到了下班点儿，超市就关门了，周末最晚也就开到十点。要不咱们去红磨坊看演出吧？"夏琳说。

"不喜欢！不喜欢！"春晓叫道。

"你喜欢什么？"

　　"哪儿乱我就想去哪儿。今晚要是没有一个男的找我搭搭话，我简直就觉得巴黎不欢迎我！"春晓叫道。

　　"她是想找艳遇，不然就觉得巴黎白来一趟。"米莱回头对夏琳叫道，"哪里有？"

　　"网上说中国丽江有，这里我一点儿不知道。我可是一个不争气的已婚规矩人。"夏琳说。

　　"把她送回家吧，米莱，让她赶紧上床睡觉，咱们自己逛逛去。"春晓说。

　　"别忘了我们的规矩人可是第一个来巴黎的，她奔着什么来的？夏琳，你能把你潜意识深处的淤泥搅动一下，让我们看看吗？"

　　"我潜意识深处也许有淤泥，但从中只长出鲜藕和白莲！"

　　米莱立刻一打方向盘，让汽车来了一个原地三百六十度转。

　　"你怎么了，米莱？"夏琳笑着问。

　　"我被你说得错乱了。"米莱摇头晃脑地笑道。

　　"为了春晓的安全，我们还是坐坐游船吧，看看塞纳河左右岸的风景。"夏琳说。

　　"春晓可以上网用百度图片看，是不是，春晓？"米莱说。

　　"我来之前天天看，早看烦了，我要看色迷迷的各种活人！"春晓挥着小拳头叫道，"我可是来巴黎展示自我来的。当游客？还是等到年老色衰以后吧。"

　　"展示自我，那还不容易！米莱，一会儿先回我们家，我取一手电，然后咱带她来到塞纳河边，我照着她，你追着给她拍几张狂野裸照发网上去。"夏琳说。

　　"我呸！"春晓叫道。

▶▶ 发就发

　　"这是圣日耳曼大街，著名的夜生活区！"夏琳叫道。

　　米莱放慢车速，三个人一边开车一边把头伸向玻璃窗外看，接着在夏琳的指引下，她们又看了拉丁区和蒙巴那斯区，闪烁的灯火与行人怪异的着装叫她们感到一种莫名的生气勃勃。接着她们又绕了玛莱区和哈伦区，看得春晓实在按捺不住，夏琳叫米莱把车停在拉博街附近，她们在巴士底歌剧院后面的酒吧里每人喝了一杯白葡萄酒，然后步行一段路进入一家迪厅。

　　不料进去转一圈儿春晓就大呼小叫着要出来，米莱和夏琳只好与她一起出来。

　　"怎么啦？你不是想展示自我吗？"

　　"这不是我的方式。"春晓肯定地说，"他们跳舞跳得非常扭曲，并且，还很粗野，音乐也不好听！"

　　"我刚看见一个黑人朋友在春晓面前跳得又热情又友善，多数时候，我只看见两排大白牙悬空晃动，特吸引人。"米莱笑道。

　　"我已经请求夏琳用法语给本地的动物园打电话了，饲养员一会儿就到！"春晓眉飞色舞地说，"其实我要是碰巧儿带香蕉了，也能把他送回去！"

　　"蒙马特街的姑娘最漂亮最有气质。"夏琳说。

　　"所以我们不能去。"春晓说。

　　"好了，折腾够了吧，我来告诉你们这里夜晚哪里最有味道吧，就是刚才我们路过的无数的露天咖啡馆。我们随便找一家坐坐，边看夜景边聊天，别东奔西跑弄得人心惶惶的了，那完全是自我折磨。"夏琳说。

　　三个人在一个路边酒吧停下来，每人叫了一杯饮料，然后面面相觑，最后不得不东瞧西看。

　　"这里一般两点多就关门了。"夏琳笑眯眯地说。

　　"你什么意思？"春晓问。

　　"我的意思是，呵呵，我想起我们三个人今天晚上完全是在模仿青春期的陆涛、华子和向南，他们以前估计就这样儿。我觉得让他们在外面多混混没坏处，只是增加了一些郁闷罢了，回家以后还能倍感温馨。"

　　"那些法国男人根本不看我们，他们是真不看我们。不像在北京，一进

MIX就觉得被一些目光上下乱摸一气。"春晓笑道。

"真恶心。"米莱笑。

"中国男人喜欢偷看,眼睛就像淡绿色的小鬼火儿,一团儿一团儿的,三秒钟就能剜你三眼,你要是转过头认真瞧瞧他吧,他还就看别处了。我们以前出去就三个人,就三角形这么一坐,分别看着三个方向,相互提醒着被谁谁谁给看了。"春晓说。

"年轻啊年轻。"夏琳感叹道,"真羡慕你,春晓,我们年轻的时候要能这么光明正大地不正经就好了。"

"你们那时候都干什么去了?"春晓问。

"我们?我们傻了吧几地只想着谈一场轰轰烈烈的恋爱。"夏琳说。

"没错儿,我们俩就傻到跟同一个人谈了一场轰轰烈烈的恋爱,夏琳干脆就结婚了。夏琳,说实话,这是你预期的吗?"

"不是。"夏琳喝了一口酒,幽幽地说。

"你当时怎么想的?"春晓问。

"我预期到巴黎以后再说。"夏琳说。

"夏琳,看来你是我们的艳遇大王,简直是心想事成啊。总有男人绕来绕去地转到你身边,去凑一凑你的小春梦。"米莱说。

"他是谁?"春晓警惕地睁大眼睛。

夏琳狠狠瞪一眼米莱,米莱闭上眼睛,头一歪:"这种事儿,总是撑死胆大的饿死胆小的。"

"他是谁啊?"春晓继续问。

米莱睁开眼睛,看着夏琳:"你就别躲躲闪闪藏着掖着的了,我觉得早就应该发给春晓——模特和设计师,简直天生一对儿啊!你吃着锅里的,盯着碗里的,撑得够呛吧?"

夏琳深吸一口气:"发就发!"

▶▶尖儿货

　　夏琳给安德鲁打完电话，米莱翻翻眼睛："现在估计陆涛正好睡觉，他这一夜一定睡得巨香。"

　　"你在说什么？"春晓问。

　　"给你介绍一法国帅哥设计师，是有文化的那种帅，看看他能不能帮你在巴黎找份工作。"夏琳放下电话说。

　　"真的？我就喜欢特文艺的那一类。"春晓假装激动地说。

　　"即将出场的可是纯正的法国尖儿货，夏琳囤的，到现在都舍不得拿出来——我保证特尖，比咱们今天晚上扫街看到的那些酷男都强，春晓，你要是把他勾上了——"米莱把眼睛转向夏琳，"呵呵，就免得咱夏琳亲自动手了。"

　　夏琳对春晓眨眨眼睛："这人我给米莱介绍过了，两人打了一场球，没感觉，一拍两散！"

　　"夏琳！"米莱叫道。

　　"啊？呵呵，春晓，这可不算是她找剩下的。"

　　"那人叫安德鲁，不会说中文，我也听不懂法国话，所以嘛，春晓，一会儿重点是眼神交流，宁可相信自己的感觉，也不要相信夏琳的翻译。"米莱说。

　　"那我可罢工了啊，你们就相互看吧。"夏琳说。

　　"那不行。"米莱说，"我当灯泡儿的条件是，一定要用中文听一听这两人都说些什么不堪入耳的话。"

　　"我一句话也不说，教教那法国帅哥什么叫模特般的矜持！"春晓说。

　　"我不能把一个聋哑人介绍给法国时尚界，以前没有先例。"夏琳说。

　　"好吧，我随便说说，你就拣他爱听的随便翻翻吧。"春晓说。

　　夏琳一拍桌子："春晓，那我可就胡翻了啊，那位帅哥的每一句赞美我都翻成谩骂！"

　　米莱轻拍两下桌子："那你干脆现在就骂骂人家春晓得了。春晓，咱们走吧，找一地儿去唱卡拉OK。"

　　"是啊，咱脸皮儿多薄啊，哪儿受得了男的骂咱呀，回头心理再出了问题——"春晓假装要站起来的样子，被夏琳按住了。

"你们俩都给我打住。今儿晚上无论如何，我也要设法让你们听听法国酷男的赞美，不然你们巴黎不是白来了？"夏琳叫道。

"是啊是啊，我就是奔着这个来的。我这辈子的自信全指望今儿晚上建立了，不瞒你们说，要真能建起来，以后无论遇到多黑暗的时刻，只要想想今晚的励志场面，再苦再累再惨也能挺过去。"春晓挥着拳头叫道。

►► 机会

半小时后，安德鲁到了，他穿了一身亚麻布的休闲西装，坐下后叫了一杯咖啡。夏琳向他介绍了春晓，安德鲁先是夸米莱的网球打得好，接着又说春晓长得像猫，是个很特别的模特，他说明天就打电话问一问他的朋友，看看有没有适合春晓的工作。

春晓高兴极了，接下来，她用密不透风的话语把安德鲁完全淹没了，她有话没话地跟安德鲁胡说，又不停地叫酒，一会儿便把安德鲁灌得有些醉醺醺的，跟着春晓东拉西扯。趁着春晓对安德鲁滔滔不绝地说话时，米莱用肩膀轻撞一下夏琳，又用嘴向春晓努一努，言外之意是，看来春晓是真喜欢他啊。

事实上，春晓把这一切都当是游戏，只是怕冷场而已，因为在巴黎她举目无亲，所以尽量在夏琳和米莱面前把自己表现得有价值，她丝毫不知道安德鲁和夏琳的关系。

而安德鲁却从夏琳的表情中看到了一丝机会，因为夏琳已经无法掩饰自己的愠怒了，那是无法掩饰的嫉妒之火。她竟在安德鲁和春晓说话之间借口起身去洗手间，完全忘记了没有她做翻译，谈话无法进行。

"你能讲英语吗？"米莱看了一眼茫然的安德鲁，张口问道。

安德鲁点点头："一点点。"

"英语我也是一点点。"春晓带着醉意说。

于是，当夏琳回来时，她看到米莱、春晓和安德鲁三个人用结结巴巴的英语顽强地交流着，并且自得其乐，还哈哈大笑，这使她心里感到像针扎一样疼。她坐下来，把剩下的一杯酒一饮而尽，然后叫服务员再开一瓶红酒。

夏琳个人性的局部小失态带来的是四个人的全面性的崩溃式大面积失态，他们接着又喝了三瓶红酒，几乎全是用大杯大口喝。他们甚至忘了聚会的目的，多数时候，夏琳只是深吸一口气，然后一饮而尽，反倒是春晓觉得情况不对，她摇摇夏琳，又摇摇米莱，用疑惑的语气说："我明天还要走台呢，你们明天都没事儿吗？"

一句话点醒了米莱，她立刻坐直身体，看了一眼局势，然后采用和风细雨的方式，让喝酒速度降了下来，接下来她宣布时间不早了。只有夏琳还在亢奋着，她察觉到事情有点不妙，可就是无法止住，她太压抑了，需要短暂的歇斯底里来发泄一下心里的苦闷。大家散去时，她的眼神最茫然。

安德鲁提议送夏琳回家。

米莱已经无法开车了，她说要和春晓一起走，说罢，拉着春晓招招手就走了。夏琳腿一软，安德鲁眼疾手快，一把抱住她，接着，他把她抱在怀里，抱紧。

夏琳哭了起来。

安德鲁感到他的机会到了，他与他背后的强大团队对此完全没有做任何准备。

▶▶ 我听到声音

米莱和春晓相互抱着走到街边打到一辆车，春晓先上了车，就在米莱上车前的一刻，她往酒吧方向最后扫了一眼，只见灯火中，安德鲁紧紧抱住夏琳，突然，她感到心中一颤，一丝不祥的预感涌上心头。正在神思恍惚之间，春晓把她拉进车里，出租车开走了，米莱本想再看一眼夏琳，但她忍住了。她深深地懂得，每个人都有失控的时刻，在那个时刻，人生活在自我膨胀出的真空里，听不见也看不见，更无法正常地想问题，只是被本能推动着往前走。

米莱拿出电话想打给夏琳，却被春晓一把抢过来："我看看你的美国电话。"

接着春晓就用那电话给米莱拍了一张照片，再后来，春晓又抱着米莱一起拍了几张。

米莱把春晓送回酒店，然后自己也回酒店，她感到头重脚轻，她已记不起上一次喝酒是在什么时候，好像是在国内吧？

临睡前她试图洗个澡，但坐在床边发了一会儿呆就忘了，接着她就躺倒睡着了。

当米莱睡着的时候，夏琳却钩着安德鲁的脖子走在一条叫不出名字的小街上，前面不远是一个街心花园。夏琳觉得自己是在靠着一团儿云雾走。安德鲁轻轻揽着夏琳，夏琳觉得他又松又软，自己在一点点陷进去，她感到安全与舒适，一点也不关心自己在哪里，她的眼睛几乎闭上了，呼吸又深又痛快。在安德鲁眼里，夏琳像是睡着了。

夏琳走着走着脚一软，几乎跪到地上。夏琳站住，定了一下神，在昏黄的路灯光下，只见安德鲁在静静地注视着自己。

"这里只有我们两人？"夏琳问。

安德鲁点点头。

"这里哪里？"夏琳问，"看起来像一个花园，我闻见花香。"

"是的，这是一个花园，你看起来像只精灵。"安德鲁说。

"我刚才怎么了？"

"你刚才很好，就像现在一样好。"

"我想躺下，听一听四周的声音。"夏琳说着原地躺下了，她闭上眼睛，四周是那么安静，连风的声音也听不到，然而她却清楚地听到了安德鲁的呼吸声，她知道，他离她很近，很近。

"我听到声音，像是从地下传来的——好像，不是声音，不知道那是什么，你听到什么？"夏琳闭着眼睛，轻声问。

"是声音，寂静的声音。"安德鲁说。

▶▶ 只剩下咒语

　　夏琳像是睡着了，她平平地躺在地上，安德鲁就坐在她身边。那是一个神奇的时刻，月亮忽然从云中快速钻出，照亮了夏琳的脸，安德鲁看到夏琳的脸，光洁而甜美，没有阴影，像是悬浮在虚空中的一片柔和的曲面。

　　他不想打扰她，就把外衣脱下来，盖在她身上，然后就看着她。他一直看着她，不厌倦，也没有任何想法，只是看着她。夏琳就像是死去了，不，那不是死去，正相反，夏琳仿佛是从夜色里凝结出的一个奇特的果实，她正在从巴黎的土地里吸取着生命所需的一切，她好像是将要诞生一样。

　　月亮重又钻入云中，安德鲁摸一摸夏琳的脸，冰凉。他推她，又推她，夏琳皱皱眉，长叹一口气，睁开眼睛："我刚才喝了很多酒。"

　　安德鲁点点头。

　　"我刚刚睡着了。"

　　安德鲁再次点点头。

　　"我好像听到很多人说话。"

　　安德鲁仍然点点头。

　　"我想听听你对我说话。"

　　"我爱你。"

　　夏琳向安德鲁伸出手臂，安德鲁拉住她的手，把她抱进怀里，他慢慢用头发摩擦着她的头发，然后用脸贴紧她的脸，最后他吻了她，像唤醒一个生命。

　　"在这里，我什么也没有，除了梦想。"夏琳喃喃地说。

　　"这很好。"

　　"很坏。"

　　"嗯？"

　　"梦想是无法满足的。"

　　"梦想本身就是满足。"

　　这是巴黎的后半夜，最安静，也最黑暗，属于梦。那里没有呼吸，也没有颜色，欲望之花轻轻绽开，像清泉流淌，丝绒般平滑，没有阻力，没有重量，不需支撑，瘫软，满足，悬浮。没有声音，只剩下咒语。

▶▶ 一个就够了

Lotto新品发布会如期举行，取得了成功。

春晓第二次出场时赢来掌声，当时她穿一身休闲运动装，走得非常飘逸。公司的保密工作做得很好，夏琳坐在场下，就连她也是第一次看到全部设计。整场秀的制作非常精致，节奏、灯光、音乐、背景，一切都没有出错。巴黎时尚界对富有新意的设计早就司空见惯，因此场面上也是惯惯成功的那一种场面。

第二天，很多报纸发了新品图片。

当然，荣誉最终归于蒙代尔先生。

发布会结束前，蒙代尔先生来到聚光灯下，笑容满面，他上身穿一件裁剪得当的高级运动夹克，脖子上戴着丝巾，临上台前，他突然决定不戴准备好的墨镜，在接受哗哗的相机快门声和闪光灯的闪光时，他不停地做出各种快乐的表情，一点也不显老，反而显得又调皮又淘气。当然，风度也很好，完全不像新秀。他最不想让人们把他当成一名焕发了青春的老将，但好像在这一点上并不成功，人们的掌声里有种礼貌，被他听出来后感到些许的不快。不过，年轻女模特上来给他献花时，他把不快忘记了。

夏琳再一次深刻体会到那条时尚界的真理，一个公司并不需要很多有才华的设计师，一个就够了。

在掌声中，夏琳看到自己的命运显现出来，她是那么多设计师中的一员，她是一个庞大产业森林中的一片绿叶。隐隐地，她感觉到，无论如何奋力向上，那一片叶子仍被紧紧包裹在一片茫茫的绿色之中。

从发布会现场出来时，夏琳感到坦然又轻松，心头没有她事先想象出的苦涩，也没有难过。每一件设计作品她都看过，单件看还有似曾相识之处，但作为一个整体，又的确与她无关，从中她没有发现自己，甚至连蒙代尔先生都被一笔带过，她只看到Lotto。那是一个悠长故事，多年以前，人们在欧洲穿

Lotto，感到舒适随意，多年以后，人们还将穿它，有些人还会使用它的配饰，因为那些配饰的确为整体设计增色不少。

发布会以后本来有一个小小的庆祝会，据说蒙代尔先生要在庆祝会上对夏琳说几句话，但就是连这个安排也被打乱了。法国一家颇有实力的时尚杂志的主编心血来潮，他想利用秀场散场后的懒散零乱的气氛拍一组照片看一看。结果是庆祝会取消了，整个蒙代尔公司的员工紧张得不行，他们加班加点，连同那家杂志雇请的摄影师、灯光师、美术师一起协同工作，加班四个小时，完成了那一组图片的拍摄。蒙代尔先生中间体力不支，不得不回家休息，当然，人人都得到不菲的加班费，就连春晓也不例外。

让春晓失望的是，没有人给她新工作，所有的事情结束以后，她只是被通知可以在巴黎的酒店里再多住一天。

夏琳也被通知，她得到两周的带薪休假，用以奖励她正式成为蒙代尔公司的设计师。目前，蒙代尔公司有六个正式的设计师，夏琳成为第七个，她的升迁速度已使公司所有人为之震惊，她今后必须努力工作，巩固自己已取得的成绩。机会当然有，发布会刚过，蒙代尔公司就接到一个户外运动品牌的设计邀请，夏琳假期之后，便要回来继续为团队贡献灵感，因此，公司建议她假期最好去可以背包野营的地方看一看。

▶▶ 紧张

最紧张的是杰西卡，每一天，她都接到安德鲁的新消息，这些消息全是有关他与夏琳之间的关系进展，他们俩明显地坠入了情网，夏琳已产生了那样一种奇特的需要，那就是每一刻都想与安德鲁在一起。

由于这种亲密的关系发展太快，就连安德鲁自己也无法说清事情的本来面目。有时候，他觉得那是往纵深进展，因为他们走在街上谈到未来；又有些时候，他觉得只是在平面上来来去去，因为他们讨论了半小时的现状。

在杰西卡看来，安德鲁现在已越来越不爱使用他的头脑，他完全没有计划，而只是越来越沉入本能。这并不是件坏事，杰西卡知道，人类的本能是由基因决定的，在漫长的进化过程中，本能的决定往往费时最少，却又最正确，尤其是涉及男欢女爱方面。团队至此对安德鲁已没有建议，只是让他见机行事，大家都在等待那压倒骆驼的最后一根稻草。

最为理想的情况当然是让夏琳与安德鲁长时间地单独在一起，更理想的情况是，让陆涛知道这一件事。当然，这需要凑出一个时机，然后由夏琳向陆涛挑明这件事，毁灭的力量应该来自陆涛本人。根据资料，他被激怒后，往往表现得叫夏琳不堪忍受，从而加速她离开他的过程，她最好是有种逃离纷乱漩涡中心的感觉，这才使她更放松，也更能使她眼里的陆涛显得荒谬可笑。

安德鲁当然是她放松的最好伙伴，他们俩就像奇迹般地相逢，又像奇迹般地在一起，这本身就足以叫夏琳暂时不再考虑别的东西，而只是希望尽量把奇迹延长。她甚至可以不相信安德鲁，当然，她若是坚定相信自己的选择就最好不过了。

对这一切，杰西卡当然都有安排，她要求安德鲁再忙也要把每一天的每一件发生的事讲清楚，以便于她可以去操作安德鲁无法做到的那些事情。

安德鲁将继续保持他的神奇，这是对夏琳最有吸引力的，也是让她下决心离婚的关键。可以看出，她对于目前的生活状态不太满意，安德鲁要做到的是，向她展示，他可以改变这一切。

当然，他不能急于去展示，因为那样不可信。

▶▶差一点

然而安德鲁还是差一点把事情搞砸，因为明天晚上陆涛就要从里昂回来了，不用说，他只能让出位置，这使他很痛苦，于是就趁夏琳睡觉时给杰西卡打电话讨论这件事。不巧的是，夏琳并未睡熟，她并不是很习惯安德鲁的住处，朦胧之中，她听到安德鲁的声音，仔细听，声音从阳台传来，通往阳台的门虚掩着，夏琳更仔细地听，她听到了。

安德鲁从阳台一回来就感到大事不妙，夏琳坐在床上，手里拿着一只金红色的苹果在吃。

"你没有睡着？"安德鲁问。

"我没有，我饿了，我们只剩下一个苹果。"夏琳淡淡地说。

"我可以下楼去买。"

"不用了。"夏琳晃一晃手中的吃了一半的苹果，"我现在已经不饿了。你是不是有点不舒服？"

"我也有点饿。今天是星期几？"

"请不要想那件事。"夏琳指的是陆涛要回来这件事，事实上，她也在想这件事。

"我尽量不想。"

"我刚才听到你好像在跟什么人说这件事。"

"我的心理医生，他答应我，我一焦虑就可以给他打电话。"

"你说得太多了，这唤起了我无穷无尽的罪恶感，我越来越觉得自己邪恶而无药可救。"夏琳叹了口气，然后问，"在法国，你们怎么处理这种情况？"

"我们会——我可以找陆涛谈一谈，或者你。当然，不必着急。"

"不着急——这是你的重点吗？"夏琳挑起眉毛，"你是不是在想，也许时间拖得长一点，这件风流韵事就会无疾而终，谁也不影响，大家会各走各路？"

"夏琳，你知道，我不会这么想。"

"你怎么想？"

"我在想——我们应该去吃冰淇淋。"

"我也正想吃冰淇淋。"

"我想吃哈根达斯。"

"那也是我的最爱！"夏琳叫道，安德鲁就是在这一点上让她感到神奇，总是这样，她想的，也正是他想的，神奇的是精确，同一个时间，同一种欲念，同一样东西。

两人来到一家哈根达斯店，那里还有十分钟关门，只剩下两种冰淇淋，比利时巧克力和夏威夷果仁，正是他们俩最爱吃的。

"看，最后的机会，被我们抓住了。"安德鲁说。

"是的。"

"我希望你答应嫁给我。"在吃完最后一口冰淇淋后，安德鲁把勺子轻轻放好，然后轻声说，"我希望，这是注定的事情。"

"注定的事情让人害怕。"

"为什么？"

"因为没有什么力量可以抗拒。"

"为什么要抗拒？"安德鲁说，他慢慢把手伸到夏琳的手边，拉住她，接着攥住。

与此同时，夏琳吃到最后一口冰淇淋，她的小勺触到一个硬硬的东西，她隐隐知道那是什么，她接着用勺把那最后一块冰淇淋舀起来，然后慢慢全部吞进嘴里，接着她张开眼睛看安德鲁，就在安德鲁把眉毛扬起的一刹那，她把嘴里含的东西吐到桌上。

"我知道，是个戒指，我用舌头感觉到的。"

"你还能感觉到什么？"

"是银色，不是很值钱。"夏琳看也不看地说。

"我希望，你有一天可以戴上，并且不再取下来。"

"即使，即使我没有机会戴它，我也会记住发生在我们之间的事，太多的心有灵犀。"夏琳说着，两滴眼泪顺着面颊滑落，她喃喃地说，"没有人会相信这些事。"

⏭ 例行公事

周末，巴黎人都去郊区度假了，城里冷冷清清，米莱、春晓和夏琳都意识到，散伙儿的时候快到了，只有陆涛兴致勃勃，他利用一周时间又学会很多网球技术，包括一些组合打法。重要的是，提高了正反手击球的稳定性。他还制定了一份详细的比赛计划，为每一分的争夺都做好了充分的准备。可以说，自从来法国之后，还没有一件事让他如此重视的。

比赛之前米莱有点心不在焉，事实上，即使是在比赛之中，她也走神儿走得厉害，但仍然再次以六比零击败了陆涛。

比赛打得匆匆忙忙，米莱只是不耐烦地一下下把陆涛打过来的球打回来，其中陆涛有几个球明显地打出界了，米莱仍然打回去，就跟她是陆涛的教练一样。

下场后陆涛没有再说什么，连句玩笑话也没有。他试图围着球场爬，被大家阻止住了，当时的气氛很怪异，就连陆涛都有所察觉。

接下来，怪异的气氛就此展开，大家按计划一起吃散伙饭，虽然每个人连餐后甜点都点了，但却缺乏以前聚会时那一种兴高采烈、其乐融融的感觉，不只是陆涛吃得有点垂头丧气，其他人也吃得没精打采。

再接下来的购物更是平平淡淡，夏琳是地主，该买的东西早买了，春晓是没钱，所以拿起商品看看后放回去的速度很快，米莱从来都对购物兴趣一般，但大家都像约好了似的，谁也不说什么，只是一个地方接着一个地方地走完，夏琳向米莱推荐什么，米莱就买什么，有的干脆买双份，另一份送给春晓。

终于，逛街结束，夏琳和陆涛把春晓和米莱送到机场，大家在机场咖啡厅各喝了一杯咖啡，谁也没说这一天过得完全像是例行公事，事实上，这一天过得比例行公事还要糟。

米莱和春晓的飞机起飞差一个小时，春晓先飞，米莱决定与春晓一起提前进关，好让夏琳和陆涛单独在一起。而他们俩单独在一起之后会发生什么，米莱和春晓都不想知道。

当然，这是有原因的。

事实上，她们已经知道了很多她们不想知道的事情，她们知道收场并不容易，因为整整一星期，夏琳都跟安德鲁在一起。其中米莱知道得更多，她知道，此刻，安德鲁就在机场的某一个角落，她打一个电话安德鲁就会出现，她还知道，自己在临走时必须向陆涛讲明这件事，因为夏琳再三请求她让她讲，夏琳自己对此事无法开口。

"还有半小时我和春晓就走了，临走前，我想和你讲句话。"米莱把手边剩下的最后一口咖啡喝完，然后看着陆涛说。

"除了网球，说什么都行。"陆涛笑一笑，但仍然很难掩饰他的尴尬。

"我们去外面说吧。"米莱说。

"怎么搞得神神鬼鬼的，不至于吧？"陆涛再次笑了，他看看夏琳和春晓，让他大感意外的是，两人竟然表情僵硬，就像知道米莱会这么说一样。

"你听不听吧？"米莱问。

陆涛突然明白过来："你要说的她们都知道？"

米莱不再说话，而是站起来，走出咖啡厅。

陆涛犹豫了一下，跟了出去。

▶▶ 爆炸

"我不喜欢机场，好像所有的坏事都跟机场有关。"米莱望着走近的陆涛说。

"对不起米莱，我还记得你第一次去美国，在机场——"陆涛用手捂了捂脸，似乎米莱刚刚打过他耳光似的。

"陆涛，请你想象一下，如果你敢想象的话，请你想象一下我当时的心情。"米莱说。

"一定是坏透了。"陆涛笑一笑说，"不过，一切总算过去了。"

米莱深深地叹口气："陆涛，我现在非常难过，也许比那一次还要难过。"

"为什么？"陆涛看着米莱，睁大了眼睛，"你怎么了？"

"我是在为你难过。"米莱深吸一口气，又长长地吐出来，然后说道。

"为什么？"陆涛吃惊地问，"我怎么了？"

"你现在无辜得就像那时候的我。"米莱突然提高了声音，"其实我现在什么都不想对你说！"

"到底怎么了，米莱？"陆涛心里一颤，他知道有坏事发生了。

米莱哭了起来："我不想待在这里，我想马上走，可她们非要让我来说！"

"是你自己的事吗？"陆涛问，他的好奇心被激起来了。

"我的事？我的事已经发生过了，现在轮到你。"米莱使劲擦净眼泪，对陆涛说道。

"你告诉我这件事有多坏，我好有个心理准备，我——"陆涛尽量使自己做出一副嬉皮笑脸的样子，但他知道很难保持住。

米莱再次深吸一口气，突然说："陆涛，你们离婚吧！"

"我们？离婚？为什么？"

"因为夏琳爱上了别人。"

"谁？"

"安德鲁，一个法国人。"

"一个法国人？"

"是。"

"夏琳为什么不告诉我？"

"她的理由，就像她当时爱上你不告诉我一样。"

"她怎么能这样？"

"她就那样。"

"她——她——"陆涛感到自己的头脑里发生了爆炸，他想说话，但却说不出来，他感到脸上的肌肉在跳动，他有点抽搐，他努力站稳，但没有成功，腿一软，就原地坐在米莱面前。

陆涛的每一个动作，以及那些下意识的动作所携带的震惊、痛苦与扭曲，一下一下深深地刻入米莱的记忆，她以为她看到陆涛痛苦，心里可能会有一种报复似的快感，她以为，她有勇气面对陆涛的任何反应，她还以为，她可以安慰陆涛，为他打气。她错了，一阵尖利的难过刺入她的心脏，她蹲下，试图与陆涛说话，但却一句话也说不出来。

陆涛看到米莱眼睛里饱含泪水，她就蹲在他身边，看着他。

"米莱，你为什么哭？"

"我看到你，就像看到我自己，我们都又封闭又自我又轻信，我们都一厢情愿，我们都过度自信，我们都不懂得察言观色。在我们觉得跟别人很亲密的时候，其实我们只是跟自己在一起——"

"米莱——"陆涛定了一下神，"这不像是我，我现在表现得太差了，刚刚，刚刚我还在想我们打球的事情，我想什么来着，对了，我在想，当我有一个假期，我会去美国找你打球，我完全没想到你能这么容易赢我。我还在想——"陆涛说着站起来，接着又试图去拉米莱，他的手在抖，只是抓住米莱的上衣的肩膀部分，又茫然地左右看看，像是在扶着米莱一样。

米莱猛地站了起来："陆涛，你别着急，事情已经发生了，你只不过是刚刚知道了而已。"

"你们都知道了？"

"是的，我们还见过安德鲁。"

"他——他什么样子？"

米莱摇摇头，她不知该说什么。

"夏琳怎么能这样对我？"陆涛既像是对米莱说，又像是自言自语。

"她也这样对我。"这一回，米莱一下子清醒了，从对陆涛的同情中挣脱出来。

"她在哪里？"陆涛问道，说话的同时，他看到夏琳正从咖啡厅里出来，一边打电话，一边向一个方向匆匆走去。

米莱也顺着陆涛的目光看去，只见安德鲁迎着夏琳走过来。

"是那个人吗？"陆涛指着安德鲁问米莱。

米莱点点头。

接着，两人看到安德鲁和夏琳说了几句话，接着两人同时向这一边看过来，没有面面相觑，只是四目相对。

▶▶猝不及防

这是一个凝固的时刻，如同射出的箭在空中忽然静止，令人猝不及防，米莱闭上眼睛。

当她再次睁开眼睛，一幅难以置信的全景画面就像被谁从电脑里揪出来一样丢到她眼前，安德鲁和夏琳一起走了过来。她定睛细看，是安德鲁在前面快走，夏琳在后面追，米莱猜多半是夏琳一把没抓住安德鲁。

更难以置信的是陆涛，他甚至无意中向后退了两步，一直到撞了米莱一下才停住。

接着陆涛迎上前去，他离安德鲁越近，就越相信米莱说的一切都是真的，陆涛的直觉告诉他，就是他，就是他，就是这个人！

两人在相距非常近时才同时站住。

"你想说什么？"半天，陆涛才说出这一句话。

"我爱夏琳，我能够给她幸福，请你跟她离婚。"安德鲁说这些话时，面无表情，像是背书一样。

第一次，一种陆涛从未有过的情感从心头升起，当他挥出第一拳时，他才认清那情感，不是怒火，怒火没有这么炽热，怒火也没有这么深刻。没错儿，是恨，就是恨，单纯而赤裸的恨，那种情感是那么强烈，以至于陆涛感到周围的一切都随之爆裂。陆涛想击碎他的脸，击碎他的颧骨，想撕碎他的衣服，撕碎他的皮肤，折断他的骨头，折断他，接着他只想杀死他。

安德鲁似乎是早有准备，他只是用额头接受了第一下重击，并听到咔的一声，他知道是什么折断了，然后便闪到一旁，他曾接受过为期一年的拳击训练，能够对抗更为凶猛的打击。陆涛随后的几下都被安德鲁挡住了，安德鲁迅速侧过身贴近陆涛，用肘部顶住他的下巴，以便使他无法发起攻击。接着他用头部猛地撞向陆涛的头，陆涛一下子摔倒在地上，米莱一把抱住从地上爬起来的陆涛，制止他再次冲向安德鲁，夏琳同时抱住安德鲁，安德鲁脸上流着血，从夏琳的头顶盯着陆涛。陆涛试图挣脱米莱，却挣不脱，他试图推开米莱，不料似乎是被推开的米莱荡了一下，抓他的手却没有松开，眨眼间便再次抱住他，并把他甩向距离安德鲁相反的方向。

行人发出尖叫，机场保安冲过来了，连春晓都跑了过来，挡在安德鲁和陆涛中间。

被米莱抓住的陆涛现在浑身发抖，他抖得如此厉害，发不出一丝声音，让抓着他的米莱都感到心疼。她清楚地看到，在陆涛的脸上出现了一种以前她从未见过的表情，残忍，无情而无助，那是一种通常被称之为"被欺负"的表情，那是一种受辱之后的目瞪口呆，伴随着极度的惊恐与不解。米莱看到大滴大滴的泪水无声地从陆涛的眼中滑落，他直直地盯着安德鲁，但那目光空洞得简直叫人无法相信他能看到任何东西。

▶▶无情

"太无情了，太无情了。她骗我，完全把我当傻瓜，我怎么能这么蠢？"半小时后，米莱听到陆涛仍在喃喃自语。此时，夏琳和安德鲁已经在米莱和春晓的劝说下离去，春晓在夏琳的提醒下，在最后一分钟冲向检票口登机回国，留给米莱时间最多还有不到一小时，她知道自己必须想出办法，尽快让陆涛平静下来。

"陆涛，如果你不能自理，我就不走了，留下来陪你。"米莱说。

"太可怕了，一切都是那么突然。米莱，你能告诉我刚才是怎么回事吗？"

"我能告诉你的，你已经知道了。"

"我们向那边走走，这里很乱。"陆涛指一指候机楼外。

"那我们就走走吧。"米莱说着，与陆涛一起向候机楼外走去。

"到底是怎么回事儿？"

"夏琳爱上了别人，我已经对你说过了。"

"那人是什么人？"

"你真想知道吗？"

"真想——不，没有用。"

"那人也是一个服装设计师，人还可以，但他刚才一定是疯狂了。"

"你误机了吗？"陆涛问。

"我还有半小时，刚才春晓已经走了。"

"我跟她说再见了吗？"

"你跟她招手了，还对她说，这件事不要告诉华子和向南。"

"我都不记得了。"

两人走出候机室，陆涛忽然站住："好了，你别陪我了，我现在好点了，刚才我是气昏了头。夏琳为什么要这么干？"

"这对你重要吗？"

"重要——"

"别人的解释只是别人的解释。"

"求求你，说给我听听。"

"你当时为什么要那么干？为什么要那么对我？"

"我——我鬼迷心窍了行吗？"

"那夏琳也是鬼迷心窍了。如果你非要从我这里听一种解释的话。"

"我懂你的意思。"

"我是过来人，回头想想才知道，很多时候，人是不能控制自己的，也许所有人都这样。"

"作为过来人，你认为什么是最重要的？"

"最重要的？没有最重要的。"

"没有吗？"

"可能最后我们能做的，只是如何面对那些发生的事情。"

"我们难道就不能预见到某些事情？"

"你要能预见到夏琳会在法国遇到安德鲁，那你还会跟我分手吗？"

"我不知道。"

"也许有一个人懂得你想知道的。"

"谁？"

"徐志森。"

"为什么这么说？"

"他做生意很成功。我觉得他也许能看到别人忽略的东西。"

"那只是在生意方面，我不感兴趣。"

"生意会涉及很多人。"

"那也很好理解，我们谁也说不清每一滴水如何运动，但很多人可以看出河流会流向哪里。"

"那我就不知该说什么了。"

"他们在一起多久了？"陆涛忽然问。

"没有多久，我来时夏琳还在犹豫。"

"你对安德鲁怎么看？"

"我只见过他几次。我讲实话你别生气。"

"我不会的。"

"我觉得安德鲁适合她。不过安德鲁今天的表现叫我有点吃惊，总觉得有什么不对的地方。"

"什么地方不对？"

"他应该等着我打电话叫他，他才会出现，这是我们商量好的——但他突然就出现了，我不知为什么。"

"他们能长久吗？"

"陆涛，我不知该对你说什么。有时候看着发生在自己身上的事情在别人身上又发生一遍，那滋味儿比发生在自己身上还讨厌。我要走了，陆涛。"

"是的，你被我拖了一个星期，还帮夏琳说话，我希望你在美国过得平静一点。"

"我只希望你控制住自己。"

"我想我能做到。"

"下面你要干什么？"

"我先回里昂吧。"

"这是我最想听到的。"

"那么，再见了。"

"再见了。今天真是我最狼狈的一天，你肯陪我，跟我说话——"

"好了，别说了。我也觉得今天是特别扭的一天。保重吧。"

米莱招招手，走向候机室，陆涛看着她的背影："米莱，你的行李——"

"在咖啡厅，放心吧，我没问题。"米莱再次对陆涛招招手，闪身走进候机室。

▶▶| 你和他在一起吗

陆涛叫了一辆出租车，直接来到火车站，一路上，他的头脑在飞快地考虑整件事，他说服自己，这只是一次意外，是他与夏琳生活中出现的一个插曲，因为他们来了巴黎，并且夏琳又混在时尚界，而巴黎的这个行业从来就不缺乏风流韵事。他感到他必须理解夏琳，接着他认为自己原谅了夏琳，他想过上一段时间，夏琳就会回心转意，他不相信一个中国人与一个法国人有什么共同语言。

然而夏琳看中了安德鲁什么呢？让陆涛有点窝火的是，他一下子就想到了安德鲁的外貌。是的，他具有那种法国白人特有的英俊，一种精心修饰的漫不经心，一种在随意与认真之间达成了某种平衡的个人气质；他身材很好，穿衣服很有型；他很灵活，可以闪过自己打出的拳头，他的撞击也很有力，到现在陆涛的头还在嗡嗡响。但是这一切的背后是什么呢？刚才那一幕令他感到羞愧，他简直不敢回想自己当时的表现。如果他当时能够狠揍一顿安德鲁该多好，最好是把他打得住医院，身上裹满了石膏和绷带，然后他再和夏琳天天去看他，有什么话就坐在他的病床前说一说，甚至可以以法国人的方式讨论一下他们三人的未来。

但实际情形令他不堪回首，陆涛当然不知道，为了那一幕，安德鲁进行过艰苦的训练，他不能伤害陆涛，还要掌控局面，他还要让所有人以为他对此毫无准备。前面的防守并不是很难，难点在于如何结束，是杰西卡想出了那一下头部撞击。在此之前，安德鲁强烈建议他应该出拳击倒陆涛，但杰西卡坚决否定了，她的理由是，那样会让夏琳认为陆涛被欺负了，从而可能站到陆涛那一边去。

杰西卡还有一些有关暴力场面之前之后的精确计算，无疑，那计算是准确的，以至于安德鲁都很惊奇，比如，由于有米莱在场，与陆涛在一起，夏琳便会本能地跟着安德鲁走。事实就是这样，夏琳几乎是手足无措地被安德鲁抱着离开现场，安德鲁一路上劝着夏琳放松，再放松，告诉夏琳，等陆涛冷静下来再打电话联系。接着，米莱又来电说，陆涛想先回里昂冷静一下，然后再打电话给夏琳。

但夏琳仍是不放心，凭她对陆涛的了解，她深深地知道，陆涛在失控时，连他自己都无法知道他会怎么样。

"我要给他打一个电话吗？"夏琳问安德鲁。

"那会刺激他。"

"我怎么办？我现在应该做点什么才对。"

"一切都会好的。"安德鲁说。

夏琳觉得安德鲁的声音对她有一种镇定作用，她完全听从安德鲁的话。

就在陆涛坐的出租车到达火车站时，夏琳和安德鲁坐在夏琳住处附近的一个路边咖啡馆里，电话就放在桌上，夏琳一边喝咖啡，一边发愣。安德鲁早已把脸上的血迹擦干，他显得有力而可靠，就坐在夏琳边上，只等夏琳表现出需要安慰的时候才去安慰她。

此时，陆涛走入火车车厢，在一个空位子边儿上坐下，火车还有十分钟出发，他拿出手机准备给夏琳发一个短信，但他的手抖得厉害，按字母接连出错，他索性拨通了夏琳的电话。

听到铃声，夏琳看了一眼安德鲁，安德鲁点点头，夏琳接了电话。

"喂——你好吗？"陆涛的声音传来，有点沙哑。

"我很好，已经回家了。"夏琳说。

"你和他在一起吗？"陆涛忍不住问。

"没有——"夏琳话音未落，电话里便传来陆涛的声音，"你等着，我马上过去。"

"你在哪里？"夏琳问。

陆涛那边的电话已经挂了。

▶▶ 还能恢复吗

陆涛像弹簧一样从座椅上跳起来，冲下火车，冲到街边，一直冲到夏琳那里，他打开门，夏琳就坐在平常她坐的座椅上上网，事实上，她也是刚进门不久。

陆涛走近夏琳，拉过把椅子坐在她身边，她转过头来看着他。

"是真的吗？"

"是。"

"我是问，你们之间真的发生了——"

"真的。"

"你断定自己对他有强烈而深刻的感情，就像我对你的感情一样？"

"我断定。"

"我怎么办？"

"我正在想这件事。"

"那么，我的原则是不用你想。"

"那我怎么办？"

陆涛看着夏琳，一直看到眼睛发酸，接着，他开始失声痛哭，他用力闭上眼睛，试图把眼泪止住，但他无法做到，他用右手捂住自己的心口处，那里疼得叫他难以忍受，即使他把牙咬得咯咯响也没有用。好了，终于发生了，他的目标粉碎了，他的一切努力只是换来面前的夏琳，她低着头，不看他，只是站在他面前，像一件家具，他完全无法认出她。令他完全无法理解的是，她竟敢离开他！

陆涛想到自己为夏琳所做的一切，一股冤枉的怒火腾空而起，这是一种真正的辛酸，令他肝肠寸断。他心疼她，为她担心，按照他能想象的最好的方式爱护她、支持她，然而她却利用他的忍让，无视他的付出，最终投入别人的怀抱。

陆涛感到浑身发抖，他的太阳穴在跳动，他身上的肌肉变得僵硬，他下意识地拿起一个桌子上的一架小相机，在手里摆弄，但一想到他买相机只是为了给夏琳拍照，便气得奋力把相机向窗外投去。他没有看到窗外与房内还隔着一层玻璃，相机击碎了玻璃，飞出窗外，发出一声脆响，这响声在他听来有一种粉碎的快感。接着他开始抓住一切可以抓住的东西，然后把那东西投掷出去，事实上他在用一件东西砸向另一件东西，他什么也不想要了，他看着一切都觉得伤心。他什么也不在乎了，在夏琳眼里，他只是把两人一起在巴黎建的家给砸了，夏琳甚至没有去劝阻他，只是用怜悯的眼神，看着他把家一下下砸烂。

陆涛发泄着怒火，喘着气，他停下来，忽然用乞求的目光望着夏琳说道："我没有注意到那些迹象，我只是想着自己愿意想的，只看到我能看到的。"

"我们都是这样。"

"你没有想过愚弄我吧？"

"我没有。"夏琳说，"我不会。"

"对不起，夏琳，给我一些时间，我把咱们的家恢复成原来的样子。"

"它还能恢复吗？"夏琳垂下眼睛，只是简短地问道。

▶▶回家

陆涛歪歪斜斜地走出房间，走了几步又回来，他靠在门上对夏琳说："我想对你说祝你们幸福，但实际上我想的正相反，我巴不得你们出点儿事儿，最好是坏事儿！那安德鲁配不上你，他们法国人不可靠。我这么说你一定觉得我特小气，但这是我的真心话，我还是说完再走吧——我已经不在乎你怎么看我了，再见！"

"你去哪里？"夏琳站起来问道。

　　“我不会骚扰你，也不会打扰你，我想杀了你。但是此刻，此刻！我又很清楚我爱你，我比任何人都更需要你。我知道，你并不是为了满足我的需要才来到这个世界上的，但你为什么不能那样？你明明知道，你做做样子我就会幸福得跟王八蛋似的！”

　　“陆涛，我们以后有机会再讨论这类问题。”

　　“我们哪里来的机会？我们的机会都被你毁灭了！”

　　“你责怪我我能理解——”

　　“你现在当然什么都能理解，就像我以前认为自己能理解米莱一样，但是，你不理解！你不理解！你不理解！”

　　陆涛喊着，意犹未尽：“我知道我是一个混蛋，但你比我更混蛋！我一直竟想着跟你度过一生，真是疯狂！你到底想干什么？什么才能让你满足？你当一当家庭妇女有什么不好？”

　　“我只是，我只是很迷惑，陆涛，我觉得我到哪里都是那么被动。”夏琳哭了起来，“现在你对我说什么都可以，你说吧。”

　　陆涛忽然看到那张他坐过的椅子，他突然想到他不在的时候安德鲁来时一定坐过，因为夏琳只坐另一张椅子，一种刀割般的嫉妒瞬间就吞没了他，他抓起那椅子，狠狠地向地上摔去，把那把木制椅子摔得碎成几段，接着又抢起剩下的一段往门上狂碰两下，然后回过身给夏琳鞠了一躬：“夏琳，我错了，因为我爱你！”

　　说完便走出房间，他已经无法忍受那间房间，在他走下楼的时候，两位邻居走出来看。

　　“不用报警了，结束了。”陆涛对他们喊道，话音未落，脚下一软，便从楼梯上滚了下去，他一点也不觉得疼，迅速爬起来，继续下楼，一直走出那楼门，走到街上，然后拦住一辆出租车，坐了上去。

　　“先生，请问要去哪里？”出租车司机是位黑人，见陆涛一言不发地坐在后座上喘气，像是刚刚做完有氧运动一样，于是回头笑着问道。

　　“回家。”

　　“先生，请问你的家在哪里？”

"在——机场，我去机场，我想坐飞机！"

"好的，先生。"出租司机一边开动汽车，一边不解地摇摇头。

►►机会来了

到了机场，陆涛茫然地在候机室里走来走去，他记起自己刚刚来过这里，还看到了安德鲁，怒火一下子升腾起来，心口堵得厉害，他迅速走出候机室，拿出手机，给林婉芬打了个电话："妈，我想回家。"

"陆涛，你怎么了？"接到电话的林婉芬大惊，却努力不使自己的声音出现异样。

"我想回家。"陆涛重复道。

"你别急！跟徐志森说话吧！"说着，林婉芬把电话递给徐志森，并在他耳边小声说，"陆涛想回家。"

徐志森高兴地接过电话："陆涛，欢迎你回来，我是徐志森。"

"我怎么回家？"陆涛在电话里叫道。

这一次轮到徐志森大惊了，他停顿一下问道："你一个人？"

"是，一个人。"

"请你伸出手摸摸你的口袋，看看护照在不在？"

陆涛一掏兜说："在。"

"再看看你有没有钱包？"

陆涛摸一摸，钱包不在了，多半是落在了出租车上。

"没有，我什么也没有了。"陆涛继续叫道。

"你在哪里？"

"哪里？在机场，戴高乐机场。"

"你先找到一个座椅坐好，我十分钟以后给你打回去。"徐志森说道，他意识到，他等待的机会终于到来了。

挂掉陆涛的电话，徐志森打电话给吉米："吉米，陆涛现在在戴高乐机场，一小时之内他必须坐飞机回国，无论你用什么办法都可以。我等你的消息。"

接下来，徐志森在房间里走动，他知道，陆涛那边一定是发生了什么事情，叫他满意的是，陆涛想到了回家。

▶▶原谅你

陆涛在候机场外焦躁地走了一个来回，忽然，他觉得夏琳这一会儿有可能已经回心转意了，他决定打个电话试探一下，他拨通夏琳的电话："夏琳，我有话对你说！我原谅你！请你离开那个人。我觉得他以后会欺负你，他只是在骗你，你不能相信他，你说过，这个世界上最爱你的人是我，你记得吗？"

"陆涛，你在哪里？"电话里，夏琳干巴巴的声音里透出绝望。

"你别管我在哪里，回答我的问题。你能不能让我原谅你？"

"我希望你原谅我。"

"我已经原谅你了，请你别跟他在一起了。"

"你在说什么，陆涛，你是什么意思？你是不是在哭？"

陆涛的确在哭，他想让哭泣止住，但是完全无法做到："夏琳，我爱你，你不能这样对待我。我已经娶了你，你怎么能这样对我呢？你怎么能骗我？我从来没骗过你！"

"我没骗你，陆涛，我希望等你冷静以后我们再说话，你这样我们说什么也没有用。"

"有用！现在是最有用的时候，以后再说就来不及了，我必须马上就见到你，我必须听见你说你爱我，然后我会对你说我原谅你——"突然，他提高声音，其实是在歇斯底里地大叫，"我怎么能原谅你？"说罢，竟抬手把电话用力扔向远处，就像是要把夏琳的声音扔掉一样，那声音如同小锯在锯着他的神经。

夏琳只在电话里听到一声钝响，她完全不知陆涛在做些什么，只好焦急地对着电话"喂喂——"喊道。

　　陆涛陷入了疯狂，当电话从手中离去，飞向空中的时候，他才意识到自己很想听夏琳说些什么，于是飞跑去捡电话，脚一软，就在离电话三米的地方摔倒了，他爬了几下，就趴在地上拿起电话："喂，夏琳，你在听吗？"

　　"你怎么了？"夏琳的声音传来。

　　"我刚才不小心摔倒了，现在我已经爬起来了。你和安德鲁有什么打算？能告诉我吗？"

　　"安德鲁向我求婚了。"

　　"你怎么回答的？"

　　"我说我已经结婚了。"

　　"那么，你的意思是要跟我离婚，是不是？"

　　"我在想这件事。"

　　"你怎么能想这件事！这有什么好想的？你不可能和我离婚！除非我死了，或者你死了！"

　　"陆涛，请别这样说话，我害怕。"

　　"我才是害怕！你什么都不怕！连跟我离婚你都敢想。夏琳，你欺骗我，你说你在工作，你在加紧工作，难道说有计划地跟我离婚也叫工作？我告诉你，夏琳，你不能这么无耻，你不能这样对待我，你会毁了我，毁了你自己。我只是摔碎了几个杯子，你是把我们的感情给摔碎了。你知道你干了些什么吗？"

　　"对不起，陆涛。"

　　陆涛擦去眼泪，深吸两口气，说："夏琳，对不起，刚才我在胡说八道，我现在清醒多了，我以后不会再这样对你说话了，我现在想一个人静静地待一会，不用为我担心，我没事儿了。"

　　"你想去干什么？"

　　"我要找个餐厅，喝杯咖啡，吃一份三明治，然后回家找你！你别害怕，这次我不会对你叫喊的，我发誓不会，我要冷静下来，想想我该怎样对待你，对待整件事。"陆涛说罢挂掉电话。

▶▶ 随后

夏琳长出一口气，也挂掉电话，然后打电话问安德鲁："你猜他在哪儿？"

"他可能在街上，也可能在咖啡馆，也可能在火车站，我不清楚，他现在可能很狂躁。"

"是的，他本来就高度神经质，他自己并不清楚。"

"那么你最好休息一下，陆涛也许会很快回来，你得养足精神对付他，有什么事情请随时电话我。"安德鲁说。

此时的陆涛躺在草坪上，电话平放在胸前，他闭着眼睛，但仍感到眩晕，忽然电话响起，陆涛坐起来，接电话，是徐志森的声音："陆涛，你的机票订好了，巴黎直飞北京，你去柜台取电子机票，飞机一小时后就要起飞了，你快一点儿，我会在北京机场接你。还有，你带护照了吗？"

陆涛摸摸兜，护照就在里面："谢谢你，老徐，我马上就去柜台取机票。"

说着挂了电话站起来，向候机楼飞跑而去。

那班飞机的空姐也许会记得，曾有一个坐头等舱脸色暗淡的中国人总是轮番用法语和中文与她说话，并有几次跑到服务舱中无理取闹。陆涛在飞机上一次次缠着空姐要酒喝，且每一次都成功了，直至他把自己灌醉为止。

▶▶ 对赌

查到陆涛坐上飞机回北京很容易，只需给戴高乐机场打个问询电话，消息确定后，杰西卡博士第一次从高度紧张中松了口气，按照合同，她可以再收到一笔来自郭亚龙的酬金。但郭亚龙决定不按合同行事，他既然已经看到了希望，就更希望把那种希望转变成现实，这是他的性格，当律师景焕章把这一切解释给杰西卡博士听时，杰西卡博士简直不能相信自己的耳朵。

"你们想要什么？"

"最终结果。"

"最终结果？"

"是的，陆涛一旦离婚，我们会把最终酬金提高二十个百分点，这是补充协议，只是增加了这一条对赌条款，郭先生说了，我们的小姐不能跟一个已婚的人在一起，这对她不好，协议我已经带来了，希望你签下它，我们相信你可以办到。"

"我不会中途退出。"

"这一点我们当然很清楚。"

"对赌协议不公平。"杰西卡读了一遍那个补充合同，上面只两行文字，"如果陆涛和夏琳不离婚，我后面什么也得不到。"

"我得到授权，我们可以把最终酬金再提高十个百分点。"

"三十个百分点。"杰西卡博士把那份协议放到桌子上说道。

"请等一下。"景焕章说完离开杰西卡的办公室，五分钟以后他回来了，清了清嗓子说道，"博士，成交。"

后记

一般而言，写作要有感而发，坐在那里胡写是没什么意思的，而感受多半来自于书本和现实生活。虽然书本也能刺激人的写作，但我的阅读趣味偏向抽象，喜欢读一些复杂的理论，所以并不能给写作提供多少帮助。写这本书时，我遇到很大的困难，其中最大的困难就是缺乏现实生活对我的影响力。

这本书是写给年轻人看的，而我自己及周围朋友已步入中年，平时在一起谈的是八卦、健康、旅游、股票和房地产，不然就是宗教什么的，总之，全是与年轻人关系不大的一些话题，若想对我写的东西感同身受，我必须把自己变成一个苦闷的年轻人。

事实上，我一点儿不苦闷，我是那种自我满意度极高的人，一本书外加一杯茶一支烟，就足以让我的一整天变得很满足。我喜欢的东西很早就固定了，是一些被成年人看作低级幼稚的东西，棋牌类游戏和竞技运动。自从有了互联网，旅游在我眼里成为低效活动，想去哪里，上网看看，就觉得没必要去了。只有一种方式能让我旅游，那就是开着车，从前挡风玻璃看一看我能看到的。年轻时因谈恋爱产生的一些负面情绪，现在已荡然无存，我现在认为恋爱很多余，我喜欢的东西很少能同姑娘一起分享，而我对姑娘那一套又提不起兴趣，即使强迫自己去喜欢也很难做到。一句话，我成为一个坚固无聊任性的中年人，对我已经知道的东西完全没有耐心，脸上成天写着请别打扰我。

我知道，若是想把书写完，我就必须让自己从中年状态里跳出来。

事情的改变有点运气成分。

在上海，我遇到路金波和韩寒。前面一个是新上海人，书商；后面一个是本地人，还是赛车手和作家。我们三个人有时会一起吃饭聊天打台球，路金波是被我和韩寒共同教会的，叫我惊奇的是他一教就会了，然后就跟我们打了起来，三个人时常从半夜打到天蒙蒙亮。

这次打台球改变了我对上海人的印象。北京人往往开始打什么样儿，十年后还是什么样儿，北京人兴趣比较广泛，他们并不喜欢在一件事上花力气，管那个叫"较真儿"或"拧巴"，所以在北京，你打赢了谁，往往就是永远地赢了谁。

上海人却不同。他们不仅有勇有谋，还进步飞快。

路金波原来孤独地从事一项叫做乒乓球的运动，我和韩寒都打不过他，他一看就是请过教练的，姿势步法均正确，他又打了很多年，明显我们追不上他。不过他自信运动方面有天赋，利用他这一点，我和韩寒把他拉到桌球房。

自从学会了打台球，他就常常一个人去球房练习，每隔一段时间跟我们再打，我都发现他打得更好了，问他是不是常打，竟矢口否认。有一次，他约我和韩寒去他家附近一球房打球，我看他和服务员很熟的样子，就趁他不备，问服务员，是不是这个人常来打，服务员说是。他从让两球开始起步，现在已经不需要让球了，改成让局。

韩寒开始就打得好一些，我跟他打一般输两次赢一次，依我的经验，每周这样打两次，一两月后他就会被我追上，因我会在打完后花时间在台球上。

但我始终没有追上他，尽管我自觉水准稳步提高。有那么几个月，我经常和他打了一夜球，然后拖着疲惫的身体回家，在小说中写下一些被击败之后的感受。这些感受以前在北京时常由于打麻将输钱而产生，现在却因以前的朋友打不动了而变得消失了，我本人也因缺乏失败感而变得轻飘飘的，似乎怎么样都可以，那种状态不适合写故事。

所以我非常需要那种失败的感受，最好是怎么努力都无济于事的挫败感，它会刺激我。在上海，我得到了那种久违的个人感受，并且更深刻。打麻将输赢运气成分很大，而台球输了，只是因自己水准不够。

一般来讲，一接到韩寒打来的电话，我会先出一身汗，紧张半个小时。为了放松，我会喝上一杯茶，下楼走上几圈儿，然后才背上球杆，开车去球房。到了球房，我想着韩寒正开着快车从城外往这里狂奔，就第二遍紧张起来，一种不祥的预感充满全身。当时我主要干的事情是一张张挑台球案子，因为上海的案子比北京的要矮几公分，我在一个台球厅里用一根球杆量来量去，试图找到那张最高的案子。我当然找不到。这时，往往韩寒就到了，我们开始打球。

打球输了，开始也会东赖西赖，我主要是赖桌球案子以前没打过，白球无法控制，案子过低，以前的姿势用不上，当打了很多次以后，就没什么可说的了，只能怪自己的水准。因水准不够而受挫，在台球方面叫我堵得够呛，却从心理上给我的写作带来一些积极的影响。写了这么多年，我再笨也会懂得，没有人会看一本作者洋洋得意随手写出的一个心想事成的大顺风故事。

为了公平，我和韩寒经常转换地点打球，徐汇区的球房就被我们打遍了。有一天夜里，我和韩寒打抢十，我八比二领先，产生错觉，以为十分钟以后便可以大胜而归，不料他吃了点东西以后状态提升，最后竟以十比九赢了我，输得我犹如做梦。

这场球打完，我意识到取胜很难，而失败感更加强烈了，我的写作状态得到提升，于是停了打球，加紧写作，终于写完了这一本。

在这里，感谢韩寒，我还会回上海继续战斗，虽然前面输了，我可是一点也不服。

感谢路金波，作为这本书的出版者，他始终耐心地等待我写完，我在这里希望他趁我写书这一段时间，台球水准又提升了。当然，我不得不加快进度赶写第二本，但其实我现在只想打台球。

石康
2009年10月20日于北京

© 石 康 2009

图书在版编目（ＣＩＰ）数据

奋斗乌托邦：奋斗2.0/石康著. —沈阳：万卷出版公司，2009.11（2009.12重印）
ISBN 978-7-5470-0394-7

Ⅰ.奋… Ⅱ.石… Ⅲ.长篇小说-中国-当代 Ⅳ.I.247.5

中国版本图书馆CIP数据核字（2009）第194762号

出版发行：北方联合出版传媒（集团）股份有限公司
　　　　　万卷出版公司
　　　　　（地址：沈阳市和平区十一纬路29号 邮编：110003）
印 刷 者：北京汇林印务有限公司
经 销 者：全国新华书店
幅面尺寸：167mm×234mm
字　　数：220千字
印　　张：16.5
出版时间：2009年11月第1版
印刷时间：2009年12月第2次印刷
统　　筹：路金波　瞿洪斌
责任编辑：张冬梅
特约编辑：刘　莉
装帧设计：居慧娜
ISBN 978-7-5470-0394-7
定　　价：29.00元

联系电话：024-23284090
邮购热线：024-23284050
传　　真：024-23284448
E-mail：vpc_tougao@163.com
网　　址：http://www.chinavpc.com